高建群全集

伊犁马

高建群 著

陕西师范大学出版总社

图书代号：WX22N1915

图书在版编目（CIP）数据

伊犁马 / 高建群著. —西安：陕西师范大学出版总社有限公司，2023.1

（高建群全集）

ISBN 978-7-5695-3384-2

Ⅰ. ①伊… Ⅱ. ①高… Ⅲ. ①中篇小说—小说集—中国—当代 Ⅳ. ①I247.5

中国版本图书馆CIP数据核字（2022）第247847号

伊犁马

YILI MA

高建群 著

出 版 人 刘东风
总 策 划 孙留伟
责任编辑 王文翠
责任校对 雷亚妮
出版发行 陕西师范大学出版总社
（西安市长安南路199号 邮编 710062）
网 址 http://www.snupg.com
印 刷 北京天宇万达印刷有限公司
开 本 880 mm × 1230 mm 1/32
印 张 9.25
插 页 2
字 数 220千
版 次 2023年1月第1版
印 次 2023年1月第1次印刷
书 号 ISBN 978-7-5695-3384-2
定 价 66.00元

读者购书、书店添货或发现印刷装订问题，请与本公司营销部联系、调换。
电话：（029）85307864 85303629 传真：（029）85303879

总　序

文稿一旦变成铅字，一旦成为一本装帧得或粗糙或精美的书本，那它就是一个独立的存在了。它将离你而去。它将行走于世间。它将开始它自己的宿命。它或被读者供之于殿堂，视为经典，视为对这个时代的一份备忘录；或被读者弃之于茅厕；或被垃圾处理厂重新化为纸浆，以期待新的人在上面书写新的东西。凡此种种，那就看这本书它自己的命运了。

这时，于作者本人来说，倒是没有太大的干系了。于是他成了一个旁观者。他和这本书唯一的联系是，那书本的额头上，还顶着他卑微的名字。知道《一千零一夜》中的《渔夫和魔鬼的故事》吗？渔夫打开铅封的所罗门王的瓶子，于是一缕青烟腾起，魔鬼从瓶子里走出来，开始在世界上游荡，开始在暗夜里敲打你的门扉。渔夫这时候唯一能做的事情，是一手拿着空瓶子，一手捏着瓶子盖儿，傻乎乎地看着他放出的魔鬼，横行于世界。

此一刻，在这二十五卷本的“高建群全集”即将付梓出版之际，我感到我的已日渐衰老的身躯，便宛如那个已经被掏空的——或者换言之——魔鬼已经离你而去的空瓶子一样。此一刻，我是多么虚弱而疲惫呀。

人生一场大梦，世事几度秋凉。一想到这个名叫高建群的写作者，在有限的人生岁月中，竟然写出这么多的文字，我就有些惊讶。一切都宛如一场梦魇！这是一笔一画写出来的呀！如果我不援笔写出，它们将胎死腹中。但是很好，我把它们写出来了，把它们落实到了纸上。

那每一本书的写作过程，都是作者的一部精神受难史。

建于西安航空学院的高建群文学艺术馆，要我给一进馆的墙壁上写一段话，于是我思忖了一个星期，最后选定帕乌斯托夫斯基《金蔷薇》中的一段话，写在那上面。那么请允许我，也将这一段话写在这里：

> 是什么东西迫使一个作家，从事这种庄严的但却又是异常艰辛的劳动呢？首先是心灵的震撼，是良心的声音。不允许一个写作者在这块土地上，像谎花一样虚度一生，而不把洋溢在他心中的，那种庞杂的感情，慷慨地献给人类。

谎花是一种虽然开放得十分艳丽，但是花落之后底部不会坐上果实的花。植物学上叫它“雄花”，民间则叫它“谎花”。

我们光荣的乡贤，以大半辈子的人生履历，驰骋于京华批评界，晚年则琴书卒岁，归老北方的阎纲老先生说：

> 相形于当代其他作家，高建群是一个马拉松式的长跑者，他以六十年为一个单元，在自己的斗室里，像小孩子玩积木一样，一砖一石地建筑着自己的艺术帝国。他有耐性，有定力。喧嚣的世界在他面前，徒唤其何。

当我听到阎老的这段话时，我在那一刻真的很感动。感动的原因是世界上还有人在关注着这个不善经营不懂交际的我。诗人殷夫说：“我在无数人的心灵中摸索，摸索到的是一颗颗冷酷的心！”现在我知道了，长者们一直作为艺术良心站在那里，为当代中国文学保留着它最后的尊严。

“有些故事还没讲完那就算了吧！”这是一首流行歌曲里的话，如果这个名叫“总序”的文字，需要拿出来单独发表的话，建议用这句话作为标题。

我们这一代人行将老去，这场宴席将接待下一批饕餮客！人在吃完宴席后，要懂得把碗放下，是不是这样？！

2020年10月11日早晨6点

写于西安

原序：一个人五十三岁时如是说

人一上五十岁，就会明白许多事情。你不到明白的年龄，你不会明白。孔老夫子说："过而知之。"这话是说，你只有经历过，你才能知道的呀！

五十岁的时候，你会觉得这个世界，不像二十岁时那样美好，也不像三十岁时那样悲观，亦不像四十岁时候那么复杂。那么五十岁时候的世界是什么样子的呢？是既不美好，也不悲观，既不简单，也不复杂。如是而已。天下熙熙，皆为利来；天下攘攘，皆为利往。几千年的人类都是这样走的呀！那么让它继续走好了。你可以成为参与者，也可以成为旁观者，但是你没有必要成为评判者。

五十岁的时候，你突然会觉得人生如一场幻梦一样。一个孩子，蹲在家门口的墙根旁打了一阵瞌睡，一睁眼，发现自己已经是老头了。"江湖居士闲处老"，你会有这种感觉。你开始变得健忘，熟悉的人，熟悉的事，你会怎么想都想不起来。你必须先进入那一种况景，然后记忆才会被唤起，于是人名便脱口而出。

五十岁的时候，你的头发和牙齿已经开始掉了。当掉第一颗牙齿的时候，你在那一刻会有点感伤。人老原来是从牙齿先老的呀！

托一颗牙齿在手中，你会想，这个物什它是谁呀？它刚才还是我的一部分，和我一同去接受荣辱，但是现在说一声走，它就走了，成为一个独立的东西了。捧着这牙齿，你不知道该把它放在哪里才好。最后你想，它最好的去处是垃圾桶，让它走吧。

五十岁的时候，你大约还会有一点恋旧。那些老柜子、老桌子、旧衣服、旧鞋，你搬一次家带一次它们。譬如我，我的腰间永远地拎着一根马镫革，那是我的白房子岁月留给我的记忆呀！我相信那些用得久了的物什是有灵性的，只是我们不知道而已。

五十岁的时候，你当年的万丈雄心会慢慢消退。你明白了这个世界上的许多事情，不是你一厢情愿所能达到的。拿我来说吧，年轻时候的我，曾经在一个早晨立下宏愿，决心舍弃人生所有的别的念头，凭借努力，缩短中国小说和世界小说之间的差距。我做到了吗？我没有做到。差距还摆在那里。你得接受环境和时代的制约。

五十岁的时候，随着越往文学殿堂的深处走，你会觉得殿堂里供奉着的许多活着的和死去的神，都令人生疑。

五十岁的时候，你会有一颗感恩的心。感恩这个世界生了你，让你能够享受这春天的花，秋天的果，早晨的每一次日出和黄昏的每一次日落，感恩你这大半生遇到了许多好人，感恩你经历了许多事。

五十岁的时候，你会突然在某一个早晨眼前豁然一亮，变得我行我素。这一亮大约是因为一个叫伍子胥的古代人物引起的。伍子胥破楚以后，将楚平王的尸骨刨出来，鞭尸三百。这时旁边有人说，伍将军，你要注意影响呀，别人会怎么说你呀！只见这老伍，把白发一搔，胡子一捋，慨然说："别人爱怎么想就怎么想，爱怎么说就怎么说吧，我都这一把年纪了，我怕毬哩！"

以上是我五十岁以后的一些想法和感觉。借这本书出版的机会，把它写出来，算是向读者朋友们汇报和交流思想吧！我数了数，一共是八条。记得刚才睡在床上想的时候，远比这八条要多，谁知落实在纸上，把一些忘记了，那么就先写这些吧！

这本书收录的，是我的一些重要的中篇小说，基本以我当年所在的新疆边防站为故事背景。例如《伊犁马》，例如《遥远的白房子》，等等，它们在发表时都产生过大的影响，现在在网络上依然有着很高的点击率。评论家朋友们认为，这几个中篇都是代表中国转型时期中篇小说最高成就的作品。是不是这样，还待读者来评价，待时间来评判。

四川文艺出版社是一家很有档次的出版社。五年前，我的《我在北方收割思想》一书，就是这家出版社出版的。该社的金平先生、林文询先生，既是知名的作家，又是很好的出版家，且是我的气味相投的朋友。我很感激他们的约稿，给我提供了一次和读者交流的机会。

我还在书中，画了七八幅画。这些人物形象，已经像魔鬼、像幽灵一样盘踞在我脑子里几十年了，过去我只是用文字来表达。我的母亲是一个文盲，我写了二十本书，母亲竟然一个字都没有看过，于是，也是在我五十岁的时候，我开始画画，而第一幅就是献给我的母亲。

西安的秋天真好。阳光多么灿烂呀，如梦如幻。天空是如此深邃、蔚蓝。汽车在马路上跑着，人在人行道走着，楼房在一动不动地站立着。我爱这个世界，我爱人！——我在说这句话的时候，心中升腾起一种佛家大慈悲的情怀。

我把心都掏出来了！那么我的“五十三岁如是说”就到此为止吧！最后我想说的是：寄希望于后之来者吧！我们这一代人行将老去，这场宴席将接待下一批饕餮者！

2006年10月30日于西安

附记

作为《遥远的白房子》的“姊妹篇”，《伊犁马》是我的一部重要的中篇，这两篇都创作于1975年。但它们并不是同一年发表的，而且它们的命运不同，前者在文坛的名声和影响力远远大于后者。1987年，《遥远的白房子》发表在《中国作家》第五期上；直到两年后，《伊犁马》才发在工人出版社《开拓》文学的终刊号上。

2014年我去新疆时，新疆文联阿主席请我吃饭，他说，高先生告诉你一个好消息，我们将《伊犁马》译成哈萨克文和维吾尔文出版了。他们的那个工程好像叫政府的双语工程。另外，《伊犁马》中所写的那个歌唱家——一夜间的天才，我现在可以说出他的名字了，他就是李双江先生。他当时在我们的骑兵二团盐池农场劳动锻炼。我2014年回哈巴河的时候，这个部队现在叫边防四团，团史室的介绍说，我们团出了两个艺术家，一个是作家高建群，一个是歌唱家李双江。

评论家李俊玉先生曾在《文学报》载文认为，《伊犁马》是一篇没有受到应有重视的作品，它在深刻方面超过“白房子”，它在深刻性、内涵性，以及为当代小说所展现的广阔前景方面，超过了张承志的《黑骏马》。

2022年8月30日于西安

目 录

CONTENTS

伊犁马

它们是这样，我目前的诗歌也是这样，
一篇奇妙的和永远变幻的诗歌，
一种用韵文写成的北极光，
照耀一片荒芜而冰寒的土地。
当我们知道一切是什么时，我们定会痛哭，
但虽然如此我希望对一切事物笑一下。

——拜伦：《唐璜》第七歌

一、他准备做一个坏人

在时间的流程中，在生命的递进中，有时候，我们往往为一些古怪的念头所缠绕。或者，我们羞于启齿，让这些古怪念头在体内消融、中和，以致自生自灭，或者，我们按捺不住，将它慷慨地奉献出来，给本来就乱糟糟的世界再增几分奇色异彩。阿斯塔菲耶夫捧着一片落叶，在布满露珠的森林中喋喋不休，感叹在这一年中世界上又发生了多少事情——多少次叛卖、多少次阴谋、多少次道德沦丧。而一位阿根廷作家则认为过去和现在一样坏，人们之所以觉得过去的阳光比现在灿烂，那是因为善良的人们健忘，把过去的坏事都忘了，而把好事一件不忘地存入记忆。

厄尔尼诺现象，这是一个拗口的字眼，也许是一句外文名称。总之，地球空前地喧嚣了起来，台风四起，江河满溢，季节失调，地震频繁。街头的林荫树因为台风而拦腰折断，横溢的江水冲走了唱晚的渔歌，骤热骤冷的气候使赶时髦的姑娘无所适从，地震的黑色翅膀几回回掠过人们的梦境。地球上每一个生命，都或多或少地感染了这种厄尔尼诺情绪，而一向以敏感而自诩的人类，简直有些疯狂的征候了。

有一座城市，其名不详，你认为是哪一座就是哪一座，可以根据你的想象任意定位。这是地球上人口稠密区，自然也是厄尔尼诺情绪的重点传染区。乱哄哄的街道上、公园里，以及狭窄或者宽敞的各种住宅群中，人们在奔跑着，日复一日，年复一年。天下熙熙，皆为利来；天下攘攘，皆为利往。脚步在飞快地交叉，嘴唇在飞快地张合，就像电影中的快镜头。本城的臣民，恕我泄露，把干什么事情都叫"跑"。自然，高层次有高层次的跑法，低层次有低层次的跑法，而且，一个时期有一个时期的内容。有消息说，本城因为人们的跑动，已经连续加宽了三次路面，可是在今年夏天，还是不幸出现了三次交通堵塞事故。

在一个十六平方米的居室中，有一个人。我们不知道他的年龄，因为用容貌来衡量年龄并不可靠。屋子里有孩子的书包和女人的简单的化妆品，几样旧家具，一张大床，显得十分拥挤。一件旧皮大衣，不知为什么摊在床上，散发着卫生球味。大衣的皮毛里有几颗隐约可见的苍耳，奇怪的是主人并不把它摘下来。主人此刻抑郁、严厉而孤独，也许还有一丝痛苦。他这是怎么了？记得不久前还在攘攘熙熙的街道上见过保养得很好的他。

也许，正如我们前面所说到的，他产生了什么古怪的念头吗？是的，亲爱的读者，你说对了，此刻，一个念头在折磨着他，那就是：他经过痛苦的思考后，准备做一个坏人。

事情的缘起是一间房子，但又不是一间房子。我们知道，当一个人成年累月地忍耐了种种痛苦之后，会在某一刻，耐性因一件小事而全线崩溃。自然，要做一个坏人这个想法的诱因，还来源于俄罗斯文坛一件不甚牢靠的掌故：一位善面长者在听完一个年轻人诉说了自己的苦难经历后，泪流满面地说，生活对你太不公平了，在经历了这一切之后，你有理由成为一个坏人。此处指托尔斯泰和高尔基。

饶舌到此为止。还是请主人公自己来讲述吧，当一名听众倒是件愉快的事。经验告诉我们，在失控的情绪下，往往会有奇迹，而且这奇迹有时会接踵而至。

二、关于房子

不要相信承诺，尤其不要相信承诺、权力和友情这三者的混合物。夜色朦胧，在不远处那座楼房的一个单元里，现在传来了男欢女乐。那本是我的生存空间。五年前楼房盖成时，分给了我。可是在几句模棱两可的话、几声假惺惺的叹息之后，我让了出去。那怪我，怪我在草原上待了许多年之后，成了一个堂吉诃德。“在你睡觉的那一刻，世界面目全非了。”这话是一位已故的外国文学家，在他的著作中留给我的遗嘱，可是那时候还没有读到这本书。

既是顶头上司又是朋友的人需要给跑动最凶的人一点安慰，于是从人群中发现了我的不谙人事的面孔。房间里现在居住着一个单身女人。我现在就听见了男欢女乐。哦，可怕的世界。领导说了，有一天，局势平息之后，他要回房间，重新给我。明哲的朋友们，你们说，当房间钥匙交给我之后，我应当怎么办？在那夜色笼罩的夜晚，男人们因为不知道房屋已经易主，而在笃笃敲窗的时候，我应当怎么办？

从现在开始，让我做一个坏人吧！既然仁爱的托尔斯泰也这么说了，看来，这种念头并不仅仅是我一个人所独有，让我也去敲敲那半掩的窗户，让我也去领略那暧昧的气息，或者走得更远。落雪了。这很好，踏着雪去更有一番趣味，这落雪的日子将长留我的记忆中。

我不是一个笨蛋，我很聪明。我小时候就是一个令教师头痛的学生。

三、生病

落雪了。雪落着，静静地落着，落在这个介乎于南方与北方的城市的街道上。我喜欢雪花。有许多年，我的毡筒，曾经踏在那吱吱作响的雪地上，是的，冬天给人以忧郁，但是在寄住的城市的冬天中，我从来没有这样的感觉。我喜欢呼吸那稍带寒意的湿润的空气，我喜欢极目那银装素裹的美丽世界。我生活得虽然很差，但是自得其乐。然而，伴随着今年冬天的到来，一种久久忘却的声音在我心中复苏。我的眼前常常出现幻觉，过去的和未来的事情，故去的和健在的人们，一齐跑来打搅我，使我不得安宁。

记得今天中午，我去看医生。医生拿着听诊器听了半天，说："本城正在流行感冒——厄尔尼诺现象的副产品。不过，你这不是感冒，而是心理上的疾病。这种病态心理很难解释，宛如妇女的更年期一样。"

我不是女同胞，即便按照那些令人信疑参半的最新科学解释，认为男人同样有着更年期的话，那么，我还远远不到那个年龄。

我怒气冲冲地辞别了他，找神经科。穿过走廊时，西北风正猛烈摇晃着我的日渐发福的身体。神经科医生半真半假地说："李家勋患者，你的心灵失去平衡了。你少年时一定有一位亲人不在身边，你因为思念她而患了幻想症。现在，幻想症又发作了。复发的原因，你自己想想吧。你晚上睡眠好吗，有没有什么奇声异响打搅你？你有什么痛苦的事情一直埋藏在心里吗？这些都是原因，但还不是主要的原因。主要的原因是：你欠过什么人的债吗？你有过什么不平凡的经历吗？命运总是找这样的天气来打搅你。”

四、落雪之夜

落着雪。开始很小，后来便像白蝴蝶一样在窗外翻飞。妻子带着女儿回娘家去了，这间小小的居室，原来竟也能产生空荡荡的感觉。

远处的门吱呀一声开了又闭了。现在我才发现我一直在聆听着它。此刻，我激动得团团转，就像将要进行一次远行一样。我照了照镜子，镜子中的我有一种残酷感。我明白了为什么在有些男人脸上，总看见这种表情，而我又解释不了。我想迈脚出门，后来，不知为什么，又陷入了空前的痛苦。

我打开了电视机。往日，总是这个人类智力的产物，给我解脱孤独。尽管已经早就看了节目预告，知道一切已经确定，不会有奇迹出现，但我仍然满怀希望地打开电视机，张开期待的嘴巴。现在，荧光屏上空荡荡的，表示夜已深沉，远方的电视台已告休息。

终于走出了房间。我不明白我为什么这样做。教养和自尊心都不允许我这样做，但是我走出了房间。也许是我想让这个丧失理性的世界更加失去理性，想让这个本来就是混乱的世界更加混乱，就是说为我们的生活制造一场恶作剧。也许什么都不是，对于男人来说，不要问他原因。

我胆怯地敲着这扇给我带来屈辱的门。欲敲又止，欲敲又止。屋里传来索索的声音，电灯亮了，然后是理论先行。

屋里的人说：“你来了，傻瓜！货币的作用是用于流通，它在世上转着哩，今天花了，明天又会回来。你这才是用在正地方了。人生一场，得欢之处须尽欢哟！”

屋里的人可能把我当成了她的一位常客，所以喋喋不休。门半开了。我的脸色一定很难看。我的相貌本来就粗俗，现在由于痛苦，一定是扭曲得不成样子了。

她“呀”的一声关上了门。门扇差点碰上了我的冻得通红的鼻子。在这一瞬间，我看见了屋里杂乱的床，看见了地上来不及收拾的裤头，看见了眼前这个半掩衣襟的肉乎乎的东西。我一阵恶心。门响的同时，大约我也叫了一声，然后一扭头，向冰天雪地跑去。

看到这里，你们一定看不起我了。是的，亲爱的读者，你们恨得有理。不过，能不能忍耐一下。连同下面另一件可恶的事情放在一起恨。

我曾经有十年边疆生活。在苍白而又漫长的岁月中，我养成了自慰的毛病。回到内地后，好久没有犯了，可是，现在我又产生了某种欲望。

从事这种事情的地点往往在厕所。因此，当我踏着雪向厕所走去时，读者就不会感到奇怪。连我自己，也是当嗅见那刺鼻的气味时，当意识到这些，我顿时感到一丝儿羞愧。

在这里，我意外地看见了我十年前的坐骑，我的伊犁马。

五、与一匹马的相逢

厕所里，白雪飘飘中，有一个菜农和一辆拉粪车。菜农用一个长把的勺子，把粪池里的粪掏出来，倒进桶里。桶满了，再倒进粪车。菜农的脸蛋通红。头上的狗皮帽子，一个耳子耷拉着，另一个高高翘起。随着走动，帽耳子一闪一闪。

粪车是一种比架子车大些、比马车小些、城里拉粪专用的车子。车上的粪桶是用两个废汽油桶焊接而成的，前面开了个四方口子。行走时，那口子用草袋盖着，不过仍然会有粪溢出来，溅到马的屁股上去。

马是一匹好马，我早就注意到。只是我把自己最感兴趣的东西放在最后看。一是我有的是供磨蹭的时间，二是这样可以延长我的兴奋，使我在看这以后的东西时，带上一种宽容的目光。

马的屁股是圆实的，这是役马最常有的标志。大腿的外侧已经没有毛了，辕干的内侧则凹下去了一部分，这表明二者已经合作了很长一段时间。马背很平，是一匹良马的背。腰身细长，这种细长腰身在我国只有蒙古马和伊犁马才具有。前颊丰满，前腿像柱子一样端站着，这点不好，真正的好马，它的腿应当是柔软的，富有弹性的，像少女的腰肢。

我现在看见了马那磨损过度的牙齿了。这牙齿显示了它的衰老和经历过的漫长使役岁月。我现在看见了马的眼睛了。那是两只悲哀得无可奈何的眼睛，仿佛要同我做一次深谈。

终于，我看见了它的鼻梁。这一看我大吃一惊。我退后两步，重新打量了一下马的颜色。是的，这马是黄色的。不过比我那个坐骑颜色深一点，它是焦黄。可是话又说回来了，我的小黄马难道不会因为岁月的变更而颜色加深吗？再说，我仅仅是凭着雪山的反光看它。

我的热血沸腾了。我久久地注视着它的白鼻梁。那白色，宛如某一次闪电烙在它额头上的印记，然后以二指的宽度，越过脖颈，越过脊梁，直达尾巴的根部。

我猛然记起马的大腿根有号码，于是折过头来，仔细寻找。号码被车辕磨平了，只能看出几个模糊不清的黑印子。

往事挟裹着风雪，轰轰隆隆地驾临。我的伊犁马，你额头上的闪光，真是一片北极光，来照耀这一片荒芜而冰塞的心灵的土地，来照耀这一座平庸的小城的吗？

你是不可知，命运。我不顾一切地冲上去，抓住菜农的衣领："马？哪里弄来的马？"

菜农蛮横地挣脱我的手，他收起粪勺、粪桶，挂在车辕上，盖子也没盖，就抽出鞭子。

马挨一鞭。鞭声沉闷，这说明掌鞭人是行家里手，鞭子结结实实打在了肉上。粪车动了。

菜农回过头来说："要不要惊动警察！这匹马是新疆返来的，我这里有使役证。你好像也是行家，怎么，是一匹好马吧？"

他一跃身跳上车，走了。与此同时，小黄马发出一声悲怆的、绝望的哀鸣。聪明的生灵，它现在才认出了我，难道说，我真的变化很大，或者说，是没有木莎尾随其后吗？

小黄马想停下来，可是慑于鞭子，只好于行走中，弯过脖颈，两眼含泪，朝我一阵长啸。整个世界都在啸声中震颤了。几只小麻雀吃惊地从屋檐下飞出来，叫着，融入莽苍苍的天空。

电线上的积雪，簌簌下落。

马已经拉着车，消失在死寂的城市黎明，消失在雪的帘幕背后。地上两道辙印。踏着辙印，我痛苦地向前追去，说不清是为它还是为我。

六、我是谁？

允许我这样问自己吧：我是谁？我为什么来到这陌生的世界上？在寒冷、屈辱和孤独中生活和存在，并且时时为各种古怪的念头困扰！世界上发生了什么事情，人类到底是怎么回事？是的，不仅仅是一个单元，不仅仅是一匹突然闯入你生活中的马！

“世界空虚了，大海，你现在要把我带到哪里去，有着幸福的地方，早就有人看守……”这话多么好。这是一个叫普希金的人说的。“世界空虚了，”这句话的言下之意是不是说，在空虚之前这世界曾经充实过，至少，属于你的那个世界曾经充实过。出现过青春的欢笑，出现过善意的照护，天空出现过浪漫的云朵，地上出现过奔跑的马群，你有着美丽的向往，你有着自己的事业，你对自己充满了信心，你知道辉煌的一定到来的时刻在等待着你和你的同类。

怎么，我哭了。我的冰冷的眼泪越过脸颊，滴在雪地上的两道车辙上。眼泪立即被大地吸收了，像我的稍纵即逝的思想一样。这一处地面不幸为道路，所以，我不指望眼泪掉下去的地方会开出蓝色的花朵。天亮之后，它就得重新接受各种鞋跟的践踏，就像践踏我的古怪的思想一样。

哦，我为什么不是一匹马呢？一个没有变化了的猴子？一只鸡？一根站立着的电杆？一棵在风中唱着没有任何内容的歌谣的小草？

哦，遥远的祖先，第一个走出森林的猴子，你是大自然发展的必然的结果，还是一次编码时偶然的失误？你的产生对自己来说是一种幸福，还是一种不幸？

大地冰冷，白雪茫茫，无人回答我。

七、车辙

这以后，我便处在一种狂乱的谵想中。我只机械地迈着两条腿，紧跟着辙印。我摔了一跤。因为雪唤起我的遥远的感情，我以为自己穿的毡筒，而不是易于打滑的皮鞋。我的头很重地叩在雪地上，我的耳朵恰好贴在车辙上。这时候，我听见一种苍老的、似曾相识的声音。声音仿佛从车印的另一头传来，所以像我的伊犁马的痛苦的长啸或者深沉的叹息。这声音先是细微，后来便渐见清晰了。

“哦，你在苦思冥想些什么，这个忧伤的、痛苦的、面色苍白的人，这个符号被叫作‘李家勋’的人！你以这样的口吻来谈论你的同类，不感到有些过于残酷了吗？你想做一个坏人，这想法多么幼稚可笑，世界布满了罪恶，你的同类并不认为你那样做的结果会是一个坏人。明白了，你一定到过北方，并且在边缘地带生活了很久。只有远离人类，远离一切物欲的人，才会有这种古怪的、冷眼旁观的思考。并且，那里的迷幻般的漫漫白夜，阳光照耀下的白雪的反光，刺激和毒害了你的神经，使神经每每沉湎于幻觉。

“你一定还有一匹马。谁如果到过北方，并且有幸与一匹马为伴，那么北方生涯将影响他的一生。嗣后无论他居家何方，工作如何，他的身体停止颠簸了，他的思想，却仍像在马背上一样，颠簸不停。他像一只狼孩，永远无法重新回归人类，在攘攘熙熙的大街上，你可以在人群中一眼就认出他。

“还有，在北方生涯中，与青春俱来的，你曾经有过一段忘我岁月。在青春和激情中，你或许干成过一两件事情，你或许在偶然的一瞬间超越了自己，超越了同类。所以你现在充满一种失落感。你为自己的平庸、无所事事，和在死亡之前，就被生活不可避免地吞噬而悲哀。你无法与人为伍，所以你不屑与人为伍；你不屑与人为伍，所以你无法与人为伍，城市的草坪无法供你在精神上驰马。你的痛苦中有一种可怕的罪恶感。你的苛刻的目光饱含对这个世界的抱怨。”

这个简单的人，真的曾拥有过那一切吗？让我暂且趴在雪地上，认真地想一想，记得谁曾经说过，头一离开枕头，梦境就会消失。因此，我现在需要将头枕在冰冷的车辙上。但愿此刻不要有行人和车辆通过。

八、远方有一块草原

确实有一块草原。幽暗的带子般的河流，迎风起舞的高大的胡杨，北斗七星在天空安详地照耀，伊犁马时而聚时而散，时而站在阿尔泰山的悬崖上鸟瞰。那里有漫长的积雪的冬天，是为了让这块远离海洋的大陆有足够一年使用的滋养。那里有酷热的炎阳的夏天，是为了让牧草茂盛地生长起来。绵长的水流是为了将海味送上你的毡房门口，险峻的红色山峦是为了给太阳的初升铺上一层绚丽的景色。魔幻般的白夜是为了让我这样的患有幻想症的人将幻想变成短暂的真实，漫漫的长夜是为了让人类在平静中贮存精力和思考自身。一个像我当时那样年轻的民族，在封闭中走着自己的岁月。春小麦在生长。罂粟花在开放。大刈镰在沙沙响。马拉收割机在歌唱。一座浅浅的甜水井，井边一架中世纪的吊杆。吱吱呀呀偶然响起。剽悍而豪迈的男人，妩媚而羞涩的女人。女人们个个守身如玉，男人们个个坐怀不乱。

九、小黄马

曾经有一支著名的骑兵部队，西北野战军骑一军，在解放战争时期，驰骋于辽阔的大西北。马刀下敌人的头颅像西瓜一样乱滚，铁蹄下半壁河山逐渐安静。

战争结束了，机械化的时代到来了，骑兵这种曾经伴随人类走过漫长岁月的兵种，逐渐失去了用处。闻捷在他的《复仇的火焰》中曾经动情地描绘过的那支越过嘉峪关越过星星峡的豪迈序列，缩编为一个骑兵团，驻在这块哈萨克草原上。作为一个兵种的最后象征，一种对辉煌往昔的无声纪念，苟延残喘。

但是这种苟延残喘也最后结束了。1975年的大整编中，骑兵团被扩充去边防一线。团长捧着战功陈列室中的一面面旗帜，急得团团转，不知将它们放归何处。马厩里一群群伊犁马在嘶鸣，布封所称为的“最高贵的征服”，突然一下子暗淡了。

当然这次整编，是以后的事情。我是在那个大雪纷纷的日子，从大卡车上走下来，穿着兰州发下的皮大衣，乌鲁木齐发的毡筒，迈着麻木的双腿，走进这个部队，走近我的小黄马身边的。

我的手里提着两只袋子。这其实是两只长腰的皮手套。我晕车。满满的一卡车人，成四排坐着。穿着毡筒的腿和腿互相交错，人们坐在各自的背包上，谁也不能够动一下。急中生智，我吐在了手套里。当经过漫长的旅程，来到这荒芜的天宇下的一溜白房前，我的手里提着两只沉甸甸的冰疙瘩。这两只冰疙瘩在火墙上化了三天。

小黄马比我早入伍半年。它来自伊犁八一军马场。它披着一身缎子似的金黄，身上散发着一种干草的甜香气味。有一道白色的印子，烙在它的鼻梁和额头上，然后越过脖子，顺着脊梁，一直通向尾巴根。它的眼睛是明澈的，好像暮春时节第一朵野花的花瓣上擎起的露珠。它的骨架很瘦，很孱弱。但是，连长眯着骑兵才有的那种眼神说：“压一压，遛一遛，它会成为一匹最好的良马的。”

在我成为它的主人之前，它的脾气被弄坏了。它有一个溜缰的毛病，有一次，在大沙山，前任主人刚从马上下来，脚还没有离镫，它就一溜烟跑了。它拖着主人在雪地里奔驰，前方有一片胡杨林，林中满是旧年的树桩。连长已经举起了手枪，瞄准马头。幸好，主人穿的是毡筒，脚从毡筒里抽出来了。而马镫上挂一只空毡筒，在旷野上狂奔。

后来还是请哈萨克用套马绳套住了它。关进马厩里，五条大汉手里拿着白柳条，将它围在核心，轮流抽打。小黄马左闪右闪，后来终于明白，躲是没有用的。每一个方位都没有角落。于是四膝跪倒，眼泪夺眶而去。

小黄马从此不再溜缰了。但是，作为一匹良马，它有了一个致命的毛病，我们的古人称这种毛病叫“马失前蹄”。当马儿正载着你，以超过汽车的速度，沿着一条坚硬的冰川或者戈壁滩疾驰时，突然双膝跪倒，那么，你非从马头上摔下来不可。你的胳膊腿！你的脑袋！你的门牙！

我第一次就觉得它很亲近，像一位故人。我相信它也有这样的感觉。我喜欢它身上的干草味和汗腥味。至于我身上是什么气味，它没有告诉我。

我用一把马刷子为它搔毛，按照教官所说的，先从敏感区——耳根搔起，然后是脊背、肚皮。后来，它哆嗦了一下，将屁股调向我。我有些紧张，怕它抬起了蹄子。它的眼睛里并无恶意，于是我便放心地搔起来。

洗刷完毕，只给马背上搭了个鞯子，我就一跃，骑上了它。马儿载着我，在广漠的原野上走着，越过连队的菜地，越过冰封的小河，甚至一直走近布伦托海皑皑的冰雪湖面。马有三种运动姿势，一是走，一是颠，一是奔驰。小黄马最初是小走，后来换成了大走，就轻松得四蹄如花，颠开了。它本来还想向我显示它的奔驰的能力，看见我骑得摇摇晃晃，又没有鞍子，就知趣地克制住了自己的欲望。

我就这样骑着它变成了罗圈腿，我就这样骑着它开始了青春和激情的岁月。小黄马从此再也没有失过前蹄。当我骑着它，从额尔齐斯河那透明的冰床上，旋风一般掠过时，当我在别尔克乌争议地区，在直升飞机的轰鸣声中，像白马王子一样从天而降时，它始终忠实于我，从未将前腿突然跪下来。

当然，为了减轻前腿的压力，我在乘骑时总是尽量将身子向后倾斜。当马像一条龙那样肚皮贴在地面，仿佛不是在奔驰而是在游动时，我没有像电影中或教科书中所写的屁股撅起，用双手抱着马的脖子，而是身子后仰，仿佛安睡在马背上一样。我有两条罗圈腿，这是我的长处。罗圈腿像螃蟹的两只前夹，紧紧地夹住马的肋骨。

尽管河边生长着丛丛白柳，但我从来没有为了惩罚而折过柳。我也没有在使役的简短休息中，像别人那样，为马使上羁绊。小黄马很懂事，它总是依恋着我，诚如我依恋着它那样。我至今不知道这个“羁”字的读法，但我深刻理解这个字的意思。将马的四蹄，用皮带连起来，皮带的交叉点在四蹄的中央，中央再绞一根棍子，这样马可以站立和吃草，但是不能奔驰。

想起来了，小黄马曾有一次失蹄。不过这不叫失蹄，是明知故犯，或者说，叫美丽的错误。这次错误使我弄清了小黄马溜缰的原因。

小黄马的这次错误对我来说得失不等。我从马背上跌下来，失去了一颗门牙（这颗门牙不知如今在戈壁滩的哪一处安息），而我却赢得了我的初恋，尽管是一次只有开花而没有结果的初恋。

那时我已经当了骑兵班的班长。

十、马背上摔下来的是胆小的

那是一个多雪的冬天，我记得的。当时我恰好从“男高音”手中，借到一本内部出版的苏联小说《多雪的冬天》，因此就记住了这年冬天的铺天盖地的大雪。生产建设兵团的人们，已经缩在家里，偎着火墙，足不出户。我们这些穷当兵的，也只在院子中间，扫出一块地皮，每天走正步，进行射击第一练习第二练习第三练习或第四练习，只有那些勇敢的哈萨克，在饮足奶茶、吃饱抓肉之后，乘一匹骏马，下穿兽血染成的红皮裤，上着灯芯绒上衣，在白皑皑的雪地上游弋。

秋天的时候，我们用大刈镰和马拉收割机，打下了一垛垛马草。但这些干草，只够马的一半口粮，另一半，要它们在冰天雪地里，刨开积雪，自己去寻找。所以每天黎明时，我们的马倌总要将马群及时赶出去，使它们有更充裕的时间填饱自己的肚子。

马倌在我们班里。过年了，我换下了他，让他休息休息，打打扑克，吃上几顿热饭。我那时候感情还没有被荼毒，后来，当我将自己的探家名额，让给一个农村妻子突然无缘无故地肚子大了的战友时，当我将自己的房间糊里糊涂地交给领导时，也许正是这种北方情绪在作怪。

黎明，穿上了蒙古式的大衣，戴上了三耳哈萨克帽，蹬上马倌那双散发着马臊味的皮靴，我拉开了营房的双层门。战友们正在酣睡，门外刮着猛烈的狂风，风裹着雪片乱舞。哨兵的枪刺在碉堡的一侧闪着半星寒光。

我把马赶出了马号。冬天，马顺风走，这样可以减弱风力；秋天，马逆风走，这样可以增大风力，吹掉落在身上的蚊虫。我顺应了马的习惯，跟在百十号马群后边，顺着风势，向哈巴库尔干方向走去。

如果在白天，我也许可以看见戈壁滩上的一群群伊犁马，和各种我们不懂的奇异的呼叫声，但是现在是夜晚，能见度很低，狂风雪又将除它之外的各种声音掩盖了。

小黄马突然停下来，两只耳朵像两支风信标一样在转动。接着，还没等我明白是怎么回事，就后腿猛一加力，开始奔驰起来。它穿过沙丘穿过芨芨草滩穿过冰河，想要把我摔下来。

我曾经说过我是一位不错的骑兵，我这一次又经受住了考验。小黄马见摔不下我，于是便奔向一片沙枣林，它故意从那些低矮的树丛中穿过，想让树枝将我挂下来。我紧紧地伏在马背上，抱住马头，因此，树枝只挂去了我的三耳哈萨克帽。小黄马在奔驰中，将身子向树干擦去，想碰断我的腿。我及时地在那一瞬间，将腿搭在马屁股上了。

骑手最怕的是马儿突然卧下来，在地上打滚，这样非压碎你的胯骨不可，可是那时，我的马还没有这种堕落的毛病。

见摔不掉我，马儿只好冲出沙枣林，向它的目标跑去。

我那时候什么也不懂。原来，小黄马有生殖能力。它喜欢让主人为它搔痒，正是皮肤上生满了小小的红红粉刺的缘故。也许它的漂亮的外貌感动了八一军马场的姑娘们，而种马的名额已满，所以在例行阉割手续时，手下留情，只阉掉了它的一个蛋。抑或是姑娘们当时正在谈恋爱，心不在焉的结果。当然还有第三种可能，那就是得力于自己的努力：手术进行中间，它突然挣脱了羁绊，跑开了。总之，这匹不符合服役规定的骟马，被送进军营，并且成为我的坐骑。

除了暴风雪的嘶鸣之外，我现在开始分辨出了一种异样的声音。这是伊犁马欢快的叫声。在残酷的大自然面前，它们感受到了生命的幸福和生存的欢乐，荒原上响着一片嘤嘤嗡嗡的低鸣。

有一群哈萨克人的马在吃草。马群排一列，由一匹黑马打头，正慢腾腾地游弋，母马和小马，从不敢离开前面踩出的道路，以防被冰滑倒或跌入雪窝。冰雪下的牧草，经马嘴一拱，马蹄一刨，根根梢梢，显露了出来。

小黄马迅速地发现了一匹对它具有好感的母马。它鬃毛立竖，尾巴的根部坚硬地直立，两只耳朵像风信标一样绕着脑袋做三百六十度旋转。狂乱的野性的血液在它身上开始奔流。它的腿部、腰部和脖颈突然变得坚硬和动作异样。

我与其说被马驮着，还不如说被一阵狂风卷着，冲到了这匹母马的跟前。小黄马直起身子，两只前蹄搭在了母马的身上。我这时候纵然有再高的骑术，也只有临阵脱逃了。

我两脚一缩，脱离了马镫，然后蜷成一团，从马背上滚了下来。在做这些以前，我伸出双手，从马的耳朵上就势一拉，取下了马嚼子。

我落在了柔软的雪地上，没有受伤。只是，我的牙齿不知碰到了什么坚硬的东西，也许是马嚼子，有一颗门牙掉下来了。牙齿落在了雪地里，根本无法寻找。我为这事遗憾了很久，因为据牙医说，现代科学技术可以将叩断了的牙齿重新接好。

那匹健壮的黑马是这个小小部落的领头。它对这意外的侵犯显然满怀愤怒。它冲过来了，两匹马展开了决斗。

决斗进行了很长时间。我无法形容两匹雄性的兽遇到一起那种凶猛的场面，因为它们踢起的团团雪雾笼罩了整个场面。

周围有一大批母马在围观。有些母马身边还带着小马。它们的围观使两个竞争者更加专心致志。

我拼命吆喝着小黄马，并且不时威胁似的挥动着嚼子。但是它不予理睬，它的眼中充满了对人类的蔑视和仇视。人类几千年对马类可资骄傲的驯化史，在这个被青春和激情驱使着的纯情动物面前，失去了效力。

又一个回合开始。

双方拉开了十多步距离，然后像有一个统一的号令似的，陡然惊起，凶猛地向对方扑去。当接近的那一刻，两匹马同时直立，两颗脑袋在空中碰在了一起，然后各自嘴里的血沫喷在了对方的脸上。

小黄马的脑袋显然嫩些，头皮开始往外渗血，眼睛里也一定金花四冒。“不要躲开，用你的蹄子！”我喊了一声。不知道是我的喊声起了作用，还是小黄马经过许多回合以后，已经悟出了一点道理。它继续用后腿像袋鼠那样站立着，却腾出两只前蹄，在雄壮的黑马的胸脯和前颊上，一阵猛砍。它的蹄子上钉着马掌，而且马掌上有四颗防滑螺钉。防滑螺钉结结实实地扎进了肉里，撕下黑马的片片皮肉。

没有使役任务的哈萨克头马，是从来不钉掌的。尽管黑马的两蹄也在小黄马前颊上猛砍，但是收效不大。

黑马终于感到了自己胸前火辣辣疼痛，接着发现小黄马身上的，以至一些雪地上的殷红血液，是从自己身上喷出的，立时怯了。

黑马猛地一个转身，扬起两只后蹄，在小黄马眼前虚扬一下。小黄马一躲避，黑马已经一溜烟地拖着大尾巴跑掉了。

小黄马向我得意地叫了两声。然后，四条腿，走向那匹母马。母马拒绝了。它毫不害羞，又向另一匹母马奔去。身上热气腾腾，毛皮泛着水珠和光。我恼羞成怒，追过去，在小黄马屁股上打了两嚼子。突然，远处传来了一阵阵马的嘶鸣。原来，黑马并不甘心失去它的统治地位，它站在一架沙包子上，扬起脖颈，顶着风，用我们听不懂的语言，呼唤旧情，抗议暴力。

呆立着的母马立即炸群了。它们犹如洪水猛兽，左撞右碰，一会儿，就一个不剩地回到了黑马的身边。

糟糕的是小黄马也跟了去。它阻拦了几次，见没有作用，于是就跟在后边跑去。也许，它在那里，又将同黑马决斗。

我一个人被孤零零地丢在荒原上。这里远离营房，也许我将冻死或者遭遇不测。幸好，连队的马也乘着风，来到了这里。我大喜过望，抓住了一匹最老实的白马。我先将嚼子扔过去，搭在了马脖上，趁马站定的一刻，一跃身过去，抓住马鬃，跨上马背，然后骑在马上戴嚼子。

我骑着马，颠簸着来到沙丘后，先将黑马赶过了一条冰河。黑马没有掌，它轻易不敢从冰河上过来的。

折回头，我将小黄马往回赶。赶过几个来回后，我明白，小黄马是无法赶回的，最好的办法，是将母马群和小黄马一起赶回来。

这样，小黄马压着一个角，我压住另一个角，我们将马群赶回了部队的马号。是一个雪原的早晨，风停了，雪住了。从那雾蒙蒙的东方，阿尔泰山奇异的垭口，最先出现了一个红色的光柱。继而，在光柱的左右两侧，又出现了两个小光柱。整个雪原、群山，还有包括人类在内的各种动物，在一瞬间遍体通红。后来，光柱慢慢褪了，而在每一个光柱的根部，都升起一轮迷蒙的太阳。半个时辰之后，中间的一个突然跃上了半空，而左右的假日即行隐去。

本城不久前曾见到过这样一次假日现象。人们欣喜异常，以为看见了奇迹，电视和报纸专门做了报道，专家们也在那里煞有介事地评述，他们不知道这一切在雪原上多么普通，他们忘记了白猪和黑猪的故事。此处似指一则中国古代寓言，河西有人，家中母猪产下一头白猪，以为怪异，于是欲献于皇帝。路经河东时，见河东有猪皆白，遂羞惭而归。

腾出了马号。气喘吁吁的我和我的小黄马，将母马群赶进了马号。小黄马是最后一个进来的，在迈进栏杆时，它迟疑了一下，但还是跨进来了。

我抓住了小黄马，然后放走了这漂流的母马群。小黄马满面流泪，看着马群离开。这时候，通红的幕帷下，一位哈萨克骑着马赶来了。伤痕斑斑的黑马在前面为她带路。这是一位姑娘。她那张俏丽的黑脸上有一丝愠怒，好像不是我的马，而是我本人违反了群众纪律似的。

我一再解释，并且请她到营房里暖和一阵。她竟一声不吭，赶着她的马群，自顾自走了。“我当时很害羞！”后来，当我们成为朋友时，乌龙木莎这样说。

十一、赛力克

在我的斗室的墙壁上，挂着一幅照片。那照片上有木莎的一根辫子。不过旁人是认不出来的。他们会把那看作是从白桦树背后斜斜地垂下来的一棵狗尾巴草，或者一束成熟的燕麦。

那是最初进入别尔克乌争议地区时，随队的作战参谋为我照的。照片上的主人公，骑在小黄马上，黝黑、苍老、疲惫，眼神忧郁。他的新装的门牙显然不合适。他的耳垂特别大，像两颗红得发紫的草莓，自从小黄马走失的那个夜晚，三耳帽丢失后，他的耳朵就受冻，从此落下了病根。远景是白桦林，白桦林背后是苏军的瞭望台。额尔齐斯河在照片的下方闪着冰冷的光芒。

拍照时，木莎在不远处的白桦林里，放下肩上的小桶，怯生生地向里张望。但当快门按动的一瞬，她将身子躲进了白桦林里。于是只留下这根辫子，给人时常以联想。不过这种联想属我所独有，因为别人并不知道那是根辫子。

谈起木莎，需要提起她的父亲。她的父亲是一位虎背熊腰、大手大脚的哈萨克大汉，名叫赛力克，一个牧业队的队长。一匹体型不算太小的青马，在他胯下显得像个玩具。但是青马的力气特大，而且有耐力，驮着这么个大汉，一路大走，蹄花翻飞。这小青马还深谙人性。赛力克好喝一口酒，酒意朦胧之后，朋友将他扶在马背上，马儿会准确地将主人驮到家里，而且不必担心路上出事。小青马之前，赛力克曾拥有一匹上等的良马。有一次奔驰中，马嚼子突然脱落。赛力克抓住马鬃，一阵吆喝。马儿野性正盛，不愿停下。突然面临一处悬崖，只见赛力克怪叫一声，两只膝盖使劲一夹，马儿顿时倒在地下。后来兽医诊断说，马儿一边断了四根肋骨，一边断了三根。

草原是生长传说的摇篮。不知道是传说还是实有其事，人们说，赛力克的神力得力于一只母熊的乳汁。他刚刚半岁时，母亲背着他，到毡房旁的河边洗衣服。母亲将他放在草地上，包得严严实实的，就去洗衣服。这时，从远处的森林里走出来一只瞎熊。瞎熊刚刚失去了孩子，奶头也许正憋得难受。它十分温柔地撕开被褥，将孩子舔了舔，然后将奶头伸进孩子嘴里。孩子抱起熊的一条腿，吮吸起来。母亲在一旁吓瘫了。瞎熊走后，母亲立即抱起孩子，逃回了毡房。但是第二天的这个时辰，瞎熊又来了，一阵阵哀鸣，令人胆战心惊，并且用爪子挠门。也许是它终于破门而入，也许是母亲突然受了某种灵性的启示，总之，瞎熊这次又顺利地为孩子喂了奶。这种奇异的事过了半年才结束。而赛力克便雄壮地生长起来了。这只瞎熊后来又活了很长很长的时间。因为它每年总有几次在这条小河边露面，所以我们部队的一名神枪手，一个喜欢惹是生非的人，曾经躲在芨芨草丛里试图捕杀它。这是20世纪70年代的事。扳机扣动了，瞄准的部位是熊的心脏，结果枪却没有响。原来是个臭火。人们后来将这个没有发射出的子弹归结于“四人帮”，认为是“文革”中粗制滥造的结果。但我觉得除了这个原因外，也许还有一种我们人类所不知道的原因。那只瞎熊毫无表情地朝芨芨草丛望了一眼，走过来，一巴掌将神枪手打死了。瞎熊走回大森林中，从此再没有露面。

有人说，如果让赛力克参加摔跤比赛，那会是一种什么情景。恰好，他正有过一次这方面的纪录。时间是50年代后期。当时的世界冠军在苏联。中苏关系已经出现深深的裂痕。其时，世界冠军来到北京，横行天下，无人匹敌。人们从偏远的草原上找到了赛力克。但是，世界冠军的气势将赛力克吓住了。那冠军满头雄狮般的长发，满口向外喷着白沫，发出阵阵震耳欲聋的怪叫。他不是自己走台的，而是口里噙着嚼子，嚼子上系着哗哗作响的铁链子，链子的另一头则由一个故作胆战心惊的助手牵着。第一次交锋他没有出场。接着他受到了周总理接见，我想在接见中总理一定给他说了许多鼓励的话。总之，在下一次交锋中，他勇敢地走过去，用两只大手，抓住世界冠军的肩膀，一使力，便将世界冠军摔在了圈外，久久没有爬起来。全场欢声雷动。

赛力克立即遭到了暗算。来自世界冠军同一国度的一名小个子摔跤手，提出挑战。他毫不费力地将小个子往身下压的时候，突然小个子精瘦的肘部，朝他肋骨上闪电般地一击。他顿时像被蛇咬了一样，一阵火辣辣的疼痛。他庞大的身子将小个子遮住了，因此裁判和观众都没有看见这一幕。他耐着疼痛，战胜了对手，随后，便带着没有接好的肋骨，回到了草原。本来，有关方面已经为他办好了在北京工作和定居的一切手续，但是，没有奶茶和抓肉，没有骏马和草原的生活，他是无法习惯的。

十二、乌龙木莎

在父亲浓烈的“树荫”下，她被“歇”住了：苍白、平静和沉默寡言。草原上有的是小伙子，但没有人敢在这家毡房门前唱情歌。她更像她的母亲，那个脸上永远呈现着黄黄的病色的、可怜巴巴的哈萨克女人。

在遇到我之前，还没有人打搅这位灰姑娘的春梦。父亲严格地将她和她的母亲，当成了自己的私有财产。父亲希望她挤牛奶，接羊羔，摇动手摇缝纫机。但是她更喜欢像男人一样，骑着马在草原上游弋。在打马草的季节，大刈镰下牛尾草沙沙响，阳光下弥漫着苦艾的味道，而她，像真正的哈萨克女人那样，为男人们点燃炊烟。

她还爱唱歌。她的歌声并不比男高音逊色，也不比现今时兴的那些歌星们逊色。除了哈萨克民歌，她还会唱青海民歌《在那遥远的地方》。我的这支歌就是跟着她学的。现在，春节晚会上，有时推辞不掉，我还会以惆怅的语调，用哈萨克语演唱这支歌。朋友们有一天也许会知道，因为这支歌，我曾经有过光荣的一瞬，用指导员的话，成了一夜间的天才。

在天山南麓辽远的土地上，在甘宁青三省交界处，有一块曾被闻捷称为黄金界石的巴里坤草原，那里也是哈萨克神圣的领地。相信这支民歌，是被那些往来不定的游牧者走亲戚时带到阿勒泰的。

在进驻别尔克乌以前，我又见过木莎一面。我正在连队的菜地里劳动。那是个金黄色的草原的秋天，铃铛刺在微风中欢快地摇着铃铛。男高音探亲时带回来的一种西红柿新品种，叫“北京梨”，它在这黑土带上获得栽培成功。蔓子不高，果实有红有黄，像橘子一样挂满枝头。

“加克斯吗？巴郎子！”（哈萨克语，你好吗？少年郎）

“加克斯！”

我应声回了一句，抬起头。篱笆外边立了一座山峰。赛力克骑着马，站在那里，正向我爽朗地微笑。

木莎站在父亲旁边，我可以看见她的刚刚在小河里洗过的头发和湿润的眉目。她装作不认识我的样子。在我的目光扫过时，她轻轻地皱了一下眉头。

原来是他们游牧来到这附近，现在，顺便到连队卫生员那里，要一点药片。哈萨克们最初不信任西药，视这些药片为异端邪说，现在又认为这些西药包治百病，谁有三灾六病，到连队来要上一把药片，填到嘴里了事。木莎母亲的病生得奇怪，一直靠药片维持着，只要吃上几片白色的药片，病情马上见轻，胃痛片和头痛片无所谓。

木莎突然转过身，和父亲窃窃私语。我懂一点哈萨克语，明白她问这地里生长着的是什么。

“一种上帝的禁果！”父亲说。“不是的！”女儿强辩说。她说这是一种蔬菜，课本上学过，名字记不起来了。

我至今还常常诧异，不明白哈萨克为什么对西红柿抱有那么大的成见。我曾经请教过一位老年的哈萨克。他支吾其词，好像是说，西红柿吃了，会生下娃娃。我说，即便女人们不能吃，那男人总可以吃吧，如果男人们真的能生下娃娃，那倒是一桩奇事。我的话使这位喝过聪明泉泉水的长者无言以对。因此，西红柿问题也就仍然没有找到答案。

对西红柿问题最好缄默。因为，在遥远的城市里，那些哈萨克们是吃西红柿的，非但吃西红柿，而且像我们一样，经常提着篮子在菜店门口拥挤。

木莎的话惹恼了赛力克，他的脸上出现了愠色。木莎低头不语了。

我很为木莎抱屈。我摘了一大捧西红柿，并且炫耀似的挑一颗鲜红的，往空中一扔，信手接住，又将剩下的装进了上衣口袋。

我用眼睛的余光扫了一下木莎，发现她已经骑着马默默地走了。赛力克问我回不回去，他说连队的大烟囱，已经开始冒烟了。我关好了栅栏门，防止牛羊作践。随后，赛力克轻轻地一夹，将我提到他的马背上。我一手扶着他的腰，一手拄着马的屁股，小青马船一样地颠簸起来。

出于一种恶作剧的心理，我摸出了几个西红柿，偷偷地塞进了赛力克的口袋。我想，在连部里，当他伸手摸莫合烟时，一定会大吃一惊。

木莎发现了我的恶作剧，她在一旁偷偷地笑了。当我的眼光转向她时，她却用手一撩肩上的长发，疾驰而去。

十三、一段历史

中俄不平等的一八八三条约线在划定这一段的时候，只划定了界线，却没有栽立界桩。也许是当事人对这块荒漠不甚重视，也许是双方突然被什么更重要的人耽搁了，也许是聪明的左宗棠在这里留下一处伏笔，以便国力鼎盛后，重提旧事。

没有界桩也罢，两国的巡逻兵按照约定俗成的路线，或以一棵高大的胡杨，或以一架木质塔状的哈萨克坟墓，或以一座稍凸出一点的沙丘为参照物，岁岁年年，后边的人踩着前面人的蹄窝，巡逻放哨。

全国解放后，边界线两边的两个国家，忙于交杯举盏，诉说兄弟情谊，从而荒疏于边界管理。于是额尔齐斯河的漠风，年年吹过，流沙移动，地貌地形变幻不定。而作为边界参照物的大树，不知为何人斫砍。那条细细的季节河，也已淤塞，有的地方为黄沙所湮，有的地方变成沼泽。1962年伊塔事件后，中国才记起管理这一段边界，可是，阿勒泰军分区司令员乘马来到这里一看，发现苏方已抢先在混淆不清的边界上，犁了一条松土带，竖了一根木桩作为标志。松土带明显不在原来的边界上，就是说，剜去了中方一块不算太大也不算太小的狭长地带。司令员见状大怒，喝令随从，借来哈萨克的大斧，要砍掉界桩，踏平松土带。因了上峰已有“维持边界现状”的指令，所以随从们面面相觑，不敢动作。司令员见状，亲自挥动大斧，只见火把照耀，木屑飞扬，这根一搂粗细的松木木桩，轰然倒地。而这位江西老俵，随后被撤职回家。

别尔克乌争议地区从此形成。70年代初，中国边防检查站多次提出别尔克乌归属问题，说明这是中国领土。既然哈萨克牧民祖祖辈辈在这里放牧，现在还应当在这里放牧；既然别尔克乌有牧民们的祖坟，不让他们去祭奠是不人道的。苏方原则同意了这一观点，但是前提是不许军人介入，他们依据的是周恩来与柯西金在北京机场达成的五点谅解中的其中一点：双方武装人员脱离接触。他们说：他们仅仅是出于人道主义的考虑，允许经济困难的第三世界，在他们的草场上放牧。我们的逻辑则是这样的：既然我们在这里放牧了，这里就是我们的领土；既然这里不是我们的领土，我们又怎么有可能在这里放牧。

于是在那个冬天，哈萨克们的大量的马群、牛群、羊群、骆驼群便拥进了别尔克乌。协议上禁止军人介入，但是为了防止突然的事变，我们一部分骑兵一律换上了哈萨克式的衣服，枪支裹在大衣里，手榴弹装进口袋，跟在了牧人的后边。

十四、别尔克乌争议地区

半饥半饱的畜群。坐骑的湿漉漉的肚子。牧人的沉重的双腿。被一个信念鼓舞着，我们在这里度过了一个艰难的时期。

木莎也来了。她赶着她的马群，她的俏丽的黑脸被漠风和雪的反光映得更黑了，脸唇也有一些干裂。

赛力克没有来，姑娘显得有些孤单。她贪恋地跟着她的马群，从早到晚。大家在这里都显得谨慎小心，与畜群形影不离，防止它们越入苏方纵深，引起意想不到的连锁反应。

黑马充当了木莎的坐骑。小黄马与黑马又相遇了。两个冤家在这种时候感到亲切。争斗的念头在这里已经消失了，都拖着疲惫不堪的步子。两匹马友好地互致敬意，用一阵阵热烈的叫声。

从木莎的目光中，我明白她有些胆怯，明白她希望我跟着她，为她壮胆。但是她很倔强，并不说出来，而是劝我去照护别的牧人。傻乎乎的我，以为她在嫌弃我，便说了声“珍重”，又向雪原上另外的畜群奔去。

“你回来！”她突然在背后喊我。听到喊声，我掉转马头，问她有什么事，她脸红了，回答说没有事，让我走路。军民联防指挥部设在别尔克乌边缘的一片胡杨林中，是一个地窝子，上边覆盖着厚厚的积雪。

身体雄壮的武装部部长坐镇。这里有一条埋在雪地里的电话线，有权直接与总参通话。

夜晚，苍白的太阳早早降落了，整个雪原寒气逼人。不时有照明弹或曳光弹，出现在苏方的天空。

脱离了别尔克乌，牧民将畜群赶在了地窝子周围的雪地上，心里方始安定。畜群卧下来，相互拥挤在一起，借别人的身子取暖。

天空中每有亮光划过，畜群便一阵骚动。

地窝子里盛不下人，牧民们便在野外点燃一堆堆篝火，倚火而坐。为了打破这沉重的压抑感和寂寞感，不知是谁最初唱起了歌子。歌声得到了响应。夜半更深，男人粗犷的歌嗓和女人怨忧的歌嗓摇撼着荒原。与歌声相伴的是冬不拉的琴弦声。是哪个牧人在这样的地方还没有忘记带它？

一部雄浑的男声合唱结束了，随后是女中音。飘飘忽忽，沸沸扬扬，纯洁、真情。木莎就是在这个时候唱出《在那遥远的地方》的。

我在不远处站岗。我比别人听得更真，更仔细。我在这一刻受到了强烈的摇撼。我也许想痛哭一场，说不清是为什么。为了我的曾经变成冰疙瘩的那双手套，为了我的可怜的小黄马，为了父母的洒在信纸上的眼泪，为了正在歌唱的这位孱弱得让人琢磨不透的小姑娘。

我明白了我必须在第二天一步不落地跟着她，不是像浪漫曲中所唱到的那样，“做一只小羊跟在她身旁”，而是用男人的肩膀，为她遮风挡雪，安慰她，保护她。

十五、血溅雪原

不久，发生了一场变故。有一天游牧中，天空突然出现了直升飞机。往日，天空偶尔也出现飞机的，那是苏方在用飞机执行正常巡逻任务。但是这次，来者不善，善者不来。仿佛晴空打起了响雷，轰轰隆隆，一阵阵飞沙走石。

这钢铁动物出现了，几乎是擦着地皮飞。螺旋桨搅得别尔克乌地面，沙粒、雪片、树枝漫天飞舞。狂风几乎要把人从马背上掀下来。胆小的牧人，滚鞍下马，蹲在地上，用手捂住耳朵。胆大的牧人，虽然身子在马背上摇曳，两手仍紧紧地提住马嚼子，往一块儿归拢着畜群。

直升飞机盯住了一群母羊，它不再移动，而是停在了羊群的上空，一阵歇斯底里的狞笑。母羊正面临产春羔的季节，本来就拖着个大肚子。这时，在这令人毛骨悚然的轰鸣声中，受到了惊吓，于是四散而逃。

血流出来了，胎儿流出来了。母羊们个个拖着一个血糊糊的胎儿，在雪地上狂奔。碰到了铃铛刺，胎儿挂在了上边。母羊一使劲，脐带断了。

胎儿在刺棵子上边抖动着，抖动着。它为自己过早地来到这个世界上感到突然。听到了轰鸣，它不明白世界上到底发生了什么事情。刺棵子在飓风中摇摆，胎儿最初感到像在摇篮里一样，后来感受到了饥饿和寒冷。它想重归母体，但是没有道路。它想呼喊。但是叫声在飞机的轰鸣声中显得如此脆弱。

它立即就被冻僵了。不久之后，成群的乌鸦将在这一块土地上翻飞和聒噪，苍鹰将在天上巡视，为这世界的苦难发出凄厉而可怕的叫声。在此之前，羊类的母亲会凭着一种直觉，找到各自的儿女。它们是来尽母亲的职责的。按照古老的积习，在生产结束之后，它们要做的第一件事情，是伸出粉红色的舌头，将羔子的通身细舔一遍。现在虽然是死胎，它们也仍然这样做了。并且一边舔一边流泪，好像在为经历了妊娠的痛苦，却没有成为母亲而遗憾。

现在直升飞机轰鸣。别尔克乌争议地区血肉横飞。马的死胎、牛的死胎、羊的死胎，一嘟噜一嘟噜地撒满了雪地。

小黄马在这一刻显示了它的大将风度。它不害怕也不急躁，载着我立在一座沙丘上、当年将军砍倒木桩的地方。直升机发现这是一个主角，于是回过头来在我头顶轰鸣。狂风掀掉了我的三耳帽，剥去了我的大衣，沙粒和雪片打得我脸生痛。我实在想顺过肋下的冲锋枪，一阵猛射，可是我耐住了。

直升飞机转向了木莎。木莎的马群也像所有的马群一样，在这块狭长地带上奔突。一匹接一匹的母马溜驹，木莎在这一刻没有懦弱，她紧追不舍，始终紧紧地跟着她的马群。暴躁的黑马也不时向空中毫无意义地咆哮几声。

直升飞机飞得很低，简直和站在沙丘上的我成平行线。轰鸣声猛然在马群上空响起。已成惊弓之鸟的马群，再次炸群了。

木莎再也无力将它们归拢。她呆立不动了。也许是出于一种好奇，也许是想仔细看看他们工作的成效，直升飞机在一块平坦处落下来了。

可以看见三个胡子刮得净净的男人，从机舱里走下来。

木莎突然拍马，向直升飞机奔去。我立即意识到将要发生什么了，于是从沙包子上，一跃而下。

三个男人见状，重新钻进了机舱。飞机启动了。这时候，木莎从鞍子的一侧卸下套马绳，在头顶挥动了两圈，一撒手，去套直升飞机。绳子不知套在了飞机的什么部位上。总之，它套住了飞机。直升飞机并不理会，它缓缓地飞起了。皮绳开始变直。后来，木莎和她的坐骑脱离了地面。这架钢铁动物由于用力，声音变得沉闷了。它最初曾有一丝惊慌，后来发觉自己的力量是不可战胜的。虽然这次没有表演杂技的任务，但是它觉得表演表演还是有趣的。

飞机吊着一个人、一匹马，缓慢地擦着别尔克乌上空飞行。雪原上所有的人类、畜类、植物类，都惊呆了。

“丢掉绳子！丢掉绳子！”我一边追赶一边喊。木莎没有丢掉绳子。我突然记起了，哈萨克的习惯，套马绳的这一端总是牢牢地系在鞍子的铁拱圈上的。

木莎本来可以腾出手来，掏出皮夹克（哈萨克语，小刀或匕首），割断绳子。她也可以撒开手，让马儿继续吊着，自己跳下来，但是，她不知是吓昏了，还是为一种愤怒所驱使，仍然牢牢地抓紧绳子。

“胡大呀，你看见人间发生的事情吗？亲爱的小黄马，如果你还有灵性，如果你真的是一匹勇士的坐骑，而不是一件装草料的口袋的话，你就奔驰起来、飞腾起来吧！”

胡大听见我的召唤，小黄马听见我的召唤。一叩马刺，小黄马真的飞腾起来了。我只觉得耳朵呼呼生风，整个身躯飘飘如一张白纸，而且心中出现一种异样的感觉。

匆忙中我从马靴里摸出皮夹克，反握在手。就在飞机发现了我，开始升高的那一刻，我飞骑赶到。按照骑兵的动作，我的右臂挥动了过去。皮夹克如同手臂的延长部分。

绳子断了。就在木莎和她的坐骑下坠的时候，我右手扔掉皮夹克，趁势搂住乌龙木莎。而她的坐骑沉重地掉下去了。

十六、直升机越境事件

见好就收。直升飞机慢腾腾地飞走了。木莎及其坐骑与飞机突然分开，非但没有使他们感到不快，反而有几分轻松。因为他们这次来并没有要杂技的任务，他们也担心事态升级，不好收场。他们回去后将在巡逻登记簿上像往日一样，填写上“×年×月×日进行一次例行巡逻，一切正常”字样。

现在他们要去斋桑泊一家哈萨克毡房里喝奶茶了。临登机前，哈萨克主妇已经到羊圈里去挤奶。

但是不管怎么说，这些胡子刮得光光的、受过高等教育的人类一分子有时会感到不安。当他们鼓动着腮帮吹动茶碗里漂动着的奶皮子和酥油时，他们会想到别尔克乌血肉模糊的大地，当他们自此以后每每驾机路经别尔克乌上空，总要将机身升高，大地上乌鸦翻飞和黑雾缭绕，总使他们恐惧和惊厥。

1974年3月14日，这架直升飞机飞越别尔克乌上空后，鬼使神差，将额尔齐斯河当成了界河，深入中国纵深一百公里。他们后来解释说是由于气候的缘故。恰好那天是我站在瞭望台上执勤，天色晴朗，能见度良好，我是记得的，并且有瞭望登记簿为证。

找不到飞行坐标，机组人员马上明白报应来临，在劫难逃。三个人走下飞机，想判断一下方位，好往回飞。这时候成群的伊犁马、成群的牛和成群的羊只认出他们和它，于是将飞机团团围定。

机组人员关好机门，正欲起飞时，一位牧人赶来，甩出了套马绳。绳索这次套在了螺旋桨上，飞机无法启动了。牧羊人又将绳子的另一头，拴在胡杨树上。随后，成群的牧人赶来了。我们不难猜出，这位剽悍的牧人正是赛力克。

这只罪孽深重的钢铁怪物，先是被低空飞行驾到乌鲁木齐，接着装上火车运到北京，在中国革命军事博物馆展出一段时间后，于1975年的最后几天，物归原主。

那三个男人先期释放。他们先是羞怒，接着是沉默，最后是痛哭流涕。尤其是那位最年轻的中尉先生。他时常捧着一张照片流泪。那照片上是一位美丽、善良和含情脉脉的俄罗斯美人。中尉说。他的妻子要生育了，他很不放心。

十七、歌唱着生活

噩梦一样的别尔克乌斗争结束了。这是最后一次，第二年再没有进行。木莎也从我的怀抱里苏醒。作为我，多么愿意让她永远在我的马背上颠簸。永远长梦不醒，但这是不可能的事情。

木莎的坐骑死了。几天后，木莎康复，我们骑马并辔，专门去寻找它。黑马全身呈粉碎性骨折，已经冻得僵硬。它蜷曲地斜睡在雪地上，正像一篇小说中所描写的那样，鞍子已经被过路的哈萨克剥去，代替鞍子的，是马背上落着的几只乌鸦。

在这荒原上，木莎动情地歌唱起来，我也歌唱起来。我们热烈地爱恋了。我们歌唱着伟大的爱情，歌唱着即将开始的长长的日子，歌唱着短暂的幸福和永恒的痛苦，歌唱着我们的健壮和年轻。我们决定各自用汉语和哈萨克语给当地的自治区首脑写信，因为，据说与哈萨克族通婚，是要经过他的批准的。

在生命空虚之前它曾经充实过。我的生命的最辉煌的一页开始了。

十八、一夜间的天才

眼前发生的事情，正如一首哈萨克民歌唱到的那样：一匹马将你带到了她的身边。但是我多么不愿意将旧事提起。压抑的城市生活令我对旧事只留下一片迷惘，一丝苦涩的微笑。是的，一个古老而又古老的白马王子与灰姑娘的故事，不过灰姑娘并不漂亮，这个白马王子缺一颗门牙。

我愿意重提我的歌声。我过去和现在都坚定不移地认为，我是一位被埋没了的天才，一位被窒息了的歌唱家。

我们都是些小人物，我们浅近的目光永远不会透过环绕在身边的纷纷扬扬的尘埃，而去看清生命的本质的。我们永远不会高踞于生活之上，去接住命运抛给的缰绳，然后脱离庸人的轨道，而去创造奇迹的。让我们哭泣吧，让我们流泪吧，让我们在哭泣与流泪之后，又继续无所事事地生活下去吧。

我受过良好的训练，这得力于我们班的那个男高音。那是一个中国歌坛享有盛誉的人物，毕业于莫斯科某音乐学院。他先在国家级文艺团体，后来到军区文工团，后来又到我们部队大学生农场劳动锻炼，并且成为我的下属。

某一年，西哈努克偕夫人来疆，自治区各界为他准备了一台节目，上级指定要演唱一首亲王作词谱曲的叫作《怀念祖国》的歌曲。一切就绪，就是独唱演员还没有确定。所有的专业演员都试过了，都不尽如人意。后来人们想到了这位到哈萨克草原上劳动锻炼的男高音。接到长途电话后，他微微一笑说："转机到了！"于是爬上一辆敞篷卡车，直奔乌市。晚会上一曲《怀念祖国》，直唱得亲王痛哭失声，夫人晕倒在椅。晚会是再也演不成了。亲王靠左右搀扶，昏沉沉走到台上，与男高音紧紧拥抱，拍照留念。西哈努克回到北京，逢人便讲。这样，没有多久，男高音便奉命调回京。现在，他还时常出现在我家的电视屏幕上，大块头，粗脖颈，一声长吼，华丽，壮美，深刻，抒情。

当然，可能是可能，现实是现实，思路到了这阵子了，我说我本来是一名埋没了的歌唱家，如果现在是看足球赛，我也许会认为，如果让我早一点接触足球，并且有个好教练的话，我会是一名马拉多纳，我的块头，我的气质，更适宜于足球。自然，我还是我，一个在冰天雪地的城市黎明，一个莫名其妙地爬在一道辙印上，并且难移半步的卑微的人。

别尔克乌争斗结束了，作为这场争斗的副产品，一个类似"乌兰牧骑"或者"高原文化工作队"的团体产生了。成员是我们这个骑兵班的全体，木莎以及别的阿肯们，并且从团部召回了男高音。我们唱遍了辽阔的哈萨克草原和生产建设兵团驻地，以及那些几乎与世隔绝的边卡哨所。可以想见，我像一只小羊，紧紧地追随着我的木莎。

“一夜间的天才”的故事，发生在男高音突然离队，赴乌鲁木齐时。是一个十分美丽的春天，额尔齐斯河春潮泛滥，阿尔泰山在远处闪着耀眼的蓝光。

露天剧场设在额尔齐斯河一片白桦林左首的沙丘上。哈萨克的白色帐篷布满了河谷。

我们的表演结束了。木莎的歌声博得了长时间的掌声。其余的节目也都令人激动。但是，宣布晚会结束后，人们仍兴犹未尽，不愿散去。原来他们不知道男高音已经离开，他们想听听他的歌声。

就这样僵持了一阵后，木莎突然找到了我，她让我上台去。她说：“你会让大家大吃一惊的，我知道！”

我不敢上去。这些天来，我实际上只做一些幕后的工作。如果让我在野外放开嗓子，也许还是可以的，但是，我不习惯在台子上唱歌。我认为那是一件令人可怕的尴尬的事情。

“你在别尔克乌唱得多动人。就当你是给我一个人唱的歌吧，汽灯一照，台下黑糊糊的什么也看不清了，你就当在野外吧！”

不容分说，她将我推到了台上，最后鼓励地望了我一眼，躲在幕帐后边去了。我没有再犹豫，大大方方站在了那里。我站在扩音器前，清了清嗓子，扬声说：“男高音另有任务，已经去了乌市。为了今天这个美好的夜晚，我——李家勋，为大家助助兴吧！”

台下一片哗然。报幕员在一旁傻了眼。指导员在幕后压低嗓音说：“三班长，你想出什么洋相？”

我静下心来，抬头望着远方。眼前的所有的帐篷仿佛都变成了白气球，在原地摇曳。额尔齐斯河一河沉稳的消冰水，成一里宽的扇面，列阵而过。世界在这一瞬间静极了。我的眼前只有那位歪骑着马的灰姑娘。她的头发也许是刚刚在大河里洗过，现在在夜风中飘飘洒洒，仿佛河流是她披发的延续。正是亲爱的她，引发了我胸中那沉睡的激情，我现在就要在大庭广众之下，将我心灵隐秘的角落，为她而张开了。

祝福我吧，亲爱的姑娘！保佑我吧，什么都知道、什么都不说的、默立在侧的小黄马！庇护我吧，母亲草原！

我唱了起来。在那遥远的地方，有位好姑娘。人们走过她的毡房，总要回头留恋地张望。

她那绯红的脸蛋，好像红太阳，她那活泼动人的眼睛，好像晚上明媚的月光。我愿抛弃了财产，跟她去牧羊，每天看那绯红的脸蛋，和那镶着美丽金边的衣裳。我愿做一只小羊，跟在她身旁，我愿她那手中的鞭儿，轻轻不断地打在我身上。

歌声在一种无限怅惘无限忧伤无限感喟的旋律中款款结束。

没有刚才的掌声，没有刚才的欢呼。人们好像都愣在了那里。观众原来是为了饱饱耳福和驱除寂寞来看热闹的。但是歌声使他们想起了自己的爱情经历，大家都沉浸在甜蜜或痛苦的沉思中。良久，不知谁率先鼓了一下掌，于是全场响起了一阵暴风雨般的掌声。是谁把帽子扔在了空中，并且欢呼着。

我突然意识到自己在干什么。我吓坏了，转过身，向幕帐后边跑去。“这一手露得漂亮，三班长。”指导员走过来，当众紧紧地拥抱我，并且称赞我是“一夜间的天才”。

我挣脱了指导员热烈的怀抱，骑上小黄马，去找观众席上的木莎。

十九、神色恍惚

嗣后一切都像做梦一样，你的歌声风靡哈萨克草原，那些复员的战士又将你的名声传到内地。嗣后乐极生悲，你的歌子受到了审查，这个乌兰牧骑式的团体也随之解体，你报考音乐学院，政审没有通过。嗣后你所在的那个骑兵团，被扩充到边防一线，于是你来到那个距别尔克乌不远的边防站。嗣后就是复员命令宣布，那有点对部队生活依依不舍，又有感于终于解脱的时刻。嗣后你将鼓鼓的行囊，放在木莎家中辞别小黄马，回内地探亲。

临行时，她泪流满面，你也泪流满面。你们都有一种预感，这一别也许不会再见面。“能不走吗？”她轻声地问，并且用手为你梳理额前的头发。“一定得走！”你说。你在那一刻强烈地思念故乡。“那我就等着。我们用哈文和汉文写出去的信，也许快有回音了。”她神色恍惚地说。

二十、城市街道上的蹒跚的老兵

雪落着，静静地落着，落在这个介乎北方与南方的城市的街道上。城市建筑很是规范，分东西南北四条大街，中间是一座钟楼。钟楼秦砖汉瓦。城市的北边是一条火车道。火车道像一根瓜蔓，从内地一直扯到遥远的边陲。瓜蔓上大小不等，结了无数的瓜，这座城市就是其中一个。从火车站向城市中心修了一条大街，大街日渐繁华，从而破坏了整个城市地理上和人们心理上的和谐。现在，在飘飘的白雪中，各种各样的建筑物，都给人一种坚硬的、不太亲近的感觉。尤其是那新建的二十多层高的白色楼房，冰冷而傲慢，居高临下地俯瞰着城市。每次路经这里时，我都要产生一种反逆心理，想让摄影师为我拍一张照片，仰拍，使我高出这楼房一头。想归想，终究没有付诸行动。

在第一辆早班车从我身上碾过之前，我及时地从雪地上爬起来，从往事中爬起来。我立即混入了人群，在人群中你们难辨你我。

人们从各自的蜗居的蜂巢里蜂拥而出。大街上现在成了人的洪流。自行车的铃声现在清脆地响着，汽车喇叭声沙哑而低沉，一辆红色的轻骑，嚎叫着，在城市的夹缝中嗖嗖乱窜。

哦，我已经找不到辙印了。我呆呆地站在一家旅馆的门口，看着工作了一夜的霓虹灯在一个一个熄灭，看着投宿的人们一个一个冒雪踏上旅途。我努力地回忆着十年前的一幕幕，关于这家旅馆，关于那步履蹒跚的士兵，关于那张灯以待的姑娘，关于那一切的一切。

二十一、罗圈腿

十年前，我辞别了木莎，坐上长途班车，几天之后，到达乌鲁木齐，接着改乘火车，用了三天两夜的时间，到了故乡附近的这座城市。坐车坐得久了，回到陆地上，好久好久，还感到眩晕，感到建筑物在眼前摇晃。直到看见刚才乘坐的列车，远远东去了，心情才慢慢恢复，才确信自己是真的站在陆地上。

走出地道后，我立即就被城市的喧嚣惊呆了。我已经习惯了草原上那种安谧的、原始的、离群索居的生活，城市在我眼前已经陌生。其实，入伍前，我对这座城市也并不十分熟悉。我只是居住在城外的一间农舍，与这座城市的唯一的联系，是那条护城河。宫墙之内粉黛们净过脸的胭脂，顺着护城河漂向城外，千百年来灌溉着那一方皇天后土。我就住在护城河生长庄稼的另一头。是的，记起来了，当学生时，老师带我们来这里参观过一次。

但我毕竟看见了城市，看见了这故乡的城市，看见了在寂寞的岁月曾反复议论过的城市，看见了在梦中曾千呼万唤过的城市，看见了被一种说不清道不明的信念驱使，曾庄严发誓要用生命和鲜血来保卫的城市。

城市在这位大兵面前喧嚣着，显示着它的富足、堂皇、美丽和多情。一阵故乡才有的湿漉漉的风吹来，我不由得热泪涟涟。

我走在繁华的大街上，迈着骑兵的罗圈腿踽踽而行。我的一只手不自觉地攥着，好像依旧拉着马。

我在一家橱窗擦得雪亮的玻璃上照了一下自己，疲惫不堪，满脸病容，穿一身厚厚的棉军装，衣领开着，领章还没有摘下来。关于领章，我是有意不摘的。离开家乡时，只发了军装，没有配领章，一次唯一的探假机会又让给了战友，当了一回兵，没有让乡人看见作为一名士兵的你，是有点屈。两只鼓囊囊的大提包，用一根马镫带连着，一前一后，搭在肩头。对着镜子，对着一街神态轻松、衣着华丽的与我年龄相仿的男女，我突然自惭形秽。

我曾经无数次地为我的罗圈腿自豪过。骑在马上，两腿的弓形可以恰好卡住马的两肋的软骨部分。我可以骑连队最烈的146号马，我可以骑上光背马像一名真正的哈萨克那样在戈壁滩驰骋。童年的生活太苦了，营养不良，我的骨骼直到入伍那时还没有定型，因此，马上生涯自然使它成了罗圈。现在，面对美丽的城市，在亲人的身边，我第一次为我的罗圈腿害羞。

不要着急，年轻人，这种害羞才仅仅是个开始。在以后漫长的岁月中，我将会为自己的罗圈腿懊悔不已，你将会像偶然流落到地球民族的一个外星人那样，感到形单影只，郁郁寡欢，直到有一天，你的罗圈腿在城市的街道上重新变直。

行走间，我的背后突然传来了笑声，叽叽咯咯的，很是刺耳。一个穿连衣裙的面孔白皙的姑娘，一阵风似的从我面前飘过去，然后频频回头，另一位显然是她的男朋友，他在我后边挤眉弄眼。

城市已经进入初夏了。整个林荫路枝叶婆娑，气候在中午开始炎热。漂亮的男女们已经穿上了消夏的服装。这个臃肿的、眼神死板的、笨头笨脑的家伙，和这个美丽的城市，和这无忧无虑的欢笑多么不协调呀！

明白了是怎么回事时，我流下了冰冷的眼泪。我的双脚现在才真正踏在城市真实的地面上，不在空中旋转了。

打扮入时的男女，打扮入时的城市，在遥远的边疆我曾为你一千次祝福，可是踏上这故乡的街道，尽管穿着棉军装，我仍旧感到冰冷。

街道上到处传来了笑声。“朋友们！”我当时真想大声喊。我想说，当我离开边防站时，我的汽车是从额尔齐斯河、哈巴河、布尔津河的冰层上过来的，我在乌鲁木齐才甩掉的军大衣。

罗圈腿是暂时改变不了了，但是棉衣可以脱下来。我来到一个僻静的小巷，看看四周无人，迅速脱下了棉衣棉裤，抹下罩衣，穿在了身上。

这样，倒是不臃肿了，可是棉衣棉裤怎么办呢？总不能胸前身后搭两个大包，再把棉衣棉裤夹在胳肢窝里？

想一想，只得再把棉衣棉裤穿上，再把罩衣罩在了上边。穿棉裤时，我扯掉了棉裤上缝着的两只毛皮护膝。我得了关节炎，冷气往上升，成了坐骨神经痛，后来又上升到腰部的第十三根脊椎。这双护膝是指导员从自己的棉袄上扒下来，送给我的。护膝拥在膝盖上，鼓起两个包，显得罗圈腿弯曲得更厉害了。

我把护膝扔到了小巷的另一头去。差点打着了一个孩子的头。孩子捡起护膝，看了看，立即像捡着一条蛇一样扔掉。扔掉后，他又不甘心，重新捡起来，用手指尖掐住护膝的边儿，拿到我跟前，问上边的那些小动物是什么。他说，老师明天上生物课的时候，要他们说出一些小动物的名字。

我想说，这是我趴在猫耳洞（与战壕相连的单人掩体，此称谓可能起于抗日战争时期），用了一个月的时间，精心培养出的一种小动物。它的用处是减肥，如果你们的父亲或者爷爷有肥胖症的话，无须担忧，悄悄地将这些小动物放在他们身上就行了。

“饿不死的兵，冻不死的虱”，将虱子和兵联系起来，看来是有道理的。我在研究虱子方面是权威，虱子味道很好吃，生吃能行，单炒更好，有“十全大补酒”的功能。我还看见过虱子成精，成了精的虱子，在猫耳洞里乱飞。

不久前，毛泽东同志去世了，边界一线进入非常时期，我和我的战友们，趴在猫耳洞里，一个月也没有脱衣服，那些小动物正是在那个时候产生的。城市啊，我在那一刻，抱着火箭筒，以最强烈的感情向往着你。教官说了，火箭弹巨大的爆炸声，使心脏只能承受十七颗的响声。第十八颗时，心室就会因强烈震动而爆裂。我没有理会教官的话，我毫不犹豫地为自己准备了十八颗。也许我当时什么也没有说，什么也没有想。我古怪地笑了笑，拍了下孩子的头，就离开了。

后来我喝了酒。当我重新走向大街时，全身轻飘飘的，我好像如入无人之境。一队少先队员唱着歌走过来，每人的背上都背着个篮球。我微笑地向他们迎上去。但是队伍已经过去了，而我，来到了车行道上。从远远的地方过来了一队小车，抑或是领导，抑或是外宾，所有的车辆都默立两侧为之让路。我不知道这些，我迎上去，傻乎乎地笑着。“加克斯吗？”我喊道。突然身后传来一声斥责，接着，头上挨了重重的一击。我转过身来，想明白是什么东西在打我，什么人敢打我。可是眼前一黑，就昏过去了。

我醒来时是在拘留所里，我记不清自己当时说了些什么，做了些什么。总之，我被很快释放。不过，我以“有碍城市观瞻”和“不遵守交通规则”而被罚款十元，十元在那时还是个不小的数目。

夜已经相当深了。我敲开了一家旅馆的大门。我的温柔而平凡的妻子正坐在服务台前等我。她已经等了很久很久了，从小姑娘等成了老姑娘。她将服务台前的灯光拧到适当的程度，以遮掩眼角上开始出现的皱纹。她用孱弱的双手撑起一个生存空间，让疲惫不堪的我生息和安息。我们永远无法理解命运的安排，如果我推开的是另一家旅馆，那么也许就不会相遇了，那我的嗣后的生涯将是另一种样子了。然而我推开了它，我没有办法不这样做。

她看得起我，尤其是在这个时候。我的黝黑的闪闪发光的面孔没有令她惊骇，我的鼓鼓囊囊的棉军装和罗圈腿没有令她嫌弃，这一点应当永远令我感激。

也许她在漫长的等待中已经失去了耐性，虽然我并非意中人，但是她闭着眼睛以身相委。也许她和她的同学们这天早上算了一卦，算定这一天累积到某一位数字时的旅客，将是她的丈夫，而我恰好踏着那个数字而来。我与她的结合，对她来说，只是履行一个人来到这个世界上的沉重的义务而已。

作为我，我的被漠风吹黑的面孔会渐渐变得红润，我的罗圈腿会重新变直，我将忠实地尽一个丈夫的职责，在旋风般的城市中寻找一个避风的角落，生儿育女，安度人生。而在那玫瑰色的一夜，在我朦胧的意识中，所发生的一切，对我来说，只是我和木莎的长期的感情积累的必然的结局。简言之，我把这位张灯以待的姑娘当成了她。

第二天早晨我醒来得很早，妻子仍在酣睡。我感到一种无法排遣的痛苦。这天早晨，我所说的第一句话是：“我辜负了你，远方的灰姑娘”；我所说的第二句话是：“亲爱的妻子，你使世界上少了一个人又多了一个人”；我所说的第三句话是：“让我们走吧，让我们走向结婚登记处”。

妻子温顺地点点头。在以后长处的共同生活中，她的温顺曾屡屡刺痛我的心。

二十二、生活有时候会把人变成哲学家

谁能告诉我，在这个小小的地球上，哪里才是心灵的寓所，哪里才是人类温柔的故乡？当我们作为游子而浪迹天涯的时候，我们给心灵的一角，安放下故乡的牌位。我们疲惫时躲在里边休息，我们委屈时躲在里边哭泣，那里收留下我们委屈的泪水和疲惫的叹息。但是，亲爱的朋友，请你告诉我，当我们居住在故乡的时候，为什么我仍然感到自己并不属于它，我感到陌生的茫然，我感到自己仅仅是在客居。

极目望去，满街筒子都是人。各种惴惴不安的人，各种念头和梦想的人。这幸亏是人，而不是猴子或别的什么，否则，黑压压一片，怪吓人的。

这个地球上有一种生物，这种生物有一种不太准确的名字：人！它起源于猴子，一只猴子走出了森林，它用手挠了挠腮，试着直起身子，走了几步。结果发现，这种尝试是可能的，只要摆动前肢，保持住平衡就行。它有了思想，它在产生思想的同时产生了私欲。它创造的语言，它创造语言的目的一半是为了表达感情，一半是为了掩饰感情。随后，文字也创造出来了，同样的文字有时候被用来给母亲和恋人写信，有时候被用来签发投放原子弹的命令。

阴谋，凶杀，叛卖，战争，谎言，讹诈，强权，暴力，压制，淫乱，虚伪，献媚，投机钻营，结党营私……种种难以想象的堕落行为，像瘟疫一样弥漫于这些自称是万物之灵的动物之间。他们以地球的主宰者自居，他们以舍我其谁的气势在那里出现，那里别的动物便纷纷逃遁，星星和月亮便让位于霓虹灯。

有识之士在经过一次又一次无补于事的努力之后，终于将人类的这种丑行归结于它的劣根性，即它的祖先是行为猥琐的猴子这一事实上。而冥冥之中，大自然以一种不可抗拒的神秘之力，每隔一段时间，便会在地球的某一个角落，借助于一个临产妇的肚子，生出一个毛孩来。它说不清是在嘲笑人类，还是在提醒人类。

也许，你——李家勋，你只是来这个世界上做一次客，经历一次苦难，朝生而暮死而已。你来不及思考这一切的，你的寿命有限，等到你接近这个问题的核心的时候，你就如雾、如烟，不存于这个世界上了。多像一个匆匆过客呀！这话很对，从这个意思上来说，眼前这个叫旅馆的地方，是一个带着命运标志的恰当的称谓。人类的所有的住宅都应该叫作旅馆，生命的所有的行程都应该叫旅行。生命尚如此短促而充满悲哀，你又何必去争争吵吵。而且，大自然也许突然间会来一场地震，说不定在唐山，说不定亚美尼亚，说不定地缝就在我的双腿之间裂开，从而让拥有大的住宅和小的住宅的人在一夜间露宿于野，重温昔日猴子的旧梦。

二十三、重上马背

几天之后，我在郊区一座新建的两层农舍里找到了那个菜农。我用低廉得难以置信的价钱从他手里赎回了这匹伊犁马。菜农准备添置一台小四轮拖拉机，急需钱用，正想将马送进屠宰场去。所以，我出的其实是一张马皮和一堆马肉的价格。

在单位领导的百般阻挠下，在妻子的困惑不解的目光中，我骑上伊犁马踏上那辽远的征途。不要问我是乘火车来的，还是乘汽车来的，或者像我的前辈堂吉诃德那样，穿行大半个中国，带着各种凄楚的故事，一步一步走来的。我不能准确地告诉你，因为当伊犁马的四蹄，重新叩击着这块冰封大地时，我才从沉沉的梦中，倏然惊醒。

久违了，记忆中美丽的草原，青春和激情流放的地方。苍鹰在翱翔，你曾是我看到过的苍鹰的子孙吗？一群群哈萨克人的、蒙古人的牛羊在吃草。阿尔泰山在这处闪烁着冰冷的清辉，一架雪爬犁旋风般驶来又旋风般驶去。

我穿上了我当年穿过的那件皮大衣。皮大衣的十个大扣子掉了三个，一个掉在伊犁草原上，一个掉在塔城草原上，一个掉在我脚下的这块阿勒泰草原上。

人的意识真是奇怪。我有了呢子大衣后，妻子曾经几次想将这件旧大衣扔给我乡下的亲戚。我没有答应，难道，我预料到会有这么一天吗？

一颗苍耳从皮大衣的毛上掉下来，落入雪地，随后被马蹄踩没。这颗苍耳是过去的岁月里，哪一次执勤留下的纪念，是别尔克乌吗？我已经无从知道了。我把它带回了内地，又重新带回了草原，现在，它无声无息地离我而去，重归母体。明年，它将开花和结果，并且在草原的风中唱歌。

在我贴身的地方，穿着一件白背心。背心上印着“阿山雄鹰”四个字。我当年曾经穿着这件背心游弋于草原。

小黄马在我的胯下喘息。它已经老了，很老很老了。老得我甚至不忍心骑在它的背上，让它踏着没膝的深雪前行。

它的腰身已经变硬，它的四肢不再柔软。那与生俱来的三种运动姿势：走、颠、蹦，或者说在离开草原的日子后忘记了，或者说在拉车的岁月中被调教坏了。总之，骑着它，步履蹒跚，心情忧郁，很难令人满意。

那些磨损过度的皮毛上，重新长出的是一种灰白色的杂毛。因此，我已经不好意思再见小黄马，我只能称它们统一的称呼：伊犁马！李家勋没有从马背上跳下去，紧紧地拥抱着冰雪大地，诉说他的痛苦，因为他已经经历得太多。如果再年轻几岁，他会这样叫道：爱情和光荣啊，你们老是绕着我们飞，而难得降落，你们究竟是什么？发抖而被束缚于冰冷大地上的我们，把眼睛举向空中搜寻这两者可爱的光，只见它们披上了千种万种的色彩，然后抛下我们在我们冰冻的道路上徘徊。

伊犁马经历得太多了，它也没有直起身子，仰天长啸，像当年英武的它那样，向它的同类诉说城市的故事。

它和他都经历得太多了，都快接近那大彻大悟的境界了。当四只眼睛偶然相遇时，突然，它和他都摒弃了自己的尊严，在雪地里抱头痛哭。

它和他在这一瞬间达到了息息相通，天人合一。

二十四、在哈巴库尔干

我来到了我和木莎最后分手的地方。自从定居城市后，我再也没有给木莎写信，多少次拿起纸和笔，画上三行，就又将它撕了。

后来我终于明白，什么信也不应当去写；不写信，什么也就都说清了。我只给相依为命过的指导员，写过一封措辞冷淡的信，请他去木莎家取回我的行囊，并且把行囊中的糖块取出来，留给木莎。那时食糖供应很困难，这些糖块，是部队上送给复员战士的。

现在，我应当向她说些什么呢？向她说，这些年来，我时时刻刻都没有忘记她吗？向她，表示一个薄情男儿的忏悔吗？向她，唱一支十年前唱过的歌儿吗？

好久好久，我不敢向那片草地望去。当我睁开饱含热泪的眼睛时，我看到眼前什么也没有了：没有了白色的帐篷，没有了那拦马的栅栏，也没有了那带着少女红晕的灰姑娘。

让我重新生活一次吧，大地，天空，我的白雪草原，我的比金子还要珍贵的姑娘，我的刚刚露出地平线的辉煌的事业。

但这是不可能的了，时间不会停止，正如河流不会停止一样，木莎十年前洗过头发的那一河春水，如今已经越过中亚细亚栗色的土地，在北冰洋的冰层下喧嚣。

让我为你再唱一曲《在那遥远的地方》吧。站在这附近唯一的制高点、金色的沙丘上，我沙哑着嗓子，唱了起来。我的眼泪一滴一滴地滴在红柳上，滴在红柳那暗红的枝丫上。

我打着马儿慢慢地走了。我访问了草原上一个接一个的毡房和帐篷，询问木莎的消息。没有人能告诉我确切的下落。一个老阿肯说，你问那个会唱歌的木莎么，她考上中央音乐学院了，毕业后分到文工团工作。我打着马儿穿过戈壁，跨过冰封的额尔齐斯河和布尔津河，找到了正在巡回演出的文工团。当一位扎着羊角小辫的女孩子站在我面前时，我准备了一肚子的话顿时消了，酝酿了很久的表情也全部浪费。她不是木莎，或者说也叫木莎，但不是我的木莎。我的失望使她觉得很对不起我，好像过错在她一边似的。我赶快道歉。

又有人告诉我，木莎在经历了一场变故之后，唱着凄凉的歌儿，翻过大山，去阿克塞草原找她的哥哥去了。阿克塞草原太遥远了，我的苍老的小黄马是走不到那里的，我所能做到的只是望着东方苍茫的群山兴叹。

当然，我没有忘记从另一条线索上去寻找。刚到草原，我就打问起指导员的下落。人们说，我走后不久，他也就转业了。当年“支左”时，他在乌鲁木齐找了位纺织女工。现在，他转业到哪里去了，详细地址无从知道。

站在我们当年相依为命并肩战斗过的草原上，亲爱的指导员，让我向你致敬。自离开你后，我再也没有遇到过比你更好的直接领导了，你不是一位领导，你是我的亲哥哥。什么时候还你的护膝呢？你说！我又问起别的认识的同志，可是他们都不知西东了。生活变化得多么快呀！

在哈巴库尔干短暂停留后，我还顺额尔齐斯河回了趟白房子边防站。既然骑兵团已经撤销，这里就是我们最后一点亲缘关系了。我离开这里时来的那批新兵，有一个提了干，现在担任站长。他们为我准备了丰盛的食品，并且请我讲一讲这块争议地区的来龙去脉以及我所经历过的故事。他们把这叫“讲传统”。他们给小黄马准备了上等的饲料，并且为它换上了一副军用马鞍，这使我和我的马都感到愉快。

边界气氛已经大大缓和，额尔齐斯河口岸正在酝酿重新开放，边防站出现一种少有的轻松感。我从官兵那精神焕发的样子中，知道他们晚上并没有像我当年那样抱着枪睡觉，早上起来也不必先摸一摸自己的脖子，看看头还在不在，他们在站岗时甚至还抽空打个盹儿。

后来，我骑着伊犁马，来到别尔克乌争议地区。静静的，荒原上好像只有我一个人。直升飞机的令人恐怖的轰鸣声，马群、牛群、羊群的痛苦的嚎叫声，以及那布满大地的血糊糊的死胎，一切都被厚厚的白雪遮盖了，好像这里从未发生过什么。我乘马站立的那个大沙包，也已经被一年一度的季风夷为平地。木桩还在，它裸露在雪地上。将军已经故世，这是我偶尔从一家军报上得到的消息。

边界线那边，苍凉的原野上，一群妇女和儿童，正围着一个草垛，不知在干什么。风吹来一阵烤糊了的羊肉味。高高的瞭望台上，一位苏军哨兵无聊地倚着栏杆，松开裤带，正在裤裆里摸虱。我挥了挥帽子，他也腾出一只手，挥挥帽子。

二十五、梦游草原

我来到了我成为"一夜间的天才"的那个地方。那白蘑菇般的帐篷仿佛给一阵风吹走了，什么痕迹也没有留下，留给我的只是无尽的怅惘。那一切莫非都是梦吧！是我这个越来越糊涂的脑子里产生的幻觉吧！我问那些附近的驻军，问他们还记不记得草原上十年前那个天才的歌手，他的歌声曾经使全草原战栗。士兵们摇摇头说不记得了，他们是后来换防到这里的。我说我就是在这块土台上唱的，他们以为我在说梦话。他们说他们曾无数次地走过土台，到大河里去打甜水，并且还争论过这土台不知是什么人、为什么事而建造的，但绝对没有想到，它会和歌唱联系起来，它还有那么光荣的一瞬。他们要我为他们唱歌，我推辞了一番，就清清嗓子，唱了起来。我的歌声显然没有引起他们的共鸣，连我自己都有些害羞了。他们相互看了一眼，半信半疑地把我打发走了。

我不死心，又去问那些草原上的牧民，他们是老户，总该记得吧？可是他们说，十年中经历的事情太多了，该记的都记不来，该忘的就早忘了。只有一个人眼中闪了一下火花，但随之又暗淡了，默默地去拢自己的羊。

我的关节炎突然痛起来。正如那位部队医生所说，这种病一到内地就好了，但现在它又像老朋友一样找上门来。不管怎么说，关节炎还记着我，这使我在疼痛中感到一丝亲切。

形单影只的我，在这冰寒大地上走着，疲惫，孤独，痛苦。后来，我将一切都迁怒于这匹可怜的老马，我认为自己的不走运和倒霉是它引起的。

“不要和骑走马的打交道！”这是一句流传久远的哈萨克格言。木莎也几次亲口对我说。我至今不明白这句话的确切含义。啊，我在冰寒大地上无所着落，难道就是因为这匹马已经变成小走马的缘故吗？亲爱的木莎避而不见，难道也是因为它的缘故吗？

我从冰冷的小河边，折来一捧冻僵的白柳条，一根打折了，再用一根。伊犁马的身上出现道道血痕。

我在乘骑的时候，已经不再是双脚和膝盖用力了。我将沉重的屁股结结实实地压在鞍桥上。这样，不用多久，鞍鞯就会磨伤它的脊梁。自然，我的屁股上也会磨起颗颗血泡。我不怕疼痛，我希望疼痛得更厉害一些，以便让神经的疼痛和肉体的疼痛能够达到同步。

伊犁马的眼睛，深沉地望着我。当明白我是在折磨它时，它的眼睛里没有出现怨色。它“吧嗒”了一下嘴巴，突然开口说话了。它的开口没有使我感到诧异，因为这声音我已稔熟，因为在城市的时候，我曾经有幸听到过一次。

伊犁马说：“亲爱的主人，我知道你很痛苦，如果这样做能够减轻你的痛苦的话，那你就尽量折磨吧。我会乐意的。”

“你真是我当年那叱咤风云的坐骑吗？你真是一匹上等的伊犁马吗？那么，请你奔驰吧！我的神经已经不能忍受这种慢腾腾的小走了！”

“我能够奔驰，像当年一样奔驰，亲爱的主人！但是我不能明白，我们要奔跑到哪里去，哪里才是归宿。我认为在没有确定目标之前，慢腾腾的行走比风驰电掣更有益。”

“你难道不明白盘踞在我心中的那古怪的念头吗？你难道不明白我在寻找什么吗？”“我十分明白，亲爱的主人！我是有灵性的，我是伊犁马家族中最为高贵的一支家族的后裔。

我知道这世界上发生的一切，只是我更喜欢缄默而已。告诉你吧，我的马头曾经蹭过乌龙木莎家的草垛，但是我没有领你到那里去。解释只有一个：我怕令你失望。”

“领我去吧，亲爱的朋友！我愿意去为心上的人儿做牛做马。我相信世界会一夜间沧海桑田，但我不相信姑娘的心会有什么变化，正如一首美丽的歌儿所唱到的那样：高高的山冈会变样，低低的流水会变样，蓝蓝的花朵会变样，只是，姑娘的心不会变样。”

“那好吧，亲爱的主人！”伊犁马叹了一口气，说，“请闭上你的眼睛。”当我睁开眼睛时，是一个落日黄昏，我的面前出现了一座讲究的哈萨克毡房。毡房后边，是阿尔泰山雄壮的腰身。听到马蹄声，一位妇人走了出来，面孔白皙，胸部丰满。她盯住了我的疲惫不堪的老马和我的许多天没有刮过的胡须。当我费力地说出我是谁时，她“啊”了一声，脸上出现了一种没有什么表情，但又可以解释为任何表情的表情。

二十六、阿尔泰山脚下的小屋

奥琪增白粉蜜的制造商和广告商们，可以在这里找到一个成功的范例。即便处在这样恶劣的自然环境中，只要经年累月擦拭，那么，任何一个皮肤黝黑、粗糙的女人，都可以变得白皙而丰润。当然，这一切是以不进行户外劳动为前提。

自我们分别后，乌龙木莎被推荐上了兽医学校，回来后担任了草原上的兽医。在这里，兽医是一项权力很大的工作。有病的羊只，牧民们总要趁羊只未自然死亡前将它宰杀，这样的肉还可以食用。但在宰杀前需要经过兽医的鉴定。翻过来说，只要兽医填发一张卡片，没病的羊也可以宰杀，只要年底向队里交一张卡片就行了。所以，她身上的一张卡片等于一只羊，红十字药箱中的厚厚的一沓卡片等于一群羊。牲畜承包到户后，乌龙木莎又来到这阿尔泰山山口。这里的工作虽然权力小些，但是轻松多了。每年春夏之交，前往阿尔泰山夏牧场游牧的畜群，都要从这儿经过。乌龙木莎的工作，就是给一条长约五十米的水渠中，先放满水，再撒上药粉，然后将羊只赶进去，游完这五十米距离。其余时间，就是安闲地享福、搽搽奥琪了。

乌龙木莎的丈夫，一位精明的哈萨克，对我的到来表示好感。房子一明两暗。乌龙木莎夫妇住在左边的一间，我住在右边的一间，中间一间堆放杂物。

在这些日子里，我总是沉溺于往事。我一遍又一遍地回忆起小黄马走失的情景，回忆起别尔克乌那令人惊心动魄的一幕，以及那个额尔齐斯河之夜的美妙歌声。

“你开始吃西红柿了吧？”我突然问。“很好吃。去年，门前种了一大片！”她简短地回答。我对往事的细枝末梢都那么记忆犹新，这令她吃惊。我的那种强烈的依恋情绪和痛苦思念，尤其令她吃惊。当然，我的絮絮叨叨也令她心烦。

“你是一位感伤的空想主义者，而我是一位清醒的现实主义者。你总爱沉湎于往事，而我更注重现在。拿出你的男人的力量吧，昔日的朋友！帮助我调动到县城，帮助我的丈夫转为城市户口。”这位面孔陌生的哈萨克妇女、兽医学校的毕业生侃侃而谈。

她没有忘记我的情况和我的妻子的情况。我含糊其辞。我没有告诉她我的处境很狼狈，我怕听到一位女人的同情和叹息声。人们的这种同情和叹息曾无数次伤害过我。我告诉她我生活得安然而幸福。是的，这话也应该说是真实的，说这话时我不应当脸红：我在物质高度发达的城市中占据一个生存空间，享受着现代文明，所有的一切不愉快其实都是自寻烦恼。

关于妻子，我简单地说，她是一位面孔安详、举止得体的城市女性。她在城市里相貌平平，但在这里可以和任何一个女性媲美。我的话令乌龙木莎不快。

贫寒和饥饿的年代已经过去了。食品是丰盛的。奶茶、杯肉、布尔沙克、塔尔米、酥油、馕，用之不竭的咸盐和食糖。

我在阿尔泰山脚下这座小屋住了很久，直住到有一天，主妇将她手中的奶茶壶高高举起。当哈萨克主妇的奶茶壶高高举起，奶茶像瀑布一样从高处直落碗底，声响充斥毡房的时候，这不是为你在表演倒奶的艺术，而是告诉你茶壶中奶茶不多了，别这样没鼻没脸地一直喝下去。我明白自己该走了。

我站起来说：“木莎，我是无用的人，也许只有体力劳动才适合于我。劈柴快完了，明天，我套上小黄马，为你打一趟柴吧！”

二十七、主人公和他的坐骑饰演一个古老传说

我怎么也没有料到，在我打柴归来的途中，哈萨克民族那个古老的关于伊犁马的传说，在我和我的小黄马身上得到了重复，从而升华和完成了弥漫在作品中的主旋律，从而结束了这个早该结束的故事。

横亘在中亚细亚苍茫原野上的阿尔泰山，雄伟、神奇、洁白、美丽。它像一位永远缄默的老者，以沉静的目光注视世界上的一切，朝朝暮暮，岁岁年年。早晨我起了个大早，牵来小黄马，套起雪爬犁，然后带上斧子，到阿尔泰山高高的山顶去打柴。

打来了一些松木，一些杨木，一些柳木。在部队时我曾经是打柴的好手，所以干这些工作并不费力。

天色将暮时，打下的木柴已经结结实实地捆在了爬犁上，足有一吨重。随后，我跨上了马。男性的哈萨克，总是骑在马背上的，不管这马是在驾驶爬犁还是在拉车，只有那些妇女和儿童才坐在后边。我不知道这种习惯是为显示男性的能力，还是出自一种什么忌讳。总之，在这次，我没有作任何考虑，就骑在了马背上。这也许是我有生以来最后一次骑马了，我得珍惜这次机会。

爬犁子顺着那条被哈萨克踩了无数个世纪的冰道，缓缓滑下。坡越来越陡，爬犁子越来越快。现在，已经不是马在拉着爬犁，而是爬犁子在推着马前进了。爬犁子后边腾起一股迷蒙的雪粉，活像一只喷着白烟的喷气式飞机，自天空斜斜地、笨重地滑下。

小黄马步履蹒跚，突然，马失前蹄，跪倒在冰道上。我还没有意识到是怎么回事，就一个跟头，从马头上翻下来。我昏死在前面的冰道上。

爬犁子推着马，呼啸着铺天盖地压来，要把我碾为粉末。

小黄马在关键的时刻救了我。它一使暗力，从滑动中站立起来，在站立起来的一刻用嘴噙住了我的胳膊。

这样，哈萨克古老传说中那令人惊骇的一幕，现在在我和我的马身上得到了重演。传说，一位空着一只袖管的牧人，曾经走遍草原，讲述这个关于马的故事。

但是我的胳膊没有被马的牙齿咬断——小黄马太老太老了，它的牙齿已经脱落，它是用牙床咬住我的。

一匹闪烁着金黄色光芒的伊犁马，在爬犁子的推动下，自阿尔泰山飞驰而下。马的嘴里噙着它的昏迷不醒的主人。

当我醒来的时候，我正躺在山脚下的雪地里。爬犁子掀翻了，木柴散了一地。小黄马仰面朝天地倒在雪地里，轭还系在身上。它的鼻孔里、眼睛里、嘴巴里，甚至身上的每一个毛孔里，都在向外喷血。鲜血把远远近近的雪地都染红了。

我挣扎着走过去，为小黄马卸轭。我奋力地提起它的尾巴，希望它能站起来。但是，小黄马身上的血液慢慢地不再喷溅了。最后，它长长地喘息了一声，便死去了。

乌龙木莎的毡房就在近旁。我挪动着步子，吃力地走到毡房门口。推开门后，房子里一阵骚动和惊慌。

随后几天，依照那个古老传说中所说的那样，我们在阿尔泰山脚下，额尔齐斯河畔，葬埋了这匹伊犁马。

用的全部是哈萨克习俗和礼仪。在小黄马的墓地上，堆起一座半人高的木塔，那是我亲手用木头砍成的。木塔堆起后，我唱起了那支当年唱过的歌。因为在哈萨克看来，死亡和出生同样神圣，同样需要用歌声来礼赞。

在葬礼上，我见到了木莎的父亲。他衰老得我几乎认不得了。他还在喝酒，或者说酗酒，喝得天昏地暗才罢休。不过，在葬礼上，他的真诚的歌声令我想起当年的他。

二十八、伊犁马的完成

就在埋葬伊犁马的那天晚上，发生了一桩奇迹。夜半更深，我窗户的玻璃突然被什么东西耀得一片血红。这种血红色光芒我曾经见过。那是1975年的一个秋夜，在白房子边防站时。那次后来被证明是一个不明飞行物，或者说飞碟。但这次不是飞碟，那红色的光芒是从葬埋伊犁马的墓地上放射出的。那光而且有音，像温柔的手臂轻轻地拍击着我的窗户玻璃。

恍惚间，我披衣下床。迎着红光，我向葬埋着伊犁马的墓地走去。当飘忽的脚步带着我来到墓地时，当我的眼睛对准那一团变幻不定的炫目的红光时，我惊呆了。

木塔已经没有了。做木塔用的白桦树也长在了各自原来的地方。墓地已经消失，小黄马躺在原来是坟墓的地方，安闲地用嘴寻草。它变得年轻而美丽，身上披着黄缎子般的光芒，正如我第一次见到它时那样。而尤其令我吃惊的，它的头上长着三只眼睛。

“到底是怎么回事？是真实的存在还是我的幻觉？小黄马，这个正在向你走近的人曾经是你的主人。虽说你已经脱离了可诅咒的尘世，不再属于我。可是，我们毕竟旧情未断，所以，请你不要恐吓我！”我喃喃地说道。

“我没有恐吓你，亲爱的主人。大自然将这一幕展现给你看，本身就是相信你的诚实——你的思想的诚实和你的行为的诚实。可是，我如今已经不再是你的小黄马了。亲爱的朋友，你是在和马王说话。”

“马王是什么？你头上的三只眼睛又是怎么回事？”

“‘马王爷三只眼’的故事，来源于你们汉民族的传说。鲁班修好赵州桥后，第一个过桥的是张果老。张果老问这桥可能扶起他。鲁班说，这桥可扶起十万兵马，难道扶不起你这一人一驴。张果老过桥时，赵州桥突然一阵摇晃。鲁班急了，从衣袖中抽出木尺，立在桥洞上。老头过桥后，扬声大笑而去，鲁班这才认出是张果老，驴背上驮着三山五岳。鲁班恨自己有眼无珠，随手摘下一只眼睛，扔在桥头。随后过来的是马王，它捡起眼睛，擦了擦，安在自己的额颅上了。从此马王爷变成了三只眼，从此木匠做活瞄线，只用一只眼睛。”

“我明白了，尊敬的马王，请接受一位卑微的人的祝贺。还有，如果不算唐突的话，我想请你给我们人类一点明哲的指示。你看见了，我们在痛苦，种种贪欲和堕落像瘟疫一样，弥漫于人类之间。那里是地狱。人类在哪里受难哪里就是地狱。人类曾经将美好的明天寄托于物质高度丰富之后，但是物质的丰富并没有给世界带来善，人类仍在你争我夺中生活。哦，我说多了，还是请你谈谈吧，马王。”

马王沉吟了半天，后来它说：“好吧，我将一切都和盘托出。六百万年前，由于大自然编码时一次偶然的失误，人类诞生了。第一个猴直起身子，摇摇晃晃走出了森林。这种超级动物称自己是‘万物之灵’，他们将这个小小的地球勘察一番后，便开始动手为自己造福。他们烧毁山林，开垦荒地，进发海洋，钻探地下。他们愚蠢地将森林中别的动物，这些同样的大自然之子，划分为两种，一种叫益虫（鸟），一种叫害虫（鸟）；有益于自己的，尽量剥削掠夺，有害于自己的，立志斩尽杀绝；后来，又意识到斩尽杀绝是不合适的，于是又设立起生物保护圈，假惺惺地念起斋来。在伸向别的动物的同时，他们又将利爪伸向同类中的弱者。最初，大自然曾经为自己的杰作狂喜不已，但是不久后，她就开始担忧了。从此她怀着久久的耐心，渴望人类的良知苏醒。最后她绝望了，于是将目光投向地球上别的动物，渴望在生物的进化过程中，再出现一种别的智力动物，来和人类抗衡，或者说制约人类。遗憾的是，在猴子变成人类的那一刻，地球上所有的动物便停止了它的进化过程。也就是说，人类的出现抑制了地球上别的动物的进化。大自然终于明白了，她只有主动动用自己的力量，才能再造出一种智力动物。

于是她百般寻觅，最后选定了马。而为了选择第一个直起身子的马，又费了非你们人类所能理解的漫长的时间。最后，在我们打柴时，她设法绊住了我的脚，我经受住了这最后的考验。”

“那么说，你将要直起身子来了？地球上除了人类之外，将要产生另外一种有意识、有思维和思想的高级动物了？这可是个大事件，一个比‘挑战者号’航天失败、比巴基斯坦总理披上了纱巾、比撒切尔夫人在中国红地毯上滑了一跤更重要的事件！”

“你所说的对我们来说是不足挂齿的小事，亲爱的人。你也不要紧张，因为我没有答应大自然的要求。没有答应的原因有两个。第一，人类经历的苦难已经令我不寒而栗。即便是马，不是行为猥琐举止轻浮的猴子，一旦产生意识，仍将重蹈旧辙，经历人类曾经经历过的各种磨难。你看，我们无忧无虑地在草原上撒欢，朝生而暮死，多么幸福呀！做一个无意识的马是幸福的，我们不应当别有所求。第二，我坚定不移地相信，人类总有一天，或达到自我完善或自我完成。你们曾经产生过伟大的哲学家和思想家，在未来的岁月中，仍将会有新的人杰和新的哲学武器产生，来帮助人类度过这个困难期。人类正值中年，你们汉民族不是有一句‘四十而不惑，五十而知天命’的话吗？过了四十大关，人类便进入成年期，种种的物欲的诱惑也许便不能令人类动摇了。”

“明白了，亲爱的马王，谢谢你的教诲。作为第一个直起身子的猴子的后裔，我明白了我们人类还得硬着头皮艰难地前行。即便没有你描绘的那个美好的前景，我们还得走。我们得延续起文明这个链条。既然第一个猴子直起身子了，我们便没有理由重新趴下。对吗？亲爱的马王。”

马王笑起来，变幻不定的红光令我头晕目眩。马王的能知前后事的三只眼睛，熠熠发光。“那么，我们再见吧，人类。当然，我多么愿意最后叫你一声——我的亲爱的主人。”“作为回报，我也应当最后叫你一声——我的亲爱的——伊犁马！”红光渐渐地暗了。重新是坟墓，重新是木塔，额尔齐斯河谷的风，带着林涛的呼啸，惊天动地地响起来。

冬夜的冰冷的雪原上，孤零零地站着一个我，宛若梦游者。

二十九、尾声

第二天早晨，有一辆班车离开了草原。靠窗户的地方坐着一位举止得体、胡须干净的男子。他好像一位在大海里颠簸了很久，现在重新踏上陆地的水手，显出一丝不易觉察的疲惫和恍惚。他最初神色严肃、阴沉，后来渐渐开朗起来，再后来，不知和邻座说了一句什么笑话，于是车厢里有了笑声。

大杀戮

这是一个血淋淋的故事。这个故事在我心中埋藏了二十年。能将它呼唤而出，正如你所知，是一个电话引起的，不过我想，电话之外，它大约与我最近的心境有关。

就要回到我故乡的那座城市去了，除了发发“望长安于日下，指吴会于云间”的豪语之外，我的内心，其实充满了一种愁苦。

我不喜欢这座城市。这座城市华丽的现代文明外衣里，包藏着太多的虚伪、庸俗和丑陋。

“谁能告诉我，在这个小小的地球上，哪里才是心灵的寓所，哪里才是人类温柔的故乡？当我们作为一名游子而浪迹天涯的时候，我们给心灵的一角，安放下故乡的牌位。我们疲惫时躲在里面休息，我们委屈时躲在里面哭泣，那里收留下我们委屈的泪水和疲惫的叹息。但是，亲爱的朋友，请你告诉我，当我们居住在故乡的时候，为什么我仍感到自己并不属于它，我感到陌生的茫然，我感到自己仅仅是在客居！”

——这是我二十年前，作为一名前中国边防军士兵，踏上我故乡之城时的感觉。这段话后来写到我的中篇《伊犁马》里了。而此刻，这种感觉又重新笼罩了我。

我在无数人的心灵中摸索，摸索到的只是一颗颗冷酷的心。人类是怎么了？这一切都是怎么发生的？我不知道！

这篇《大杀戮》和我在《小说家》上发表的《大顺店》，以及可能要在《青年文学》上发表的《大摆队》，有某种相似之处。有一天我高兴了，可能要用一个“人性的证明”之类的总标题，将它们出成个单行本，给人类一个小小的难堪。

——作者独白

这是二十年前的一桩事了。

最近一位女强人给我打电话说，世界变坏了，坏得程度令人吃惊。说这话时，她有些哽咽。她说，如果真有战争发生，那么，这些丑陋的男人们，一定会自己躲起来，然后打发一个“羊脂球”式的女人，去堵敌人的枪眼。

我很同意她的话。对于她的话，我一向认为句句都是真理，包括这句。

我对她说，世界变坏了，这很对，不过，世界是在我们出生以前很久就变坏了的。因此，我们不必惊诧，也不必为这个变坏去承担什么责任和痛苦。人类直起身子走路，从而腾出两只手，腾出这手来，基本上就是为了干坏事。

我还说，错开目光，让我们看一看自然界。看看那高贵而漂亮的马，桀骜不驯的鹰，善良的兔子，笨拙的牛，甚至那些凶猛的野猪，我们就会感到，人类较之于它们，要卑劣得多，可笑得多。

说起野猪来，二十年前的那个故事，突然闪电般地闪现出来。

我是在用这个《大杀戮》故事，试图论证什么吗？我不知道！也许读者在读了这个荒唐故事以后，会得出相反的结论，这也难说。不过我却要开讲了，事情一旦开了头，要想打住，那不是我的作风。

请设想有一块荒凉的戈壁滩；请设想戈壁滩中间有一座孤零零的白房子；请设想白房子的旁边，有一条汹涌的大河，大河两岸是遮天蔽日的原始森林；请设想白房子里有一群面色忧郁的士兵。

这些士兵中，有一个断了一颗门牙的，那是我。

我们那时候的处境，真是充满了悲怆之色。诗人们爱说“雄性的土地”“雄性的北方”这类话，以显示他们的阳刚之美。我嘲笑这句话。我认为，说这话的人，没有阅历，他并不知道一群清一色的男人处在一起，那处境会是多么凄凉。是的，非但没有阳刚之美，而且肯定会有一半的男人发生阳痿。

那两个白色动物出现的情景，至今还令我诧异。

它们长长地躺在林间空地里，有两米长。长长的嘴巴搁在空地上，两颗獠牙镶进土里。它们的白色的肚皮上，有两排奶头，像京剧武生黑衣服上的两排布纽扣。

指导员认为这是家猪，也许是许多年前边防站的猪倌放猪时走失了的家猪。副连长则认为这是野猪，两只在原始森林里活腻了，渴望走出森林，与人类亲近的野猪。但是它们到底是什么，我至今还说不清楚。我想准确的说法应当叫它们“白色动物”。记得我看过一篇日本小说，那小说的名字就叫《空中的怪物阿归》，是记述一个天外来客的故事。

我们唯一能给它们下一个准确定义的是：它们是雌性，是闯入这块雄性土地的雌性，有那两排布纽扣作证。

密密匝匝、高耸入云的原始森林中，有时会出现一块篮球场大小的空地。一种解释是，这块地面遭受过雷击，树木都被击死，又腐朽成泥了；一种解释是，这里原来是沼泽地；还有第三种解释，认为是树木在成长之初，被野猪拱掉了，后来别处的林木长得很高，遮住了这块地面，这里只好成为草地。

空地里冬天覆盖着雪，春天长着野花，夏天是绿茸茸的嫩草，秋天，这些草经霜以后，便变成了洁白色。

正是秋天，正是在这白色草地上，两个白色动物静静地躺在那里。中亚细亚秋天的太阳很柔和，阳光像一个蛋黄，洒在这块地面上，风经过林木层层的筛选，到了这里，也很柔和清新。

一定是这两个白色动物在召唤，这几天，全站都有些惶惶不安。

最惶惶不安的要数副连长。他胡子刮得干干净净的，腰里系一条闪闪发光的武装带，手背在后边，在菜窖上边踱来踱去，走着方步。

秋风起了，一日凉于一日的秋风，还有秋虫的鸣唧。这些东西都令人能生出乡愁。

但是，乡愁之外，令副连长心绪不宁的，主要还是侵入这块雄性土地的那种气味。

这气味有些臊，有些臭，又有些香，有些甜蜜。它轻轻地飘散在这白房子的上空，迟迟不退。那情景，就像我们看到的电视里的那些角色，透过窗户纸，用一根竹管，向房间里吹“熏香”的情景一样。

副连长站在菜窖上，一会儿察看风向，一会儿用鼻子去嗅，最后，他断定那气味来自那片原始森林。

全站集合，平端起枪走入林中，成散兵线前进。

越往前走气味越浓烈。这样，大家也就知道了目标在哪里。最后，大家围成一个圆圈，包围了这片空地。

再往前走，所有的人站成了一个圆，乌黑的枪口对着地上躺着的这两个白色动物。

在用子弹打死它，还是用刺刀捅死它，或者不理睬它这三种选择上，大家有些意见不统一。在争论中，熟睡的白色动物中的一个，放了个很大很响的屁，屁的臊臭味曾使争论暂时中断。

放罢屁后，两只白色动物都醒了。

它们睁开眼睛，身子一歪，打个滚儿，站了起来。四周是黑压压的枪口和黄蜡蜡的人群，它们看了一眼，并不惊诧。

它们开始走了，不是向森林深处，而是向士兵们来的那个方向，也就是说，是向白房子走去。

它们的行动使士兵们刚才的争论变得没有意义了。士兵们仍然平端着枪，跟在白色动物后边，但是已经不像刚才那么充满敌意。大家平端着枪，更主要是为了防身，防止那白色动物突然反转身子，咬你一口。

指导员和副连长关于“家猪”“野猪”的争论，就是在这时候进行的。

我倾向于“野猪”这个结论。这是我最初的想法。这想法大约过一阵就会改变，不过从这两个白色动物的特点来讲，从我渴望奇遇的心情来讲，我也不排除它们是某种白色怪物，只是它们在选择包装时参考了猪的形态而已。

两只母野猪在前面气昂昂地走着，高视阔步，像一对女王，后面跟着它们的士兵，亦步亦趋，像御林军。这比喻好恰当。

它们进了院子，不是从我们上下哨走的那个矮墙的缺口进去的，尽管这里近些，而是顺着围墙绕了半圈，从那个可以走汽车的大门里进来的。

进了院子，它们在院子里转了一圈，像巡视似的。这一转不要紧，立即有一种臭烘烘、暖洋洋的气味从人的每个毛孔里往进钻。

接着，他们在篮球场上打了个滚儿。球场上扔着一个篮球，二位用鼻子嗅了嗅这篮球，用蹄子踢了踢它，后来又张开嘴巴，亮出獠牙，“嘭”的一声把篮球咬破了。

瘪了的篮球使它们失去了兴趣。最后，它们一前一后，离开水泥球场，朝白房子的一扇门走去。

为了御寒，新疆的门都是两层门。双层门都从里边关紧了，但是，两个白色动物旁若无人地走了进去，它们的长嘴只轻轻一歪，一层门就粉碎了，又一歪，另一层门就撞掉了半扇。

屋里的人都“哗”的一声，跑了出来，这里面有断了一颗门牙的我。

这是1975年秋天的事。我讲故事总是喜欢把时间说得清楚一点。1975年对我是个重要的年头，有三件我自认为的大事都发生在这个秋天。一件正是我们上边尚在讲述，就要进入高潮的故事。另一件，则是我的第一篇作品发表了。第三件，则是我在一个秋夜里站哨时看见了飞碟。它像一个橘黄色的篮球，从远处飞来，在我头顶上绕了一个半圆，又向阿尔泰山深处飞去。

这三件事，飞碟在前，白色动物次之，发表作品在后。三者之间有没有什么联系，我不知道。我不知道的东西决不去说。我是一个严肃的人，面貌和心灵同样严肃。只是缺了门牙的那个地方，老像在笑，它破坏了我的统一。

说起飞碟，附带说一句，远在异国他乡的朋友丹华，不知从一本什么书上，读到我见过飞碟的报道，出于好奇，她写来信，要我谈谈这事。我当然是详尽地为她谈了，在信的末尾，我还说，在讲述这些遥远的故事的时候，我感到自己幸福极了，满足极了。我像一个鏖战归来的老兵，向一群正处在幻想年龄的中学生讲自己的冒险经历。

闲言就此打住。

两个白色的庞然大物进了房间，先“哗哗”地尿了一泡，尿得水泥地板上湿漉漉的，继而，又身子一仰，长长地睡在尿水里。

叫它们庞然大物，不算过分。在野外的时候，他们还不显得太大，但是在房间里，它们就显得大极了，白花花地铺满了大半个地板。

全站的人都站在外边围观。

我们是隔着破了的门，隔着玻璃窗子看见里边的情景的。那刺鼻的尿臊味还令我们打了许多的喷嚏。我们腰间的那东西，也因为这气味而变得有些发痒，幸亏军裤的开裆很大，才没有妨碍军容风纪。

调侃一句，现今的那些名目繁多的壮阳药物，远不及这气味之万一。我常笨想，当时谁若有心，将这气味用小瓶子装了，放在现在来出售，肯定会牟取暴利。但是当时没有一个人想到这一点，想到往后的年代会是一个阳痿的年代。

白色动物大约把白房子当成了它们的窝或圈，它们躺在里边，愉快地打着哼哼，赖着不走。

这件事严重地破坏了正常的秩序。

说“窝”的是副连长。他坚持认为这是野猪。他头脑简单，说派两个冲锋枪手进去，一阵乱枪，就把这两个畜牲解决了。他还认为野猪是一种可怕的野兽。他这话是有根据的。曾经发生过这样一件事，士兵骑马巡逻的时候，从一片芦苇丛里穿过，结果，芦苇丛里困着一只被牧人夹断一条腿的野猪。野猪听到响动，靠三条腿站起来，然后一个猛扑，冲向骑马的士兵。野猪的嘴，加上脑袋，再加上坚硬的脖子，撞在了马的前腿上，士兵的一条腿被撞断了，马的前腿也严重受伤。马倒了下来。

这故事我们都听说过。我们还见过那匹受伤的马。它已经不可能治愈了，于是就在芦苇丛里，待了一个春天，到后来便倒毙在戈壁滩上。它死的情形很惨，肉被老鹰和乌鸦吃光了，草原上只剩下黑乎乎的一堆骨头，还有一个类似马头琴那样的马头。骨头之所以发黑，是因为骨头上爬满了蚂蚁。等我们又一次经过的时候，骨头已经干枯，变得雪白了。

既然它们两个是野猪，那么当在杀戮之列。副连长是对的。

但是指导员更正确，他认为它们是走失了的家猪。

他说即使不是边防站走失的，也是国境线对面的苏联集体农庄走失的，或者是我们的生产建设兵团农场走失的。它们的走失当在许多年以前。

对于它们能这么庞大（超过普通家猪的体积的一倍），指导员认为，这是原始森林中丰富的给养，潮湿的空气，还有自由自在的生活所给予它们的。它们一定很大的年岁了，老得都快要成精了。

对于它们为什么重返白房子，指导员认为，在长期的颠沛流离中，某一天，它们身上的制约机件发生作用了。“自由是相对的，不自由才是绝对的。”这位政工干部说。

他说，它们渴望得到某种管束、某种约束，渴望规则，而这种管束、约束和规则，只能由人类给予它们。它们重新走出原始森林，来寻找人类。

指导员是老牌的高中生。你看，他在某种意义上是个哲学家或玄学家。

断了一颗门牙的我，对副连长和指导员的话，都只同意一半保留一半。

我认为他俩关于“家猪”或“野猪”的概念，实际上是大同小异的。他们认为那两个白色动物是猪，这就够了，须知，野猪是没有驯化了的猪，家猪则是被人类征服了的猪，如此而已。

我更倾向于它们是未知的、身份不明的白色动物的观点。

我觉得天上突然掉下来这两个臊味十足的雌性动物，来打搅这一块雄性的、干渴的土地，这件事本身就是一件大神秘。

我始终把它们看作是白色动物，而没有看作是家猪或者野猪。因此，士兵的这种欲念就少了许多亵渎的成分，而是一种虚无缥缈的仙想。

即便真的是猪，那也好。记得，一位刻板的小说家，曾经在他的小说里写道："当兵三年，看见老母猪都是大花眼！"这句话绝不是用那种轻薄的口吻说出的，这句话里面包含着一种深刻的痛楚。

但是在白房子外边，在嘈杂的人声中，我表态说："这是家猪！"

我之所以附和指导员的话，是因为我那阵子正努力争取入党。申请书已经交上去了，我正在接受着组织的考验。

如果我想上分区教导队，那也许会附和副连长的意见的。副连长是军事专家，在这个问题上他说话算数。

尽管我断了一颗门牙，口齿不清，但是我的表态还是被指导员听见了。他亲热地叫了我一声"三班长"。获得支持，他的语气比以前更坚定了。

为了证明这确实是家猪，他要三班长去端一脸盆猪食来。

我端来了猪食，搁在指导员面前。

指导员要我把猪食不要搁在他面前，他又不吃这东西。他说应当把猪食端进房间去，去喂那两只白色动物，它们肯定会吃的，因为它们是家猪。

我端着猪食盆子，站在那里，傻了眼。

我没想到自己的一声附和，会附和出这个结果。老百姓有一句粗话，叫作"舔屄子舔到毯上了"，这句话说得好像就是现在的我。

我面有难色，站在那里，支支吾吾不想动。读者朋友们知道，我的不想动是有理由的。虽然指导员说它们是家猪，但是，它们自己不承认自己是家猪，而认为自己是野猪的话，那我就惨了。我没忘了，那个骑手和那匹马的命运。

指导员见我裹足不前，他的脸色沉了下来。

他说他当大头兵那阵子，只要听到“剃光头的给我上”这句话时，前面就是崖，他也要闭着眼睛跳下去。如果听到“卧倒”这个口令，前面就是有一摊牛粪，也要不偏不斜地趴上去。

指导员不光动嘴，他还动手。

他抢过我手里的猪食盆子，用一根木柴棒儿搅拌两下，在盆沿上磕掉棒上的猪食，然后，用棍子在沿上“当当当”地敲起来。

盆子是搪瓷的，木柴棒儿也很干，因此，这声音很清亮，像一曲音乐。

指导员一手端着猪食盆子，一手用木棒敲着，进了白房子的门。他的嘴里还念咒语一般，“唠唠唠唠”地叫着。

我为指导员担心，我也为自己而羞得无地自容。我跟在指导员后边，拽着他的衣角，要他回来。白房子外面站着的士兵，也都一哇声地喊，要指导员回来。

“他当过猪倌！他不怕的！”副连长在身后制止我们说。

副连长的话令我明白了，原来，他在内心深处，也没有排除这是家猪的可能。

指导员没有出事。指导员像一个去喂自己家养的猪的老娘婆一样，蹑手蹑脚，敲着盆沿，哼着口歌，将猪食盆搁在了白色动物的嘴边。两只白色动物睁开假寐着的眼睛，用白眼仁看了看，伸伸懒腰，又合上了眼。房外的我们，都屏住呼吸，心惊胆战地看着。

那根木柴棒儿在指导员手中像一件道具。

他见两只白色动物置之不理，想了想，就用木柴棒儿，为它们搔起痒来。动物的最痒处，却在耳根。指导员知道这一点。他在两只白色动物的根，捅了一阵，只见这两个家伙，舒服地分别放了屁，身子一仄，睡得更舒服了。

这一仄楞不要紧，肚皮上那两排长长的纽扣，便显露了出来，无遮无掩地落入我们的眼睛。更要紧的是，白色动物下身的那个地方，出现了潮湿、红润，粉红色的肉鼓成了一朵花。

指导员挥舞着他的魔棒儿，仿佛赵匡胤手中的降龙杖，顺着白色动物那两排纽扣一路横扫。

只见两个白色动物一个打滚，站了起来。站起来后，想了想，筛筛身子，于是伸了嘴巴，到那盆里吃食。

没容它们吃第一口，指导员便俯身端起猪食盆儿。

指导员端起盆子，仍然用那木棒儿敲着，嘴里念念有词，引着这两个白色动物，出了白房子。两个白色动物，紧紧地跟着，嘴里哼哼唧唧的，说不清是为了指导员，还是为了那盆里的猪食。

出了房子，指导员又领着这两个白色动物，出了院子。

我们全都跟在后边，但是噤若寒蝉，不敢出声，怕触怒了这两个庞然大物。我有一种感觉，觉得它们好像在梦中一样，现在梦还没醒。副连长则掏出了他的手枪，顶上火，一旦那两个白色动物敢侵犯指导员，他的子弹会在它们动作之前，先射出去。

我们原来以为，指导员会将它们引入原始森林，然后再想个办法脱身就是了。但他却把它们引入了菜窖里。

顺着长长的幽暗的地下通道，指导员将两个白色动物引入了通道里。两个白色动物在通道口迟疑了一下，但还是进去了。

进了菜窖，将盆子放下，指导员又“当当当”地敲了两下，于是让开。两张长着獠牙的长嘴，是向盆子伸去。

瞅着它们吃食，指导员倒着后退了几步，退到通道跟前，然后扔掉柴棒儿，车转身，飞也似的跑出了地下通道。

“快用木头堵住通道！”指导员对蜂拥而上的我们说。

他头上虚汗直冒，脸色发白，嘴唇直哆嗦。从这一点看来，他也没有排除这是野猪的可能。

菜窖旁边就垛着一垛一垛的圆木，这是我们伐下来当劈柴用的。士兵们扛的扛，抬的抬，一眨眼的工夫，就将这个通道，用圆木填满了。

菜窖里的两个白色动物，现在好像大梦初醒。

它们恐吓着，怒吼着，要从通道里钻出来。通道已被圆木结结实实堵死。它们想寻找别的出路，可除了通道以外，四周都是坚硬的沙土。而顶棚又太高，亦覆盖几米厚的一层沙土，那白色动物直起身子，又跳了两跳，发觉这是徒劳的，它们根本够不到顶棚上去。

我们是从菜窖顶上的透气孔里，看到这些的。

两只白色动物就这样被活捉了。过冬的蔬菜还没有入窖，因此，这空荡荡的菜窖恰好可以做它们的囚室。

我们的英雄指导员，这时候脸色才转了过来。他喃喃地说："这两个家伙可能是野猪！”副连长听了，将子弹退出来，重新放进弹夹里，又将枪放回枪套，然后说：“它们更大的可能是家猪！”

我在旁边没有吱声，不过我心里还在认为，它们是白色动物，我们未知的一种动物。

指导员很兴奋，他说，他之所以要将它们留下来，圈养起来，是因为他有一个伟大的计划。他说，家猪也罢，野猪也罢，且不去管它，他要说的是，如果我们让这两个白色动物和边防站猪圈里的公猪交配，肯定会生产出一个新的品种。他说他估算了一下，这白色动物一只就有半吨重，如果将来我们的猪，每只都长到半吨重，那么就有吃不完的肉了。推而广之，这个良种若普及全国，你想想，那将是什么情景。

二十年前，中国人吃肉还是凭票供应。

指导员是一位天才的幻想家，又是一位勇敢的实践者。自离开白房子以后，这些年来，我和他的仅有的一点联系，就是和指导员一直通信，我这样做，大约正是出于此刻对指导员的这一评价。当然，他如今也早已不在白房子了，转业到了乌市。

我们当时谁也没有料到，因为这两只白色动物，白房子经历了一场血浴。

几百条亮着獠牙的凶恶的公野猪，在第二天包围了边防站，惊天动地的咆哮声，仿佛要把白房子抬起来，而那所向无敌的长嘴，仿佛啃玉米秆一样啃向这些直立的动物——我们。

第二天是1975年9月30日。我之所以很清晰地记得这个日子，是因为下一天就是节日。而在节日的前一天，按照惯例，要进行战备动员。当时，白房子的全体士兵，荷枪实弹，坐在小饭堂里，听副连长进行战备动员。

这样推算，两只白色动物出现和被羁留的那天，就是1975年9月30日。

我们正在接受动员，门突然被撞开，哨兵倒拖着枪，跑了进来。这个湖南兵是雷公脸，他的脸因为惊怕而变得通红，像只猴子。他语无伦次，念叨着："野猪！野猪！好多的野猪！"

湖南话将"野猪"说成"野鸡"。我们正纳闷着：野鸡怎么能把他吓成这个样子。没容我们继续纳闷，一头气势汹汹的大公野猪，撞破了饭堂的门。接着，我们搭眼一看，整个院子白花花地被野猪填满。

我们平日操练走正步的操场，现在野猪们嗷嗷地叫着，由它们在走正步。而更多的野猪，像疯了一样，顺着边防站黑色围墙的内圈，在一圈一圈地跑着。

没容这只大公野猪闯进来，副连长一把从哨兵手里接过冲锋枪，拉了一下枪栓，然后，一梭子子弹像一阵雨一样，向公野猪泼去。

公野猪倒在饭堂门口，死了。

第一只刚倒下去，第二只又不顾死活地冲了上来。

这次开枪的有许多位，包括断了一颗门牙的我。

又撂倒了几只以后，野猪们不敢再往进冲了。它们站得远了一点，嘴里发出“呜呜”的恐吓声。而我们，也就被堵在了这个小饭堂里。我们是不敢出去了，谁要胆大，跑出去，肯定会被这些愤怒的家伙们撕成碎片。

“钻地道！”指导员说。

我们有地道。白房子的各个房间，都有地道口。这些地道通向那些绕着围墙修成一圈的各个碉堡。

沙土地不能挖地道。这些地道，是将地面开掘出一条壕沟以后，用钢筋水泥筑成圆洞，洞的上面，再覆盖上沙土，如此筑成的。这地道的修筑，当然是为了战备，而不是预见到某一天白房子会遭到野物的袭击。

这地道当属军事秘密，不过这已是过时的秘密。据说那里已成友好边界，因此，我的关于地道的谈话大约不会给我带来麻烦。

从地道里，我们迅速四散开来，一阵工夫，每一个碉堡里，便都有了几个荷枪实弹的士兵。

我的碉堡的位置，恰好对着菜窖。

类似那两个被我们羁留的白色动物一样庞大的一群野物，现在站满了菜窖那隆起的拱顶。

它们同样是白色的，同样强壮和充满力量。它们和那两个不同的地方，是肚子底下没有那两排双纽扣，而是在身体的后边部位，一伸一缩，有一条螺旋状的粉红的鞭子。

它们通过菜窖的那个透气孔，用我们所不懂的语言，和菜窖中被拘的那两位交谈。它们很痛苦，这痛苦很快转变成了恼怒。它们现在伸出长嘴，开始拱起菜窖的这个拱顶来。

这时四周噼噼啪啪响起了枪声。听到枪声，我也明白自己该动作了。

我顺过自己的自动步枪，开始射击。我最初用的是普通的子弹，但是穿不透这白色动物的皮，于是我换成了穿甲弹。

穿甲弹很好。只要瞄准这些白色动物的前胸，一枪下去，就可以穿透心脏。

穿透心脏后，立即会有一股血柱，喷出来，射得很高，然后星星点点的，像雨一样洒下来，洒在这些白色动物的身上。

中亚细亚秋天的早晨，明亮而又洁净，碎银子一般的阳光，闪闪烁烁。

阳光照耀着这些血柱，很美，像一道一道的彩虹。

据说，低等动物看见血以后，就会害怕和逃窜。但是，在我的自动步枪的射击下，在这星星点点的血雨中，这些白色动物，倒下去的就算倒下去了，而没有倒下去的，照样镇定异常，嘴里发出恐吓声，继续用嘴巴拱着菜窖的拱顶。

因此，我至今还不认为它们是野猪。

它们的身上充满了激情，这我能够感觉出来。

它们像那些传说中的古代骑士一样，为了拯救自己的女王，那么义无反顾，那么怒不可遏，而在自动步枪造成的死亡面前，又表现得那么高贵和蔑视一切。

在这件事之前，我一直不知道“嫉妒”这个词儿的准确的用法，这下我明白了。这个自动步枪手，这时心中就生出了这种有些狠毒的感情。

我嫉妒这些白色动物目前在做的事情。

嫉妒的原因，是它们现在的做法明显比我的做法高尚。还有一个原因，就是在这茫茫荒原上，假如我真的要这样做的话，我去为谁做呢？

据说，高等动物在看见血以后，就会产生一种罪恶感。

但是我现在没有这种感情。因此很难说此时此刻的我，到底算什么东西。

我的眼光在快乐地燃烧着，嘴角挂着恶意的微笑。在每一个由自己制造的血柱喷起的途中，我都感到一种宣泄的快感。

在死气沉沉无头无尽的岁月中，我差不多已经不会微笑了。但是，现在我开始笑了。

我嫌自动步枪不解馋，又拿起了火箭筒。火箭弹的安装当然费事一些，但是，它射出去以后威力却很大。一个旋转着的弹头，往往可以穿透三只白色动物的身体，而且不必穿过心脏，它们就会死亡。

火箭弹的形状像什么呢？像一件阳具！

前面是一个尖顶圆状的龟头，它安装在筒身之外。龟头后面，是一件长长的弹身。

我把它扛在肩上，一手扶住前面的把手，一手扳住扳机，眼睛望着瞄准镜。十字线扣住了一个白色胴体，我一扣扳机，于是，身子一震，身后飞出了一团火光，弹头旋转着向前飞去。

我的眼前随即出现了一团血肉翻飞的情景。

读者读到这里，会以为我是在进行某种暗示。算你聪明，说对了！

其实，这不是暗示。对我来说，暗示的创作年代已经过去了，如今，我更喜欢艺术上的直接。

我想坦坦白白地说出来，这场大杀戮对于白房子的士兵来说，确是一种性的宣泄。

许多年后，当我已经有了自己的性阅历以后，当我已经熟谙了许多的房事秘密之后，在回想白房子那一场可怕的刀影血光时，我无可奈何地承认，士兵们的疯狂的行动，嗜血的快乐，确实带有一种性宣泄的因素。

而且由于压抑得太久，干渴得太久，这种宣泄是那样疾风暴雨般的猛烈，那样歇斯底里般的疯狂。

人是丑恶的。人的破坏欲和报复心理来自各种动力。而最强大的和最原始的动力，却缘于性。

那两个白色动物，以及这一群白色动物，它们到底是什么，这一直是一个谜。至少对我来说是这样的。

在我这以后的许多次沉沉的梦中，它们总是以一种性的象征物出现，洁白，美丽，高贵。它们那肥美的臀部，我还在毕加索的绘画中见过。那幅画叫《沙滩上奔跑的女人》。

玫瑰色的血丝飘浮在白房子上空。这场大杀戮几乎持续了一整天。

当所有的白色动物终于倒毙时，副连长不知从哪个碉堡里跑出来，吹响了小喇叭。这个吹奏有一个解释，叫“敌情解除”。

我像做了一场噩梦一样，从碉堡里走了出来。

许多士兵也像我一样，走出了碉堡。大家零零散散地来到了操场上。

整个白房子，院里院外，堆满了这白色动物的尸首。

除了我这个战场以外，原来还有许多的战场。也就是说，每一个白房子的士兵，都经历了我刚才所经历过的那一番。

血流漂杵，横尸遍野。

我们从白色动物的尸首上跨过去，站在血泊中，勉强地站成一个队列。

经过了刚才那一阵快乐之后，现在，每个人的脸上都带着一种失败的神色。大家面面相觑，默默无语，包括副连长，包括指导员。

我现在大约又为自己刚才的那奇谈怪论找到了一点依据。因为据劳伦斯的说法：在经历了一场伟大的欢乐之后，现在，一种灰色情绪突然弥漫了查泰莱的全身。

这场大杀戮的善后工作，用了很长时间。

这些白色动物的尸体，被集中起来，堆在操场上，堆成了一座小山。

我们开始剥皮、开膛、破肚，将它们变成食物。

我们请来了远处的生产建设兵团的朋友们，帮助我们消化这些食物，他们说这些肉很好吃。于是他们赶来了许多马车，将这些粉红色的肉一点一点地拉走了。

剩下的肉，我们用它腌成了咸肉。八只大缸，腌得满满的。这些肉，直吃到我复员时离开部队。

那满天血腥，很快就被风吹走了。诗人们在赞美这雄性土地的同时，也赞美过那“一年两场风，从春刮到冬”的漫漫漠风。这回他们是赞美对了，白房子地面的风，的确很大。

流在地面的血液，也很快渗入沙土。

只有那篮球场上水泥地面的血迹，很难渗下去。因此，我们在走正步时，在练习正步刺时，有时脚下会打滑。

死一样静寂，夜一样沉闷的岁月又开始了。

有必要对那两只被拘的白色动物的结局，再交代两句。

它们躲过了这场大杀戮，因为待在菜窖里。不过，外面的枪声、炮声、嚎叫声，一定传到了它们的耳朵里。而那殷红的血液，从三米厚的沙层里渗进去，滴滴答答地滴在它们的身上，也一定令它们明白了菜窖之外发生了多么可怕的事情。

但是它们安之若素，并不为之震惊，那高傲的姿态，像一位真正的女王一样。据安徒生童话中说，铺上十七条褥子，然后在褥子底下放一根头发丝，这样，谁睡在上边，或叫身子垫得慌的人，这人一定是公主。而我此刻想说的是，看到这么多的多情者，心甘情愿地为她献身，而她仍能心安理得地承认，这人是高贵的女王。

两个白色动物，在这菜窖里又住了半年。它们的食物，是猪倌每天从那个透气孔，倒下去的。据猪倌说，它们的胃口很好。

指导员仍没有忘记他的那个天才的设想。

半年以后，指导员说，它们已经被驯化了，野性收了，现在，可以实施他的计划了。他带领我们，扒开了菜窖的通道，然后又叫猪倌，赶来了边防站的猪群。

猪群被赶到了菜窖里。当它们重新走出来的时候，两个白色动物也随它们一起走了出来。我们担心白色动物会侵犯我们，但是没有，它们走出来以后，望了望我们，又沉思了一会，跟上猪群走了。

它们给指导员和副连长了一点面子，承认它们是猪类。

但是指导员的星火计划并没有实现，这我们知道的。因为现在的猪肉市场仍然紧张，注水猪肉的新闻报道不绝于耳。

有一天，猪倌打个立正，报告说，在他放猪的途中，那两个白色动物，大摇大摆地重新走入了原始森林。

“为什么不拦它们？”指导员有些恼怒。

“你有本事，你去拦！它们还没有走远！”猪倌说。

这两个白色动物就这样又回到自然中去了，来得那么从容，又走得那么从容，从而给这个戈壁滩上的白房子，留下了一个每一茬兵都要说起的话题。它们后来再出现了没有，我不知道，因为两年以后，我就离开了白房子。不过，我曾经写信问过比我迟走几年的指导员，他回信说，它们再没有出现。

这就是《大杀戮》的故事。

这个故事，能论证开始提出的那个论点吗？也许不能！记得，我在开始时就对自己的能力提出过怀疑。但是，这个隐藏在我内心深处或者如康拉德所说的“黑暗深处”的一个旧年的故事，毕竟是被这位远方朋友的一席话给诱发出来的。因此我此刻想说，论证还是必要的，尽管它是蹩脚的。

这是一个真实的故事。因为它本身就具备了故事的全部因素，所以，作者也就在这里放弃了他的虚构的专利。这是一点说明。

1995年4月11日

马镫革

一、畸零者

在熙熙攘攘的大街上，你有时候会遇到一个人。这个人目光疲惫，面色忧郁，他漫不经心地接受着迎面而来的一切，显得那么被动，那么无动于衷，好像这世界与他没有一点关系，好像他只是偶尔流落在人群中的一个天外来客。他会冲着你古怪地笑一笑，你不明白他为什么会笑。他还在行走中，不时地停下来，抬头望天，好像能望出什么似的。你会说，这样的人很多，文明发展到今天，随时随地都产生着这样的怪人。那么，你再看看他的步履：他的步履缓慢而沉重，屁股向后稍稍地翘着，双腿在行走中，明显地带一点内罗圈。这些作为判断当然还是不够的，那么，你再看看他的腰间——他的腰间，通常扎着一根马镫革。

他是谁？如果你确实想刨根问底的话，告诉你，这是原骑兵二团的士兵。他腰间的马镫革准确无误地告诉了你这一点。

中国人民解放军最后一支正规的骑兵部队，新疆军区骑兵二团，于1975年大裁军时撤销。它的前身是著名的西北野战军骑一军。团队驻扎在盐池草原上，作为这个兵种最后的象征，在那里苟延残喘。但是这种苟延残喘也不能继续下去了。现代战争排斥骑兵，当自动火器进行密集射击时，一只飞鸟、一只奔鹿也难逃过去，自然，骑兵的躲闪腾挪、冲击奔突，便成为十分可笑的事情了。而一匹服役的军马，它的开支，相当于三名现役军人的开支，这则构成了骑兵消亡的第二个原因。

辉煌了两千年的这个兵种，奔涌了两千年的这一股历史的洪水，在盐池草原，先是浓缩成一团死水，接着便干涸成一块盐巴。选择这个叫盐池的地方，作为对这个兵种最后的埋葬，确实妥帖。

一千多匹战马在同一刻被遣送到牧区或农村，一千多名士兵在同一刻脱下军装，复员或转业。而叙述者我，也正是这复员士兵中的一个。

我在过去的一篇文章中说："谁的一生，如果到过北方，并且有幸与一匹马为伴，那么，自此以后，不论他居家哪里，工作如何，他的身体停止颠簸了，他的思想，将仍然颠簸不停。他会染上一种奇怪的病症，这种病叫'北方忧郁'！"

这应说是我的经验之谈。我自己就是一个北方忧郁症患者。我一直认为自己的判断是准确的和深刻的，并且不止一次为自己的这一判断自鸣得意过。可是，在一次聚会上，我突然意识到判断的肤浅和皮毛。这些退役骑兵后来的形形色色的命运告诉我，他们的遭遇有着更为深刻的原因。

这是一次原骑兵二团的退伍兵们的聚会。不知谁的倡议，他们要成立一个联谊会性质的组织，于是，许多面色忧郁、目光疲惫的腰间扎着马镫革的中年人，汇聚在城市的一家饭店里。

他们的粗嗓门嚷得整个饭店都要抬起来了，他们大碗喝酒大口吃肉，他们说着那些骑兵术语和哈萨克格言，他们满口喷着酒气，唱那些队列歌曲，他们在言谈中不时地提到"大洋马"和"小洋马"，他们用扑克牌玩一种"五十K"的游戏，他们中有人喝醉酒了，于是"吃吃"地笑着，从一个桌子走到另一个桌子，后来散场后，则是从一个房间跑到另一个房间。

在摇曳不定的灯光下，我细细地琢磨着我的战友们的面孔。

我试图为这一群还停留在昨天的人做出解释，我在一瞬间突然明白了：在兵种消亡的那一刻，一定有一种可怕的东西，钻进他们的脑子里去了，现今的他们并不仅仅代表他们，并不仅仅代表他们所拥有的那一段遭遇，他们的身上附着一种更为沉重和可怕的东西，他们要负载着它，随它一起死去，一起被现代文明埋葬。

在《骏马奔驰保边疆》的歌声中，战友们要我写一写我们自己的故事。一个叫张来的人，醉醺醺地拍了我肩膀一下，叫了我一声“班长”。这一声“班长”叫得我突然双目潮湿，意识到过去正在到来。张来说：班长，你写过许多有趣的故事，但是，我们自己的故事也许更为有趣一些，不是吗？我同意他的话，我说，我就从张来写起吧！

二、大洋马和小洋马

连长有一个妹妹。在营地里，在这远离人烟的地方，你很难见到一个女人。如果要见到一个女人，那她多半是军官的家眷。很好，我们有一个连长，连长有一个妹妹，当然，妹妹之外，他还有个老婆，也是一个女人。

我们管连长的老婆，叫“大洋马”，管连长妹妹，叫“小洋马”。连长姓杨，因此，这些称呼多少也还算沾一点边儿。

大洋马是个又高又大的女人，穿着一条裤子，裤腿老在髋骨以上，好像个衣服老跟不上身材的增长的中学生一样。她的胳膊腿儿、脖子脑袋，这些零件都又瘦又长，就连脸儿，也是长吊吊的，像马脸一样。小洋马则是一个十七八岁的小姑娘，和嫂子相反，她身体的各个部位都呈圆形，圆圆的脸儿，圆圆的胸脯，圆圆的屁股蛋儿，整个像一个洋娃娃。那时，刚刚流行起的确良，小洋马穿着玫瑰色的确良衬衣，袖子挽在肘部，露出腕上的一块表，像手臂的延长部分一样，手里拖着一个孩子，时常在营房周围转悠。

连长的老家在农村。他从农村接来妹妹，是帮他老婆照看孩子的。平日，连长的家属住在团部的家属区里。

部队驻扎在盐池草原上。这句话的句式是普希金的。普希金在他的著名小说《射击》中，描绘过一群生活在荒凉小镇上的士兵，渴望奇遇并且得到过奇遇的故事。而我想说的是较之普希金所描绘过的那个小镇，派给我们名下的这个盐池草原，更荒凉和僻远。

在这枯燥单调的、很难见到女人的地方，连长的妹妹，也就是小洋马，理所当然地成为人们经常津津乐道的中心。大洋马已经名下有属，加之连长一副凶神恶煞的样子，因此我们很残忍地并不把她当女人看待。但是小洋马，年轻的、健壮的小洋马，她是那么可爱，她是那么女性十足，她尽可以供我们无边的想象，直到想入非非。

诚实地说，我们中许多人，都以连长的准妹夫自居，都希望有一天，这个手拖着孩子，在荒原上四处游荡的女子，会突然垂青于他。抱有这种想法的，有许多人，包括我。

大家常常和她开一些无伤大雅的玩笑。这些玩笑当然是背过连长的。每逢小洋马拖着孩子出现时，大家都会争先恐后地给她献殷勤。如果是在菜地里劳动，有人会摘下一捧西红柿，抱给小洋马，而第二个人，会拧下一棵向日葵的头塞到小洋马的手里。如果是在练习投掷手榴弹，那么每个人的投掷距离，往往会提高五米以上。但是，如果是射击预习，那就糟了，卧姿射击，要平展展地趴在地上，可是腰间的东西，会直挺挺地将你顶起来，让你趴不实在。于是，有人坐卧不安，提出要去解手，有人虽然卧着不动，看似老实，却把地上戳了个窝窝。没奈何，指挥官只好改卧姿练习为跪姿练习。

有一个笑话。一个小个子湖南兵，晚上做了个梦，梦见了小洋马。第二天早上起来，他的白床单上，尿湿一样，湿了一片。每一个服过役的人都知道，这在当兵的，是常有的事。出完早操，连长说，你倒干净，没到礼拜天，就讲起卫生来了。连长要这个湖南兵做出解释，小兵吭吭哧哧半天，只得说，他昨晚上梦见小洋马，于是一下子兴起来了。连长问小洋马是什么，小兵不敢说了。连长一走，满屋子的人，都大笑起来，笑得眼泪都流了出来。

从此，在骑兵二团，“跑马”成了梦遗的代名词。事情还没有完。有一次在连长家里，连长不在，连长的老婆大洋马，认真地问：你们平日说“跑马”，啥叫“跑马”？看来，连长老婆也知道这不是好话，所以单挑连长不在时。大家当然不好意思说。这时有个七〇年老兵，快复员了，也就无所顾忌，摊开双手，绘声绘色，说出这个典故。

事情说出，弄得大洋马成了大红脸，为了掩盖尴尬，她挥起手臂，打这个老兵。自此以后，好长时间，不准她的小洋马到营房附近来。大洋马说是怕出事。我想，除了这个原因之外，大约还有第二个：她是嫉妒——那湖南小兵梦见的，为什么不是她大洋马？

如今，当回忆这一切的时候，我想说，被众人捧着的这个小洋马，也并不是那么好看，充其量，一个平平常常的姑娘而已，但是环境不同，时势造英雄，时势也会造美人。在这枯燥的军营里，在这荒凉的盐池草原上，她那一件玫瑰色的确良衬衣，就够了，就代表一切，更何况衬衣有些露，隐隐约约露出里面胸罩的襻带，更何况她的胸脯那么丰满。

整个连队，都被这个小妖精弄得晕乎乎的，只有一个人刀枪不入，是个例外。这个人就是我。我不苟言笑，不主动向小洋马献殷勤，不在夜里“跑马”，我把自己的探家名额，两次让给别人，我在一年一次的拉练中荣立三等功。那时，我正在等待提干。部队这台精密的、严格的，有时近乎冷酷的机器，它正适宜于产生像我这样的人物。

我压得稳，并不是我不想得到小洋马，而是我知道，只要我愿意，这小洋马迟早会是我的。

我明白，别的人都是打彷徨，给嘴过过生日而已。他们都是农村兵，复员命令一宣布，从哪里来，到哪里去，如此而已。连长不会同意自己的妹妹嫁给一个农民的。连里只有一个城市兵，这就是我。我们家是响应“我们也有两只手，不在城里吃闲饭”的号召，回到老家农村的，现在，别的家人已经返回城里，我如果复员，我会找出理由回到城里去的。

连长大约已经多次看过我的档案，他还和我谈过一次话，如果在部队提干，如果我愿意，这连长妹妹，肯定就是我的；即便不提干，复员以后，连长很可能允许我带着他的妹妹回家。

可是我的盘算落空了。不怪连长，也不怪我，是我在拿得四平八稳的时候，小洋马的心已有所属。有人捷足先登，这人就是我的同乡张来。

三、马号旁的一个中午

我领了两个新兵，在钉马掌。那天我穿了一双沾满马粪的帆布靴子，一件旧马裤，上身穿了件从棉衣上剥下来的罩衣。钉马掌时，你要用整个身子，扛住马的臀部，怀里抱着马蹄子，一会儿工夫，你就一身污浊，一身臊味。因此，我这装束是适宜的。

但是我忘记了小洋马会来。因为小洋马，大家变得衣冠整齐，还有人，在正常的军衣之外，领口上要缀一个白的或蓝的衬领，例如我的同乡张来。但是我那时候不知是怎么了，还是邋里邋遢的。

所以我劝年轻的朋友，一定要注意自己的衣着，不要过高地估计女人的智力，一条漂亮的马镫革就会迷住她，而不管这马镫革是衿在谁的肚皮上。

钉马桩子在马号的外边。旁边是一条小河，小河一直注入布伦托海。小河两岸，是茂密的芦苇丛，芦苇丛外边，生长着一棵接一棵亭亭玉立的白桦，再往远处，就是生长着各种野花的草原了。

正当我抱着一只马蹄，俯下身子，满头大汗地铲蹄子上的死肉的时候，一扭头，从马肚子的底部，看见了一双穿着丁字形皮鞋的脚，还有一个胖乎乎的小男孩，站在这双脚的旁边。

“你好，小洋马！怎么这么些天不见你的影子了？”我用袖子抹了一把头上的汗水，问她。小洋马叫我“三班长”，她说，嫂嫂不让她到外边来，嫌太阳把孩子晒黑了。我抬头望了望天。中亚细亚秋天的太阳，也真毒，无遮无拦地照下来，洒满了地面。不过我明白，大洋马之所以不叫她出来，并不是因为太阳，而是听了那个“跑马”的故事的缘故。想到这里，我有些难为情。

我那天之所以发窘，主要还是因为衣着。我的身上，散发着一股臭味，这臭味主要来自马蹄，你不知道，马蹄窝上的那片黑糊糊的死肉，有多臭，比人的汗脚还臭。据说，那些脆弱和名贵一些的花草，嗅到不好的气味，张开的花瓣会主动卷起来。因此，我真担心，这姑娘会因为气味而离开的。

姑娘没有离开，不过她不停地用手扇着鼻子，在扇的同时，还不停地问着话。她喋喋不休地问着，问的都是一些常识的问题。我的情绪开始缓过来了。我告诉她为什么马要钉掌，为什么钉掌之后，还要在掌面上，安上四颗防滑螺钉。在我们拉话的当儿，那个小男孩，跑到河边玩去了。

这时，马蹄声“嘚嘚嘚”地响起来，接着，旋风一般，张来骑着一匹烈马，过来了。奔驰的马，在钉马桩前面，画了一个半月形，他一勒马嚼，马头深深地勾着，四蹄打直，停了下来。

当嘚嘚的马蹄声传来时，小洋马的身子，突然颤了一下，接着，我看见她面颊绯红，眼睛里放出一股兴奋的、野性的光，她的胸脯，也和着马蹄的节奏，一起一伏。她整个人，此刻像沐浴在朝霞中一样，那么美，那么楚楚动人。

我承认，我在这一刻突然爱上了她。所有的一切，什么三等功，什么提干，都统统见鬼去吧，此刻，只要她愿意，我愿意就此放下马蹄，用马儿驮着她，走到海角天涯。

但是我迟了，或者用农民的话说，叫“晚三春”了。姑娘站在这熏人的马桩前，迟迟不走，并非因了我，而是她在等人；还因为，此刻，姑娘已经连一声招呼都不打，就跃上了张来的马背。

我的头有点晕。当我钉完最后一个马蹄，展展腰，向草原深处望去时，看见在东地平线上，一匹马，马背上驮着两个人，马儿在飞驰着，马背上的两个人好像在做马术表演。

四、马的三种运动姿势

那景观确实极为诱人，使我不得不放下自己沮丧的心情，而发出由衷的赞叹。碧绿之上，有一点红。张来那天穿了一件红背心，红背心上有我为他印上的“阿山雄鹰”几个字。连队的每一个人，都有一件我为他们印制的这样的背心。我当过红卫兵，早年自刻自印过袖章。你看，我确实很优秀。“阿山雄鹰”式的红背心，扎在裤子里，露出红光光的皮腰带，那腰带，正是马镫革。坐在张来屁股后面的那人物，用手紧紧地拽着这腰带。她的玫瑰色衬衣也是红的，因此我很难分清，那碧波上摇曳的红点，来自谁。

马有三种运动姿势，一种叫“走”，一种叫“颠”，一种叫“挖蹦子”。走又分为小走和大走。小走马走起路来，四腿打得笔直，仅仅靠蹄腕的翻动来走，就像竞走运动员一样的动作。它的步幅不大，仅仅靠频率来撵出路程。大走马走起路来，上身保持平稳，但四条腿的关节，弯曲得像蚂蚱腿一样，它的步幅很大，后蹄窝往往要超过前蹄窝一乍长，它大走起来，屁股使劲地扭动着，身子像一条在波浪中行驶的船，像蛇行，嗖嗖地从草皮上穿过去。

马颠起来也很美。一匹好的走马，得靠调教，用行话说，靠压，耐着性子压上几年，才能压出一匹好走马，但是颠马是天生的。它像人跑步一样，是靠膝盖的弯曲来实现运动目的的。“嘚嘚嘚，嘚嘚嘚嘚”，马在优美地颠动着，四只蹄腕翻起，像一条小溪在扬着碎波，马腿在闪电般地交替着，马头高高地、骄傲地扬起，马尾巴像一条龙，在身后游动。“挖蹦子”的书面用语怎么说，我不知道，是不是叫“奔驰”，叫“驰骋”，或叫别的什么的。这是马的最快的一种运动姿势，它有点像螳螂的跳动，双脚并起，一剪一剪的。在这个姿势中，马全身都调动起来了，头使劲地向下勾着，往前拽，脖子像一张弓，尾巴身子的延长部分，平展展地拖在后边。全身的肌肉、神经、血液，都处在一种亢奋状态，“嗒，嗒，嗒”，马两只前腿并拢，使劲地往前一剪，剪得越高，用力越大，落得越远，不等前蹄落地，两只后蹄又扬起来了，臀部的肌肉，在猛烈地爆发着，高扬的后蹄似乎碰到了马尾巴上，它就这样一剪一剪地前进。

“挖蹦子”是马的力量发挥的顶点。在那急速的奔驰中，马会累得大汗淋漓，口吐白沫，但是一匹暴烈的马，一匹优秀的马，只要它启动起来，没有外力的干预，它会一直无休止地奔跑下去，直到耗掉整个生命，颓然倒地死亡。布封说，马是一种高贵的动物，对马的征服，乃是人类一切征服中，一次最高贵的征服。布封的话是正确的。

原先我一直认为，马在“挖蹦子”的时候，它是以两只脚为一个组合，同时举步的，但是《动物世界》上说，不，它貌似同时举步，其实，是错落着扬起和落下的。电视上用了慢镜头来解释，在分解了马的动作以后，接着又分解了老虎的动作。它无疑是正确的，不过，我至今还认为，我的观察和经验也许更正确。

闲言少叙，两个忘乎所以的人儿，现在还在草原上进行着马术表演。张来那天骑了一匹好马，这匹马曾在哈萨克的“姑娘追”中得过头名，那马走、颠和挖蹦子样样精通，因此，他现在尽可以春风得意。这狗日的。

五、马镫革

不知道是因为张来那一天的疯狂，还是真的因为马镫革，在队列前面，连长发了一通火。马镫革是一条连接马镫和马鞍的牛皮带。它很像人们衿的皮带，但是比廉价的皮带坚固得多。

它与皮带不同的地方，是在参子的铁质部分，包了一圈可以转动的铁皮，因此使用起来更滑畅。

哈萨克们的马鞍是与马镫牢牢系在一起的，我们叫它死鞍子。军用马鞍，这一部分是活的，主要是为了防止骑手拖镫。拖镫是骑兵的大忌，我当新兵那阵儿就拖过镫。你摔了马，一只脚还塞在马镫里，马会拖着你拼命地跑，直到把你拖死为止。用这种活鞍子，你一旦拖镫，马镫革连接马鞍的那一处，就会自动脱离。

既然马镫革这么容易取，而它又是上好的皮带，这样，连里的马镫革，便经常丢。隔一段时间，连长就要在队列前批评一次，批评归批评，马镫革还是经常丢。小伙子们总喜欢把它衿到腰里去。

这天站队吃饭，饭前唱歌，唱的是一首《来来来》。这大约是一支抗日战争或者解放战争时期的歌，由士兵们一代一代唱下来，一直唱到我们手里。前面我说过，这是一支有些渊源的部队。

来来来，
大家一齐来，
来一次班排连营歼敌大竞赛。
你歼敌一个班，
我歼敌一个排，
你歼敌五十，
你打得敌人飞机往下落，
我打得敌人坦克冒黑烟。
……

大家张着嘴巴，唱完歌。我是值星班长，我一个立正敬礼，请连长训话。这是例行公事，训话不训话，倒是其次，这是为了提醒大家，连长在这一块是最高统治者。连长有时候会训上两句，有时候摆摆手，说“没有啥”。这次，他咳嗽了一声，很严肃地站在我原来的位置上，他要训话。

连长亮着大嗓门，要大家把衬衣扎到裤子里去。这叫整风纪，说这些时，往往要和他一连串的口头禅，诸如“站如松，坐如钟，卧如弓”之类一起说。但是今天，他并没有多余的话，原来，他扎衬衣的目的，是想检查一下，看谁的腰间扎着马镫革。

衬衣扎起来以后，腰带便明晃晃地露出来了。一共有十几个人，其中有张来。连长骂了一个新兵一句，说他“新兵老油条”，连长还讽刺地看了张来一眼。连长黑青着脸说：“扎马镫革的，吃过饭以后，把马镫革送到连部来！”

连长挥舞着自己的帆布腰带的头儿，说：“部队发的这个布腰带，我衿了它八年了，还好好的。人一生，能有几个八年，几根布腰带，就把你这一生，打发过去了，为啥要贪小便宜，衿公家的马镫带？”

我看见，站在队列里的张来，垂着眼帘，头上的热汗直冒。我有些幸灾乐祸。我大声地喊了声“解散”，于是碟碟碗碗，响了起来。

之所以要讲马镫革这件事，是因为不久以后，同是连长，站在队列，他亲手将一根马镫革，卸下来，衿在腰里，并且要我们每个人都这样做。

六、最后一个秋天

那是撤销命令宣布以后的事，在此之前，一切都还是按照规则进行着。该干什么的都还在干什么，我们照样值勤巡逻操练，照样从远方的城市运来生活必需品，以备越冬之用，照样挥舞着大刈镰，收割牧草，准备无言战友今冬和明春的草料，而我的同乡张来，照样在谈情说爱，诱惑着小洋马。但是，那个不幸的消息，已经开始慢慢在这片草原上传开了，许多人都知道，那不可避免的黑色日子必将到来，但是，在没有到来之前，你还必须打起精神，硬撑着，打发着日子。

秋天是阿勒泰草原最美的一个季节。天突然地高起来了，空气也格外洁净，搭眼望去，一波又一波碧绿的牧草，一直铺到天边。白桦树在秋天的时候，更加洁白和修长了。矮矮的铃铛刺上，则挂满了铃铛，小风一吹，满草原是一片“呛啷呛啷”的响声。一群群哈萨克的马，悠闲地隐现在草丛中，马的尾巴，在空中甩来甩去，扑打着蚊蚋。

大刈镰沙沙响。肥嫩的、已经开始打籽的牧草，在大刈镰的响声中，一行一行地倒下了。这些草是高草，是专门留下来的。夏天，牧人们将牲畜群，赶至阿尔泰山深处的高山牧草，将这些草场留下来，让牧草自由自在地生长。这些牧草将是牲畜们冬天和春天的食物。

火热的地皮烫着，火辣辣的太阳照耀着，割倒的牧草，立即散发出一股香甜的薄荷的味道。当然，这是对菅草而言。如果是苦艾，那么它将散发出一股焦糊的苦艾的味道，熏得人头晕，就像艾特玛托夫所描绘过的那样。

待这些牧草稍稍干燥些以后，牧人就会赶快把它堆积起来，垛成一个一个的干草垛，然后，再用柳条编成篱笆，将这些干草垛围起来。秋天一过，辽阔的草原上，便会出现一座一座小塔一样的东西。

按照往年惯例，部队请来了许多的哈萨克来打草。这种活儿我们干不了，大刈镰的把儿，一会儿就会磨得你手心起泡。磨镰这活儿，你也做不了，镰刀不快了，他们用小锤儿，将刀刃往薄处砸，砸完以后，再用一块小石头，握在手里，在刃上来回擦，一边擦着，一边“呸呸呸”地，往镰刃上吐唾沫。

我的左手的大拇指上，有伤口，就是当新兵的时候，让刀刃割破的。我看见哈萨克男人们，将小石头和刀刃握在一起，嘴里斜叼一根莫合烟，悠闲地在那里擦，我也学样，擦自己的大刈镰。结果，“嚓”的一声，大拇指的指头蛋儿，被削掉了，只连了层皮。指头蛋儿被缝了三针，从此，我不敢再动大刈镰了。

那是骑兵的最后一个秋天。那个秋天不知道为什么那么美，那么牢固地存在于我的记忆之中。大刈镰的响声，篝火，干草的香味，抓饭，等等，那个傻乎乎的姑娘小洋马，也在那个季节里走向成熟。她是那么热烈地爱着张来，尽管张来腰间的马镫革已经被没收。而我的同乡张来，挥舞着粗壮的胳膊，爽朗地笑着，精力充沛，仿佛一匹儿马或者公骆驼。

公骆驼在发情的时候，样子是很可怕的。它在得不到满足的时候，会疯狂地追逐所能遇到的一切，包括马粪，甚至包括人。它眼睛红勾勾的，嘴里吐着白沫，嗷嗷地叫着，追逐你，追上你以后，上嘴拱倒你，然后用它的大脚丫子，在你身上踩，直到你装死躺下为止。

七、这就叫句号

撤销命令是在第二年的初春时节宣布的。命令宣布，全团军人举着自己手中的各种火器，一齐朝天鸣枪，军人胯下的战马，也受到感染，一齐扬起脖项，朝天嘶鸣。

我们在做着最后一次马术训练。我们一手抓住马的耳朵，一手掰起马嘴，随着连长惊天动地的一声“卧倒”，扑通扑通，战马一个接一个地倒下来，隐入芨芨草丛，我们迅速把自己的火器，架在马肚子上。

连长又是惊天动地的一声口令：上山！于是，我们迅速斜背起枪，手握马刀，翻身上马。马蹄“嘚嘚嘚”地响着，盐池草原上掀起一阵狂风，飞扬的马蹄，把残雪和泥土抛到高高的空中去。随着连长的口令，我们一会儿正手劈杀，一会儿反腕倒拖着马刀，让刀刃从雪地上划过去，我们的嘴里，也在疯狂地叫喊着。

连长一生，最崇拜的一个人物，叫夏伯阳，夏伯阳骑兵那种狂式的短促突击，他多次听老首长讲过。他还十分欣赏马步芳的骑兵。他说马家军在冲锋时，机枪手的双脚，分别踏在两个马背上，平端起枪射击，而那两匹马，竟能在奔跑中保持相等的间隔，不致把骑手摔下来。

当然，他最热爱的，还是自己的团队。夏伯阳离我们太遥远，而马家军，在兰州城下，曾经被它的老对手西北野战军骑一军，打得落花流水，丢盔弃甲。

连长那一天，特地穿了一身崭新的军装，脚下的马靴擦得雪亮，大胡子也刮得干干净净，以至两腮发青。他还戴了一双白手套，一副威武和潇洒的样子。

我们那一天，也都打扮得十分整齐。大家默默地穿上自己的新军服，好像要去给什么人送葬似的。那压抑的气氛，维持了很久，直到跨上马，这气氛才被打破。

也许，如果没有连长的口令，我们将一直骑上马，直到马有一刻倒下，或者骑手累死，但是，连长戴着表，他终于下达了“下马”的口令。

我们全身都溅满了泥点子，胯下的坐骑也汗淋淋的，像从水里捞出来一样。下马以后，我们开始卸下马鞍，这些马具明天将上缴，这些战马明天将复员，而骑手本人，也将复员或转业。

战马将会被送到农村或者牧区，拉车或拉犁。马儿似乎也意识到了将要有重要的事情，它们现在不光是身上流汗，那眼睛，仿佛也泪汪汪的。它们本来都是最优秀的马，应当充当头马的，它们的生殖器将会乱扬，草原上会布满一群一群的它们的子孙，但是为了服役，它们被阉掉了，它们的后半生将只能拉车或拉犁。

士兵们将全体复员，包括我这个正等待提干的人。不久，他们就将回到他们原来生活的那个环境中去，度过自己的后半生，在胯下没有马的情况下度过。干部将分期分批转业，在没有走之前，他们先库存起来。“库存”这名词很滑稽，不是么！

连部的墙壁上，挂满了大大小小的锦旗。有些锦旗还是鲜艳的，新的；有些锦旗已经十分陈旧，质地也不太好，上面或者有一个子弹洞，或者沾着一片黑色的血斑，这是战争年代的。指导员现在怀里抱着这一堆锦旗，哭丧着脸，他不知道时至今日，该把这些光荣往哪里搁才对。

消失了，一切都消失了，战马嘶鸣的两千年岁月，兵种的昨日的光荣。那真是一个悲哀的时刻，命运让我们来承受这个结束，画完这个句号。

扶着湿淋淋的马，望着放在地上的马鞍，连长有些伤感。他扬起靴子，踢了踢马鞍，说，这些马具，明天就要上缴了，如果你们愿意，就把马镫革卸下来，衿在自己的腰里吧，算是一种纪念。说完，他自己先卸下了马镫革，然后把腰里的布腰带，抽掉，扔远。

八、告别盐池

张来取下马镫革，卸掉马镫，然后，“啪啪”两声，将这马镫革，在空中甩一甩，衿在自己腰里，在衿的同时，还得意地望了我一眼。“这个头脑简单、四肢发达的家伙！”我想。

我一直疑心，张来和小洋马，有着某种实质的关系。那是秋天的事情。秋天打完马草后，连队用马车将这些草往回拉。之所以没有像哈萨克那样，垛成垛，就地圈起来，是因为怕到了春寒，牧民们会把自己的牛羊，赶到草垛上去。

张来临时充当了马车夫。他不光马骑得好，吆起大车来，也是一把好手。车是平板车，前面交叉着立两个木桩。空车的时候，他站在车厢里，手扶着木桩，摇动着鞭竿。

那小洋马，这一阵子，又成了马车上的乘客。那小男孩已经上了托儿所，没了累赘，她也比以前疯多了。大洋马的权威正在消失，她管教不下这个丈夫的妹妹了，她向连长告状，连长只是不言语，她撵小洋马回老家农村去，小洋马也赖着不走。

一次，马车在行走间，不见了车夫。一匹辕马、三匹梢马，拉着颤悠悠的一车草，缓缓地走着。我骑着马，手里抱一个行军桶，为哈萨克们送水，路经这里。我看这马车，怎么成了无人驾驶的飞机，于是让马车停下，呐喊了起来。呐喊一阵后，从车上的干草中，钻出一个人，他是张来。张来什么话也没有说，挥动鞭竿，赶着马车走了。我狐疑地站在那里，望了很久，我看见，车顶上还有另外一个人，她是小洋马。

而今，团队将解散，贯彻“从哪里来，到哪里去”的原则，张来将回到他的贫穷的关中农村去，因此，我不知道这个浪漫的故事将如何往下演。

临离开前，张来找到我，他提出要用他的一号军衣，换我的三号军衣。大不咧咧的他，这时候大约是做出了什么重要的决定，他显得很严肃，很痛苦，好像还有很重的精神负担。我问他要三号军衣做什么，他说我知道的。

我明白大约为了告别，他要送小洋马一件礼物。穷当兵的，除了身上穿的，一无所有。原先，你还没有这种感觉，直到领章帽徽摘去的那一刻，你才突然意识到，自己那么贫困，你才明白了“义务兵”这几个字所包含的真正的意义。这时候，你如果有心，要送别人礼物，你只能将自己身上的皮，一件一件地剥下去。

我很赞赏张来的做法，我觉得既然温情脉脉地开始，那么也应当温情脉脉地结束，有一点骑士风度，最好。

只是我判断错了，张来换去我的三号军衣，并不是用作告别的礼物，他是另有用场。军用卡车上蒙上了帆布，整齐地排成一排，在操场停着。那天晚上，全团举行了退伍军人大会。大会上，我代表全体退伍军人，朗诵了一首诗，这首诗的名字叫作《告别草原》。当我以压抑的男中音，诉说着我对部队的感情，对骑兵的感情，对无言战友的感情时，台下一片泣声。当我朗诵完毕，走下主席台，上级来的那位前来宣布命令的首长，找到我，提出要我留下来，他将为我以后的事情做出安排。我摇摇头拒绝了。我说我的心已经走了。

那天晚上，所有的人都没有合眼，大家坐在麻袋上。连队给每个人发了一条麻袋，用作装自己所有东西的口袋。那天晚上，营区的那台发电机，嗡嗡了一夜，电灯底下，各省籍的兵们，聚成团儿，在那里一边闲聊，一边等待天明。

小洋马在那一天晚上失踪了。连长的老婆大洋马，风风火火地来到我们班。我们正在打一种叫“五十K”的扑克，张来就坐在我的下手。大洋马明显是针对张来来的。可是，她问了几声，大家都说不知道。对我来说，确实不知道。大洋马在旁边站了半天，觉得没趣，只好离开了。她又到别的班去转悠。

第二天早晨，天刚麻麻亮，我们爬上了汽车。整个营区哭声一片，许多人哭得身子发软，上不了车，是被车上的人拽着，车下的人抬着，弄上车的。这个场面维持了约有半个小时，后来，所有的卡车一齐鸣号，起步了。

连长骑着他那匹大青马，跟在卡车后边，一直跑了有五里，最后，站在一个沙包子上，他勒住了马。

我坐在卡车上，突然看见，脸对脸儿，一个圆脸的小兵，正在对着我笑。我觉得他很面熟，但肯定不是我们连里的。我突然明白这是谁了，我刚张嘴问，她伸出一个指头，在嘴上按了一下，与此同时，望了一眼坐在她旁边的张来。

原来，昨天晚上，趁我们在开军人大会的时候，小洋马就穿上了我的三号军装，躲在了车上。“你狗日的，行！”我打了张来一拳。

九、呼图壁的马肉

对于小洋马来说，这大约就是小说中描写的那种“私奔”。她能采取这么勇敢的行动，她能这样跟上一个将要成为农民的人，这让人敬佩。至于以后的漫长的日月，将怎么度过，她大约并没有来得及考虑。后来，她做过许多错事，她抛弃了张来，她在我居住的这个城市的街头，沦落为一个下等的街头女郎，每一次，我都原谅她，并且劝张来也这样做。我说，一个女人，她能为你做出这种事情，那么你有理由原谅她后来的一切。

那一年的春天真冷，已经到四月了，草原上还铺着厚厚的积雪。我们的大卡车，是从额尔齐斯河的冰层上过去的，卡车将穿过布尔津，穿过克拉玛依，穿过呼图壁，穿过石河子，到达乌鲁木齐，在乌市将换乘火车，然后回到我们的内地故乡。

一路上相安无事。同车的人，不久就像我一样，发现了小洋马，张来这时候成了我们的英雄。尽管她现在属于张来名下，但是我们每个人，现在都感到幸福，我们没有丝毫的嫉妒心，我们把这看作是自己的胜利，把她看作是我们共同的俘虏。

长长的车队在奔驰，我们像一群蝗虫一样，铺天盖地，掠过一个兵站又一个兵站。四周是一望无际的积雪戈壁，戈壁上到处是倒毙的马的尸体，饿鹰在天空威严地盘旋着，不时一声长唳，俯冲下来。

事情发生在呼图壁兵站。不知为什么，我们和兵站管理人员发生了口角。不是为小洋马的事，小洋马穿着军衣，戴着军帽，掩饰得很好。当然，可能是我们主动找碴儿，这些暴怒的士兵，这一团黄色的洪水，横冲直撞，到处惹是生非。

一千多名退伍兵，黄蜡蜡地站了一院子，大家发着喊声，将兵站十几个肥肥胖胖的炊事员，全部打倒在地。送兵的头儿说，咱们不能再在这里过夜了，赶快上车往前赶吧。话声未落，大家卸下帽子，一人从食堂的大锅里，抓了一把马肉，放进帽子，又抓两个馒头，放在里面，然后跳上了车。

马肉散发着一股腐尸的味道。这一定是草原上那些饿鹰吃剩下的残骸，被兵站廉价收购回来，然后来喂我们这些退伍军人。具有讽刺意义的是，他们是否知道，这黄蜡蜡的一片，正是一支前骑兵部队。也许，这一堆死马肉，正是造成我们争吵的原因。那些兵站人员轻蔑地骂我们“黄萝卜”，我们则毫不客气地赏以老拳。

马肉是和萝卜片混在一起炒的。萝卜片也有一些发霉。除了一股腐尸的味道外，那马肉还有一种奇怪的酸味，记得《参考消息》上说过，当马这个人类的朋友，失去它作战的目的、使役的目的之后，也许它还会有一次辉煌，那就是它可以作为食用肉。文章说，马肉味道鲜美，高蛋白，它很可能取代牛肉，云云。我不知道文章是在讽刺人类，还是在赞美那高贵的征服，我想说：第一，马肉并不好吃；第二，将这高贵而美丽的动物，像猪那样圈养起来，然后去吃它身上的肉，一边吃一边赞美它，这真有些滑稽。

吃了这样的马肉，很多人都反胃、打嗝、呕吐，包括肠胃本来不好的我。

卸掉帽子以后，小洋马露出了她的两根小辫。卡车疾驰了一阵，见后边没有追赶，就停了下来，有人要解手，有人要呕吐。送兵的部队首长从驾驶室里走下来，看见了圪蹴在路边呕吐的小洋马。小洋马的两根小辫让头儿吃了一惊，他刚想问，张来从车上伸出一只手，将小洋马拉上了车。头儿没有敢问，他也怕挨打，这个时候，最好不要惹这些摘去标志的“黄萝卜”们。头儿又回到驾驶室里去了，不过这事叫他觉得好蹊跷。

在乌市改乘火车，风驰电掣，内地故乡离我们越来越近了。

十、伤心车站

在西安火车站里，我们这一拨陕西籍退伍兵，全部下了车。我们将在这儿四散分开，有的人改乘慢车，有的人要搭汽车，有的人则步行，回到自己的村子去。火车站的月台上，一瞬间的工夫，横躺着的是麻袋，立站着的是退伍兵，黄腊腊的一片。

小洋马坐在麻袋上，眼泪汪汪地喊叫口渴。火车上没有水，我们这些大男人，尚且不能忍受，更何况她了，加之又是呕吐，又是晕车，她被折腾得蔫蔫的。

我们还要再坐几十公里的慢车，才能到达村子。送兵的劝我们不要出站，就在这里等着。我们倒不是那么听话，而是想急切回到自己的村子，所以安静地坐在那里。

见小洋马可怜兮兮地坐在那里，我们没有丝毫的办法。我们开始感到自己的力量正在消失。张来救助似的叫了我一声“班长”，我为难地一摊手，说我也没有办法。

这时候高高的电线杆上，喇叭响起来，里面传出急促的女中音。这是车站的播音员在调度车辆。我顺着电线杆子望去，看见车站的一个角落，有一个玻璃房子，那女声，就是从那房间传出来的。

“走，那里有水！”我指了一下，然后，领着张来和小洋马，跨过铁道，来到玻璃房子门口。玻璃房子很小，里面只有一张桌子，一个面孔死板的中年女人，正将胳膊肘子支在桌子上，对着话筒讲话，那桌子上，放着两只塑料皮热水瓶，还有一只包着一圈塑料绳的茶杯。张来张嘴要说话，我止住了他。我等那女人停止说话了，然后打了声招呼，有礼貌地说我们要喝水。

女人盯着我们，看了一阵。她的目光使我们发窘，我们意识到了自己衣着的不合时宜。这里已经是暮春时间了，女人们已经开始穿上了裙子，而我们还是棉衣棉裤。尤其是我，我不但穿着臃肿的棉裤，而且两个膝盖上拴了两个皮护膝，再加上因为骑马而变得有些罗圈了的腿，我那时候的样子，一定十分难看。

一向大不咧咧的张来，在女人的目光的注视下，也有一些局促不安，“她要喝水！”他指了指小洋马，而我，又补充了一句，我说：“我们是退伍兵，我们现在回到了家乡！”

女人眨了几下眼睛，看得出，她正在想着拒绝我们的话。她明显地有点鄙视这几个傻瓜一样的人，她大约觉得，拒绝比施舍更能显示出自己的高贵。

盯着我们空荡荡的手，这女人终于想好了拒绝我们的理由。她首先问我们带没带茶杯，在得到回答以后，她说，壶里有水，桌上也有茶杯，但是，用别人的茶杯，不卫生！说完，她笑了笑，好像在为自己的谈话艺术得意。

阅历已经使我们变得头脑简单，因此，我们琢磨了一阵，才听出这句话其实就是拒绝的意思。我看见，张来渐渐地涨红了脸，他的手向腰里摸去，他要抽出腰间的马镫革，抽打这个女人。在呼图壁的时候，他就这么干过一回，那是打那些肥肥胖胖的炊事员。

我从背后抱住了张来，捉住了他的手。张来挣扎着，要我不要管他，他一定要教训教训这个小市民。小洋马在旁边，给这情景吓坏了。她带着哭声说，我不喝水了，咱们回吧！

那女人突然对着高音喇叭，哭喊起来，说有三个复员军人，闯进她的工作室，在威胁她。这一手真厉害。高音喇叭把声音一送出，整个站台上，顿时混乱起来，那些手里拿着小锤子的检修工们，还有那些衣冠楚楚的铁路警察们，纷纷向这间玻璃房跑来。

我们只得离开了。临走时，我挥舞着拳头，对这女人说："如果我在边防线上，知道就是在为你们这些人爬冰卧雪的话，我真后悔自己！"

当那些人赶到玻璃房的时候，我们三个已经钻进了退伍兵的行列中，这时候市郊车快来了，我们扛着麻袋，钻进了车厢。

我们正在从马背上下到地上。这个小小打击仅仅是个开始，比起后来的一连串的遭遇，它显得多么微不足道。不就是不让你喝水么？多么微不足道的一件事情。她有理由不让你动她的杯子，你也许有口蹄疫。

十一、婚礼

火车在一个小站停下来。停车时间是三分钟。我们先把麻袋扔下来，然后自己跟着跳下来。刚跳下车，火车就开走了。这时天已经是黄昏。小站的候车室只是象征性的一间小屋，空荡荡的。我们没有停留，彼此招呼了一声，然后三三两两地向自己的村子走去。

我和张来是一个大队，我们可以一起相跟到村口。火车路旁边的一个村子，有张来的一家亲戚，他从那里借了一辆架子车，拉上我们的麻袋。小洋马是辛苦了。这使张来很有一些心疼，在亲戚家里，他伺候小洋马，灌饱了水，现在，当架子车在路上行走时，他让小洋马坐在了车上。

我永远忘不了那一夜走在故乡田野上的感觉，湿漉漉的空气，鸡鸣狗吠的声音，带着青苗气息的小风，起伏着的麦浪，快要开花的油菜。我们张开肺叶，贪婪地呼吸着，承受着这一切，眼泪花花在眼眶里打转。

除了大自然，故乡的其他的一切，对我们的归来，似乎并没有太多的好感。人们麻木地看待着我们，几年前送出去了几个兵，几年以后他们又灰塌塌地回来，一人扛着一个麻袋，还是半夜回来的，活像个贼。这就是全部。左邻右舍的男人们，当然也会过来闲聊，直到抽光你带回来的烟，门前也就冷落了。与你同年等岁的小伙子们，有时会脖子上架着个孩子，从你门前走过去。“你把两个孩子耽搁了！”他冲你说。

“张来这一趟兵没白当，他从外边拐了个大姑娘回来！”这是人们对这件事的评价。这毕竟是一件新鲜事，因此，那一阵子，他红火了几天，连邻村的大姑娘小媳妇们，也赶来看热闹，直到见到这小洋马，和她们自己一样，也都是一个鼻子两个眼睛，这事才慢慢冷下来。

张来的父母，希望儿子能赶快举行婚礼，把这媳妇拴住，他们担心夜长梦多。婚礼是在我们回到家乡以后，一个月之后进行的。我们居住在附近的退伍兵们，能来的，都来了，大家不光为张来，也为我们的小洋马祝贺。

婚礼举行的前一天，我赶到张来家里，为他帮忙。两个新人，都处在喜悦之中，家里的人，村上帮忙的人，都为他们，忙得团团转。那时关中农村的生活，还是相当贫困的，而封闭又充满庸俗气氛的生活，令人窒息。我不清楚，小洋马对她将要开始的新生活，做好心理准备没有。我想问，但是看见他们那喜悦的样子，我明白自己还是少开尊口为好。

婚礼举行得很热烈。层出不穷的农村风俗，再加上我们退伍兵的捧场和起哄，使这个贫穷而凋敝的村子，出现了短暂的难得的热闹。小洋马的娘家，自然没有人跟来，因此小洋马请我和我们这些退伍兵，充当一回她的娘家人。她的话令人感到亲切，而我和他们，也就义不容辞地担当了这一角色。

婚礼结束了，小村突然变得那么宁静，接着就是小麦开镰的季节了。我到张来家去辞行，我说我得回城，找我的父母去了。小洋马正在磨镰刀，准备上工，听说我要走，她在一瞬间，流露出了一种依恋的情绪，神色也有一些恍惚。我问她给她哥哥写信了没有，我说，不管怎样，她应当给她的哥哥、我的连长去一封信，把她的事情，原原本本地告诉连长，当然，最好是她和张来两人合写。

小洋马答应写信。小洋马还希望我不要走，她说，原来她不觉得什么，现在我一要走，她突然怕起来，她不知道，能不能在这个陌生的村子，守住。

我苦笑了一声。我说，现在我们的脚，才离开马背，正儿八经地踩在地面上来了。生活就是这样的，一代一代的女人，都是这样过来的，生个娃娃，成一家人，慢慢地撵日子吧。

十二、在地上

我的骑兵的罗圈腿，在城市的水泥地面上，整整走了十年，才重新变直。我的被漠风吹得发黑发干发皱的面孔（一位崇拜过我的姑娘把我那面孔叫“斑驳面容”），在退过许多层皮以后，才重新变得红润。我身上那一股羊膻味和马臊味，在肠肠肚肚里的东西被换过无数次以后，才渐渐消失。

我努力地使自己服从于周围的环境，削足适履，委曲求全；我努力地使自己变得和大家一样，但是在经过漫长的努力之后，我发现我的想法是幼稚的，有一些渗入灵魂中的东西，我将永远无法改变。

有一种忧郁的情绪，常常会突然地袭击我，使我在一天，或者更长的一段时间内，身体像打摆子一样，陷入一种梦魇状态。我照样吃饭，照样走路，照样上班，但这只是一种机械的运动，我的思想谁知道此一刻在想些什么。我无缘无故地痛苦，无缘无故地烦恼，我的眼睛突然之间不敢看人，羞涩而木讷，我想躲到一个什么地方去，但是环顾左右，无处可躲。

有的时候，我会陷入一种莫名其妙的激情之中，骄傲，自负，目空天下。我的两个眼球像煤核一样在燃烧，双颊通红，我神经质地笑着，我骄傲地嘲讽于周围的无所不至的庸俗。我感到自己的身体和思想在同时飘起来，晃晃悠悠地，像在马背上一样。

冬天，当第一场大雪降临的时候，我会像一个孩子一样雀跃起来。我在飘飘的白雪中走着，让雪打着我的脸、我的头。鞋子踩在雪地上，发出一种“咯吱咯吱”的声音。我长久地陶醉在这音乐声中，回想着我曾经拥有过的东西。

而在夏天，我一定要做的一件事情，是将那件从草原带回来的皮大衣，拿到太阳底下晒一晒。每年，我都能从那大衣的皮毛中，搜出几个苍耳来，这真是一件奇怪的事情。这些苍耳放在我展开的手中，它们原来是生长在草原的那一处的，是怎样钻进我的皮大衣上的，我不知道。我细心地将这些苍耳收集起来，准备有一天重返草原，将它们还给那里。

除了皮大衣之外，我为自己留下的唯一的东西，是腰间的那根马镫革。它的质地真好，还是那么柔软、那么结实，只是，原来发红的颜色，现在逐渐变成了黑色，皮带上常用的那几个眼儿，越撑越大。

“不管天塌地陷，我们总得生活，”这好像是谁说过的一句话。是的，仅仅是为了生活，我常常强制自己，从那种北方忧郁中拔身出来，思考自己，分析自己。有一天，当站在城市的阳台，注视着脚下潮水般的人流，注视着西方天宇下那一片停驻不动的云彩时，我突然明白了一个道理：这是一个痛苦的结论，但是，这个结论毕竟帮助了我，使我明白了自己的位置，使我在城市的夹缝中，顽强地生存了下来。

十三、小洋马出走

张来的故事，我后来有听说。不断地有战友到我这里来，告诉我一些消息。既然张来也愿意我写一写他的故事，那我也就不再忌讳，有啥说啥吧。

当初我就有一种预感，预感到小洋马不会在穷困的小村待很长时间，他们的结合也许会是一场悲剧。我的预感后来不幸应验了。

一场婚礼，花掉了张来腰包里那少得可怜的一点复员费。婚礼一结束，拮据的生活便开始了，尽管家里人会将最好的吃食留给还穿着新嫁衣的小洋马，但是，那时候的农村，物质那么贫乏，小洋马还是感到自己在一天天受苦。

更重要的是那种窒息的气氛，叫人无法忍受。浪漫的歌儿已经唱完，生活的本质是那么平庸，它扼杀着激情和想象力，它无孔不入地强使你就范，使你重新成为一个匍匐在地上的人。

是的，我们主宰生活的时代已经过去了。心高气傲的张来，有一天也终于发现自己变得那么卑微，那么无足轻重。他没有力量使自己所爱的女人，穿上一件她喜欢穿的衣服，吃上一口她喜欢吃的饭食，赢得她有理由赢得的尊重。他丧失了力量。

他变得暴躁无常。在一次口角之后，他第一次打了自己的女人，这个头一开，就逐渐形成了习惯。他喝得醉醺醺的，抽出腰间的马镫革，没轻没重地抽向小洋马，酒醒以后，他又抱住小洋马，哭泣。

最初的时候，小洋马也陪他一起哭泣，并且，在他抚摩着她身上的伤痕的时候，心中也剩余着一点感情。但是，随着这种事情多起来，几乎成了家常便饭，小洋马也就再也不能容忍了。

小洋马给她哥哥写了封信，求助于他。他的哥哥，也就是我们当年的连长写信给我，请我去看一看。他说，当年，他对妹妹的私奔并没有给予太多的责怪，但是，今天，当他的妹妹求助于他时，他不能不管。他希望我能到小村走一趟，尽量以和平的方式解除这一桩婚事。他已带着家属，转业到乌鲁木齐，他希望妹妹仍然到他那里去。

我很珍惜当年的这一段感情，我把战友之间的这种情谊看得高于一切。在接到信的第二天，我就回小村去了。事情到底是怎么回事，我还不知道，但是我一定要去看一看，给连长一个交待。

可是我仍然去迟了一步，在信件往返的这一段日子，小洋马已经跟上人跑了。在张来的家中，我只看见窗户上那褪色的红色“喜”字，看见院子的玉米秸秆上搭着的那几块尿布。这尿布告诉我，他们已经有了孩子。

张来始终铁青着脸，咬紧牙关一言不发。我从他的嘴里问不出话，就转而问他的父母。两位老人告诉我，他们的儿媳和孙子，是被一个河南来的修水泵的拐走的。这修水泵的，在他们村待了一个月，修生产队的水泵，他不知道怎么和这不要脸的女人勾搭上了，在一次赶集以后，这女人不知去向。

我注视着张来，他现在苍老了许多，当年永远剪得整整齐齐的短发，现在软绵绵耷拉了下来，沾在头皮上。他的肌肉饱满的胸脯和胳膊，现在瘪下去，失去了弹性和光泽。他的那开朗的面孔现在也蒙上了一层灰败的神色。唯一使我想起他的过去的是，背心依旧严格按照军容风纪，扎在裤子里边，从而露出腰间的那根马镫革。

我在乡间待了一些日子。我让张来领着我，逐一去拜访我的战友们，那些腰间扎着一根马镫革的庄稼汉。我们一起抽烟喝酒，大声吵闹，一起回忆盐池草原的那些日子，我们还怀念自己胯下的坐骑，不知道它现在在哪里受苦。谈论的中间，我们有意识地避开了大洋马和小洋马这个话题，怕引得张来痛苦。

我要张来能够想开一点，接受这个现实。我说大家都感到很苦，很烦，都有一种孤儿的感觉，一种与生活格格不入的感觉，并不只是他一个。说这话时我长长地叹息了一声，只有这时，在这个由我的战友们营造的小氛围里，我才感到轻松一点，呼吸畅快一点，并且敢于露出自己的腹部位置。

张来默默地听着我说，眼睛瞪得直溜溜的，一言不发。知道小洋马已经不可能找回来了，但是，出于一种侥幸的心理，主要还是为了安慰张来本人，我们给周围的村庄、集镇、火车站候车室，贴了许多告示，希望出走的她能够回心转意。我们在告示中说，仅仅是为了我们，她也有责任回来一次，对这个事情有个交代。

回到城市以后，我斟词酌句向老连长去信，汇报了这一切。我希望他能原谅张来，我辩解说，生活中有些事情是很难说清楚的。信寄出去以后，一直没有接到回信，不知道是我把地址没有写清，还是连长接到信后，蔑视我们，没有再回信。

十四、146号马

离开小村的时候，我就感到，张来可能要出事的。他的那种精神状态，正是出事的前兆。我的预感不幸应验了。

但这是一种怎样的出事呀！当我匆匆地赶到小村，听战友们叙述出事经过的时候，当我来到那块熟地里，低头察看着那密密匝匝的马蹄窝的时候，当我说服警察，面对我的战友张来的时候，我只能说，如果这事搁到我的头上，我大约也是会这样做的。

县上的生产资料公司，从新疆接回了一批马，这些马以低廉的价格，分配到平原农村，小村也分得了这么一匹。

这是军马，它高傲地扬着头，甩着尾巴。它的屁股上，烙着几个阿拉伯数字。它不是我们连的，事情没有这么巧，但它肯定是我们团的，它屁股上的数字和五角星告诉了我们这一点。

它是怎么经过层层转手，最后到达这荒落的小村的，我们不知道。它由生产资料公司经销，这事本身就让人觉得滑稽。

当它从小村的泥泞的街道上走过时，它抗议地仰天长啸了一声。这一刻，我们的张来，大约正蹲在门口，闷着头抽烟，或者正在地里耕地。这些都不重要，重要的是他听见了这一声嘶鸣，他的迟钝的脸上，突然变得生动起来。

小村的主事们，决定用这匹叫“146”号的马拉犁。在这个环境中，不是拉车，就是拉犁，因此，这并不是对146号的蔑视。但是，146号抗拒这种安排，它或者是真的不会拉犁，或者是觉得拉犁是一种对自己过去的污辱。总之，它又踢又咬，很难将绳索给它套上，而当终于套上绳索拉上犁铧以后，它又骄傲地故意不往犁沟里踏。人们发一声喊，说：好吧，把它交给张来吧，让他骑上它，压压它，曲曲它的性子！这样，张来从他家门口站起来，走过来骑上了这匹马。

没有披鞍的马叫光背马。张来抓住马鬃，一跃跳上马背，然后，两腿一叩马肚子，马在乡间小路上，跑起来。

马先是一阵小颠，颠了一阵后，浑身发热，血液沸腾，便猛地一耸，双蹄并举，挖起蹦子来。马背上的骑手，在那一起一落中，不停地用腿，叩击着马肚子，腰弯着，手抓住马的缰绳。

马在小路上奔驰一阵后，又窝回来，在村子里奔驰，穿过场院，跨过墙头，马蹄踩得街道上正在觅食的鸡嘎嘎乱飞，一个母亲赶紧用手捂住自己孩子的眼睛。

村里的、地头的干活的人，都停下手中的活儿，站在那里，大声喝彩。马背上的张来，抿着嘴唇，表情严肃，在经过一段奔驰以后，他大约觉得还没有尽兴，觉得这些坑坑凹凹有些碍手碍脚，于是，他一抖马缰，向一块刚耕过的熟地走去。

地刚耕过，平展展的，现在，张来骑着马，在它上边来回飞驰。他的身子像橡皮膏一样，牢牢地贴在马的光背上。他的嘴唇现在不再抿着，而是痛快地发出一阵阵呐喊。

地头上站满了人。地的畛子太短，因此，张来是来回跑着的。当他返回来经过地头时，人们看见，马身上往下滚着汗珠，棕色的毛紧紧地贴在身上，马的嘴里吐着白沫。人们发觉有些不对劲，有人喊了起来，第一个人一喊，大家都跟着喊，要张来赶快停下来，这样跑下去，会挣死马的。

张来仍旧用腿叩击着马肚子，在挖蹦子。地头的呼喊声，他置之不理。他得意地笑着，叩击着马，来来回回地奔驰。

146号马，终于“扑通”一声，栽倒了，它的鼻孔里，现在吐出的不再是白沫，而是殷红的血，它身上，像从水里捞出来一样，往下滴着水。

马倒下来的那一刻，张来一只脚支地，下来后，走到前面，去提马头。这时众人围了过来，拽马尾的拽马尾，扶身子的扶身子，一阵忙乱，终于将那146号马扶起来。立起以后，众人手一松，那马，又倒下去了。

十五、不是结局

张来后来被判了刑，刑期三年。法律是一种严酷的冷冰冰的东西，它也是人类的规则。我和我的那些战友们，磨了不少嘴皮，跑了很多腿，但是无济于事，他还是被关进去了。

三年以后，有一天晚上我下班在家里，这时有人敲门。隔着门，有人在叫“班长”，我明白是张来回来了。

他后来开始在这座城市里流浪，为人干些零活。干的第一件事情，就是从我柴炭房的那扇门修起，这是他主动要求干的。在我这儿住了几天以后，临走时，他提出要为我做点什么。

在流浪的日子里，他有时候会突然闯进我家，告诉我一些事情。有一次，他神情很激动。他说在火车站附近，他看见小洋马了，他痛苦地捂着脸说，小洋马已经堕落成一个街头的女人了，这是他害的！他看见小洋马，叫了两声，结果，小洋马立即拐进一条小巷里，不见了。

人是一种最能随遇而安的动物。她走到那一种结局，也算是一种结局吧！也许，她的天性中就有这一种成分，她本不该跟上我们一起倒霉的。不知道她明不明白，她的结局，无疑是给我们心上，捅了狠狠的一刀，我们残存的最后一点尊严骄傲，现在完全失去。

我问张来，要不要给老连长写信，告诉他这件事情，他摇了摇头，说：“你再给我留下最后一点面子！”

这样，张来的故事就讲完了。衿着马镫革的原骑兵二团的士兵有许多个，我只是挑一个来讲，如果有机会，我还会讲述他们的，只是，我现在有些头晕。

至于我，诚实地说，我的生活也并不比他们好到哪里去，那梦魇一样的东西，在纠缠住他们的同时，并没放过我。为了寻求解脱，我只好向人诉说，没有人听我的，我只好自己对自己诉说。我的诉说变成了文字，人们说这叫作品。

给我一匹马吧，让我在你那辽阔的原野上，游荡上一回，请那最美丽的姑娘陪伴我。

出国的诱惑

一、引子

从一个国度跨入另一个国度叫出国。圆圆的地球分割成许多条块。一个涂着不同颜色的世界政区版图，活像京剧中的三花脸。

既有国界，便就有了出国之说。落实到行动上，出国这件事便给人以某种诱惑。查一查我们中国人的行走路线，可以发现，其实是在走着一个一个圆。乡间老妪一生都围着一个村落转。未嫁以前，围着娘家的那个村落转。被花轿抬到夫家后，便又围着夫家的村落。一生中没有走出村前那条川、村后那架山的人，多得很。没有见过自行车，没有见过汽车，没有见过火车。飞机倒是有时候从头顶上飞过，不过那距离自己的生活太遥远了，简直不可捉摸，有时刚产生一点想象，便被眼前繁重的劳动打搅了。

当然时代毕竟变了，囿于山乡的老妪只是生活中的极少数。大量的人，也许走过县城，走过省城，走过首都，漫游过风景区，或者由于特殊的原因，到过那些人迹罕见的边远之地。贾岛骑驴和李白纵马的年代过去了，有许多物什可以做人类的脚力。

但是当老了之后，当一次次的游历的激动趋于平静之后，我们仍然悲哀地发现，自己在走着一个一个圆。地图上红色的边界线像孙悟空用金箍棒画定的圆一样，一遇脚步便金光四射。

到了20世纪80年代初，门户洞开，出国热空前高涨起来。我认识一位姑娘，1969年春来陕北插队的北京知青。她很漂亮，手很大，骨骼很大，细细的脖子擎起一颗高贵、美丽的头。整个形象，就像一匹英国良种马。

她曾经搞过文学，如果继续写下去，那么，今天的才女就没有活路了。记得她最初穿牛仔的时候，大家都很惊异，觉得这粗糙的像劳动布的东西，为什么穿在她身上那么妥帖、大方。她几次回调北京不成，便一怒之下，去了香港，接着走了法国。她发誓要在1997年香港回归祖国时，以一位大企业家的身份重返北京。她现在处境如何，正在成功路上走，还是在生活面前碰了壁，我们无从知道，也不便去打问，唯恐听到什么不好的消息。我们只能远隔千里万里，每一次想起她时，便致一个美好的祝愿。从1969年到1997年，将近三十年。她要用三十年时间走完一个圆，这种毅力和勇气真令人敬佩。假如在成功道路上，确实需要动用一下她过人的才华和美貌的话，那自有她的道理。

我还认识一位朋友，一位漂泊者，一位在中国大地上痛苦地思考着和行走着的人。他毕业于南方某大学，后来因为向往神秘的大西北，丢掉户口和工作，去了新疆生产建设兵团的一个团场教书。在新疆待了三年后，又到了北京一家杂志社。他能这样流动，在于自己的年轻，有才华和得过且过的生存态度。这真是一个彻底地与旧的羁绊决裂的革命者。

我从他那里汲取了许多新的观念和新的思想，我把与他的结识当作自己一生中的一件大事。地域对他是没有禁区的，哪里适应他的生存和发展，他就奔向哪里，而我们知道，生活的女神有时候是偏爱这些强者的。她有时候有意识地塑造一两个巨子，为的是让我们这些凡夫俗子相形见绌。对有些人来说，一个小科长可以压你一生；对有些人来说，他匆忙的脚步要把地球踩平。

走在北京的大街上，友人说，他没有办法请我到家做客，因为孤身一人居住着一个大剧场，直到晚场散了，这剧场才是属于他的。友人还惆怅地说：“新疆的神秘感现在已经被打破了。来到北京，几年过去了，我已经吸收了许多东西，现在我想到雾都伦敦去，想到马克思主义形成的故乡去看一看。”

我想，马克思曾经提出过“世界公民”这个概念，友人的思维，有点这方面的意思。他的圆转得更大些，而且可能不是一个圆。到头来，也许不会回到出发点的。自从人类进入宇航时代，我们知道，“生于泥土，重归泥土”这句话已经过时。他也许会某一天在走遍世界后，产生向宇宙飞翔的渴望，从而老死在另个荒凉、冰冷的星球上。

这话未免扯得远了点，我这里说的是“出国的诱惑”。

我认识一位地委书记，是个老革命，他在几年前出了一次国，去的是我们关系刚刚热起来的东欧。这次出国付出了代价。等他回来时，该地区的领导班子已经完成了新旧交替。这一切当然是在地委书记行前就安排好了的，只瞒他一人。但是，时至今日，三年过去了，这位友人还耿耿于怀，以闭门不出表示抗议。好在出国期间，免税买了一件东欧产的电视机，因此闭门不出也不感寂寞。不过最近偶尔看参考，苏联和东欧产的彩电，爆炸率是百分之二十多，这使前地委书记不免又有几分不愉快和担忧。电视机爆炸时当量太小，如果当量大些，波及左邻右舍、脚下头顶的现任们，那么，这位前地委书记说不定会乐意让电视机爆炸。

讲了几个出国的故事，读者也许会说，这些我们都知道，而且比你知道得还多，那么，我现在开始讲一些鲜为人知的出国的故事了。

二、电视主持人赵忠祥如是说

在人类最初还是猴子时，大约是没有出国这个概念的，只要你愿意，你可以满世界游荡，没有另外的猴子会眼馋你，那时，定居是一种进步、时髦、文明。

后来进化成人类，开始以部落的形式存在，部落的发展和吞并，便慢慢地形成了集权。集权又服从于更大的中央集权。于是国家便开始有了雏形。圆圆的地球破碎了，开始出现了条块，国家为了维持一国上下的生计，为了繁荣和进步，便需要有固定的和尽可能大的生存空间。

“在辽阔的非洲原野上，”电视解说员赵忠祥以漂亮的男中音，这样告诉我们，“每个非洲母狮都有自己的活动范围。她在那些接壤地带，撒泡尿，留下强烈的气味，以便告诉侵入者：你越境了。”

历史在延续着，国家在延续着。疆土的范围因为战争、瘟疫、人口原因，时而扩大或缩小。那些绝大多数的国家，在漫长的历史进程中，都湮灭在路途中了，宛如沙漠地带的潜流河一样。

历史学家告诉我们，只有中国是个例外。由于工作的原因，我曾在中国——这我的祖邦的国界线上，做过许多次漫游，并且长时间地厮守一处，因为那里是国界线的扁桃腺部分，时时都会因气候变化而发炎。

我想，人类最初划定的国界线，也许正如非洲母狮一样，是以一泡尿标志的。但是随着人类趋于文明，特异功能开始减退，人的嗅觉已经变得不可靠了，于是，人们想到了界桩。

国家在向边远地区的开发中，通常会在它精疲力竭的时候，遇到一片浩淼无边的大海，一座不可腾跃的大山，一条足以挡住马蹄的大河，于是，这些地方后来就成了国界。

当然在特殊的情况下，国界线也会划在一块平坦的、没有什么标志的陆地上。例如中印边界1962年的临时停火线，或称“麦克马洪线”。

这里发生过一个出国的故事。平坦的没有任何地物标志的国界线，给边防巡逻造成了极大的困难。一不小心，飞快的马蹄会将你带入对方控制区，甚至直入纵深几十公里。

这样的临时国界是必须保持现状的。为了不致迷路，巡逻兵只好在戈壁滩上拣些大的石头蛋，每隔一段距离放那么一块。出于爱国热情，一位从小就懂得和邻村争地边埂的新兵，有时会跳下马来，背起这块石头蛋，放到那边几十米的地方。

有这些石头蛋做标记，在夏天是不致迷路的。可是，在冬天，当几尺厚的大雪覆盖戈壁，风儿又把这些积雪吹得像镜面一样平整时，巡逻兵就难免迷路。

有这么一次，一位和我同年入伍的班长，领着一队巡逻兵，一直走到印度士兵的边防哨所，他们以为这是一家牧民毡房，已经做好了喝奶茶的准备，突然，听到了口令声，接着看见了一班正在走正步的印度士兵。

我的这位同乡命令他的部下将这些士兵全部击毙，并且驮在马上带回来。他以为要立功的，结果受到了严厉的处分。

三、我们把镜头摇向了白房子

额尔齐斯河是一条美丽的河流，它的蔚蓝色的流水，和两岸遮天蔽日的林带，是中亚细亚风光的最显著特征。

祖国大多河流都是以太平洋为归宿的。独有它，走过漫长的历程，注入北冰洋，向那遥远而奇异的地球一翼，带去中国大陆温情的问候。

春潮泛滥之际是它的鼎盛季节，蓝汪汪、清凌凌的一河融雪水，溢出河道，以几里宽的扇面，顺着戈壁缓缓流过，像一列团队迈着方步，自有一种仪态万方的说不出来的味道。

额尔齐斯河喧嚣地流入苏联境内。我曾经长久地驻守在额尔齐斯河就要改变归属的那个地段。站名叫白房子边防站，统管额尔齐斯河的南湾和北湾地区。这个边防站原来是边境检查站。两国友好期间，来自苏联阿拉木图的四千吨级货轮，可以在洪期溯水而上，在这里接受检查后，直抵我国纵深几百公里，然后转道布尔津河，在布尔津城卸下货物。阿勒泰草原的很大一部分日用品，赖于这种进口。后来两国交恶，货轮不再通航，这里便降级为边防站了。

我们的老站长曾经出国，那是20世纪50年代的事了。作为对应，那边也有个边防站。于是，礼拜六的晚上，这边的边防军常常被邀请到那边做客，有时是看电影，有时是联欢，有时是品尝那些军官太太们做下的俄罗斯风味的美餐。

这种交流在20世纪60年代初伊塔事件后便已停止。后来，由于边防工作的需要，我们曾将退休的老站长请回来，请他凭记忆画了一张对面边防站的地形图。

苏联军官们是可以带太太居住在边防站的，这与我国不同。我们的军官的老婆，大都来自农村，等着够了带家的年限，便来到距边防站数公里的县城居住下来。每年，军官有两个月度假期。

我想在这荒凉的戈壁滩，在几乎被世界遗忘的边防站里，那些军官太太无疑是一种点缀，尽管这种点缀带有危险性质。难免有一些不安生的士兵，夜晚不站在自己的哨位上，而是在军官太太的宿舍前徘徊；适逢军官不在，说不定还会轻轻哼着《孤独的手风琴》这支歌。

在苏方，士兵们苦焦的生活有时会出现一点欢愉。周末或者节日，大卡车会从内地带来些穿着连衣裙的女学生。手风琴会一直响到夜半更深。

我们却没有这种福分。每当这时，我们要做的工作是加强戒备，悄悄地潜伏到界河旁边，一边用一只耳朵听那边的男欢女乐，一边用另一只耳朵听异样的声音，以便随时准备做出反应。

他们有时候也潜伏。如果他们来到我们前面，他们便在了暗处，一晚上噤若寒蝉，不敢出声。

如果我们先到，不久后几米宽的界河对面，窸窣有声，便知道这是他们了。这一晚上，他们会闲谈，拉家常、拌嘴、哼家乡小调，熬过这个难熬的夜晚。而我们也不便惊动他们，直到第二天黎明，等他们走后，我们才动身。

我们的军区文工团难得会来一次。这一天便成了边防站的节日。只有一个厕所，于是我们统统被赶到了戈壁滩上去解手。我们的宿舍也被腾出来归演员们休息。

通常，要挑些脸蛋还没有被漠风吹皱的新兵子去当服务员。记得那一次，我们的班长，一个在穿上军装后仓促地结了婚的农民，抢着要去当服务员，因为丑陋，没有轮到他，结果，他总是不甘心，借口回班里取东西，闯进了屋子，一位倒了嗓子的女演员，正在脸盆里洗什么物件，水都有些红了。班长硬是献殷勤，要给人家倒水，弄得连长过后不点名地批评了他。

对面也因为这些演员的到来，做出了反应。流星般的曳光弹，五颜六色的信号弹，苍白的照明弹，不停地在暮色初现的夜空中爆响。

这些演员们原来准备住宿一晚的，后来见这情况，就坐车走了，连做好的抓羊肉也没有吃。大家全部列队站在操场上，直到车消失在戈壁深处，才明白了他们要走的原因。大家站了很久，都有些悲哀。

副连长粗暴地喊了声："今晚上加强警戒。解散！"我现在想起一个出国的故事了。

四、炊事员的荒唐的出国和参谋长的不得要领的出国

春天来到了草原，天空一扫阴霾，显出一种令人心情愉快的亮色。戈壁滩的积雪融化了，由于潮湿，地表变得黑糊糊的，有零零星星的草尖，还有一两根茎秆挑起紫色的小花，出现在雾气腾腾的原野上。

有一条白色的雪痕，没有融化，顺着边防站一直通向远方。这些雪因为被人的脚印踏实了，所以融化得慢一些。

我的一位同乡，一个很老实的人，入伍以来一直在炊事班工作，眼看要复员了。在这样的一个春天里，合该有事，他突然产生了到瞭望台看一看的欲望。炊事员是不让站岗的，所以瞭望台对他来说很陌生，不像我们，早就对这单调的生活麻木和厌倦了。

顺着那条雪痕，离开边防站，走过一段约五百米的距离，他登上了瞭望台。哨兵见他来，就把望远镜让给他看。后来，干脆借故离开了哨位，让他替岗，自己回站去了。界河边出现了一位俄罗斯女人。这明显是一个军官的家眷。也许，围墙内的生活使她烦闷了，士兵们的献殷勤已经不能使她动心，在这春意荡漾的日子，她突然产生了踏青的念头。

责任也许在她的那只猫身上。猫在春夜里不停地嘶叫，扰乱了这位夫人的心。现在，那只猫在她的身前身后蹿动着，不时地一跃进入夫人的怀抱。

她把猫搂在怀里，用纤手抚摸它，用脸颊亲它，做着多种媚

态，一副卖弄风情的样子。她这样做的目的，也许只是一位女人天性的自然流露，是她在祖国的暖炕上，或者俄罗斯小城的沙龙里养成的自然习惯。因为荒原上静静的，不见一点人的踪影。

但是我的这位同乡清清楚楚地看见了这一切。灶房的蒸气和劈柴的炊烟虽然使他的眼睛受了点影响，望远镜帮助了他。

其实不用望远镜，光肉眼也可以看清的，距离只有五百米。那位俄罗斯女人也许早就注意我可怜的同乡了。对于女人，我们真是不能理解：她本来已经拥有那么多的崇拜者了，却仍然希望，再加这一位。

这时候发生了一点小变故。

那猫儿受宠若惊，一纵身从夫人的怀里跳下来，在地上撒起欢来，界河中间有一块没有消融的冰块，猫儿借助惯性，一下子蹦到冰块上去了。

猫儿没有胆量再跳回来，想游泳，用爪子探了探水，水刺骨地凉。后来，猫儿待在冰块上，“喵喵”地叫开了。夫人觉得很好玩，这件小事并没有影响她的兴致，只见她弯下腰一手抓起裙裾，一手俯身捡起一颗石子向界河掷去。

她本来想将石子掷向界河的中国一侧，让飞溅的水花使猫儿受惊，赶它过来，可惜玉臂无力，心不在焉，那石子落在了这边，猫儿果然是受惊了，却一纵，跃到了那边河岸上。

夫人现在才意识到事情的严重性。那个从她当姑娘就一直伴随她的猫儿，已经很难再有回来的可能了。

河中的冰块由于受力的缘故，慢慢松动了，被湍急的春水卷去，一会儿就影踪全无。这打破了夫人的最后一点希望。

后来，她把目光转向了瞭望台那位中国哨兵。目不转睛的我的同乡，自然看见了这一幕。他满脸通红，握着望远镜的手心攥出了汗水。过了一会儿，这家伙扔下望远镜，下了瞭望台，向界河跑去。

如果仅仅将猫儿扔过去，那充其量不过是个小小的涉外事件，但是当猫儿扔了过去，那女人搂着猫儿，兴犹未尽地望他一眼，便向回走去时，他情不自禁地蹚过界河去了，连裤腿也没有挽。

那俄罗斯女人吓坏了，尖声尖气地叫着，向边防站方向跑去，裙裾不时绊住她的脚步，几欲跌倒。那女人终于跌倒了。她转身坐起来，用惊恐的蓝汪汪的眼睛注视这位越来越近的男人，他走到跟前后，却呆住了，不知所措。

闻讯赶来的苏军士兵，在松土地带抓住了他。他像一只发情的公骆驼，一手提着裤子，在松土地带高一脚低一脚地狂奔着。几个人好容易才将他压倒在地。

他很快就被从原路送回。军事法庭问清了情况后，他被就地处决。最初，两国关系紧张时，一般的越境者被遣送回来后，判十年徒刑。后来关系恶化，判处无期。再后来，我在边界线的那一段时间，就严惩不贷了。

这真是一出荒唐的出国。同样荒唐的还有一件，既然又回到出国这个题目下来了。

我们部队，从中缅边界调来一位参谋长，一个挺不错的中年人，他从来没有到过西北边界，这里中亚细亚的风光使他陶醉。有理由相信，他学生时代一定背诵过“我骑马梭巡着祖国边疆，细心地清点着每一根界桩！”这类诗。而且，“晚霞熟悉了我的马！”这些句子，也一定给他以某种诗意的想象。总之，他跨上马，在边界线视察时，豪兴大发，举止浪漫。后来，来到无名高地时，人困马乏，脚下恰好就有一块界桩。

界桩青石雕成，一边刻着“大清帝国立”，一边刻着“俄罗斯大公国立”，看着下边落款的日期，正是著名的“一八八三条约线”。

这位参谋长往界桩上一坐，歇息片刻，突然灵机一动。也许我们所反复谈到的那种出国的诱惑吧，他以屁股下的界桩为轴心，双脚离地，陀螺般地转了过去，并且嘴里念念有词道：“快看，快看，我出国了！快看，快看，我回来了！快看，快看，我又出国了。”

这件事让随行的干事给汇报上去了，上级批评说，这是一次极不严肃、极不认真，将边防政策当儿戏的事件。为了这位参谋长，我们关在房子里，重新学习了一个礼拜的边防政策。

这位参谋长随之被撤职，不知后来流落何处去了。这官丢得有点冤。

五、一块荒凉的坟包

这些“出国”都有些窝囊、下作和不得要领，甚至，它不该出现在一篇有着高雅情趣的小说中，然而，我不知道为什么我的笔指引我写下这些。

当我结束了漫长的边旅生活，重返内地时，我们一群摘去标志的退伍士兵，像蝗虫一样漫过一个又一个兵站。在乌苏兵站，不知为什么和兵站管理人员发生了口角，兵站刁难我们，把吃饭的筷子和碗藏起来了。几百名饿疯了的昨日士兵，每人用手捧着滚烫的萝卜条炒死马肉，放进帽壳里，又抢来两个馒头，跑到院子里嚼起来。如果不是送兵的军官阻挡，说不定，我们早把兵站的房顶揭了。

回到内地，听到鸡鸣狗吠，这世界上最亲切的声音，每一个都止不住热泪盈眶。我们久久地才明白自己又回到人类之中。

在繁华的大街上，在那些灯红酒绿、摩肩接踵的舞厅里，在那些居高临下地注视着我们这些迈着骑兵的罗圈腿走过街道的目光下，在偶尔被我们用士兵的肩膀碰开的播放录像的地下室，在以“一杯水主义”宣告自己的道德准则的少男少女面前，一句话，在故乡的这一片丽日蓝天下，我想起我的那位炊事员同乡，那个可鄙的越境者。

他正睡在中亚细亚那荒凉的沙地上，本身蒙受耻辱不说，他的家庭也跟着蒙受深深的耻辱。临离开边防站时，我们一群老乡，来到那个荒凉的土包前，用木板为他立了个简单的墓碑，之所以要立碑，是因为一点乡谊。之所以用木板立，是因为希望这木板速朽，这土包早日被漠风吹平。

他可悲地躺在那里了，如果是星期六的晚上，如果是顺风，他也许会听到对面的男欢女乐声，其中有“猫夫人”那令人战栗的尖叫。

六、我的红鼻子老乡的出国

我这里还有一个不幸的出国故事，发生在我的另一个同乡身上。这位同乡是独生子。他的父亲是个永远沉默的老实人。他的母亲原来也是这样，可是有一年，不知怎么突然着了魔，一下子活跃起来。她大字不识，却靠儿子的帮助，将那个小红本上的语录，一字不漏地全部背诵下来，从此在中国内地的一个小镇上，成为风云人物。本来独生子是不当兵的，她硬是又上广播，又上报纸，终于让儿子穿上了军装，并且列队时站在了我的前面。

这位同乡的鼻子原来就有点红，一遇新疆的恶劣气候，通红通红的，甚至浸染到双颊上。后来我每每读到涅古拉索夫的《严寒，通红的鼻子》时，就想到这位同乡。

一只交通艇将一个班的士兵，带到额尔齐斯河南湾去打草。打草用的是大刈镰。将草割下来，略略晾干，然后堆成草垛，四边再用柳条编成篱笆围起来。

这样，冬天大雪覆盖原野的时候，我们的坐骑就可能在四处寻找一些枯草之后，来这里最后填饱肚子。每个有着草原经历的人都知道这种劳动的。它繁重而愉快。那些已经结籽的牧草，在被割倒之后，太阳一晒，散发出一种十分美妙的香味和甜味。

不知什么时候，这位同乡悄悄离开了打草的人群，脱去衣裤，他想创造一个横渡额尔齐斯河的壮举。

开始时谁也没有发现他的失踪。阿勒泰草原的牧草，不像蒙古草原那样是以平坦的、辽阔无垠的状态出现的，这里的牧草，长在潮湿的、春潮漫过的地方，规模大小不等。小的叫草块，中等的叫草场，大块谓之草原，我们还以为他是一个人去寻找肥嫩的草块去了。

这件事唯一的目击者是一个生产建设兵团的闲散人员。他正坐在界河与大河的交汇处平心静气地钓鱼。这是个讨厌的家伙，有几次，我们曾经没收了他的鱼竿，不准他在这里钓鱼。在这里，他要越境是件容易的事。假如我们真的发现他有越境企图，也不好开枪，因为一开枪，子弹头会飞到国外，子弹头也是不能出国的，这是国际法。

他因此而对我们抱有成见。我的那位同乡一直游到这边岸边，游到界河与大河的接浪处。界河水打入大河，也许在这里形成了一个漩涡。只听见我的同乡喊了声“我不行了”，便从水面上消失了。随之，水面上出现了两只挣扎的手臂。这位垂钓者如果停止他的工作，一手抓住岸边的白柳树条，一手将渔竿伸过去。也许，那双垂死的手会抓住鱼竿的。

事后这位垂钓者说，他曾试图这样做，只是渔竿太短，长点的鱼竿都让我们没收了，现在在库房里。

这位垂钓者那天的运气特别好，他钓到了三条狗鱼，一条大鲤鱼，还有一条十分珍贵的黄花鱼。他说要将这条黄花鱼送给领导，以便解决他向内地调动的问题。

最后，他点燃一支烟，慢条斯理地收起鱼竿，离开了这里。路过边防站时，他顺便拐了个弯，告诉站长，他看见一位士兵横渡额尔齐斯河时，钻进水里再也没有出来，是不是从别的地方出来了，他无从知道。

说完，拎着鱼走了。这是一个令人焦躁不安的初秋的傍晚，蚊子列着长队，唱着奏鸣曲，在边防站的上空结成了一个大疙瘩。边防站那个汽艇，后边拖着鱼网，顺着大河跑了几个时辰，甚至利用了国际法中“飞机、汽艇这些有惯性的机动工具，在转弯或行驶中越入对方一定纵深，不算越境”的法则，在苏联境内的河面上，穿梭了几回。

没有找到尸首。活人也没有从另外的地方爬上岸。于是只好上报，接着通过会晤，请求对方帮助。三天之后，在下游几百里的地方，我的同乡瘫在河滩的淤泥里。他全身赤光，身子发胀，脖子和头一样粗。他的那只永远发红的鼻子，变得异样苍白。

最初得到消息时，我和许多人都曾有个隐秘的想法，就是他所制造的溺水是个假象，然后跑到对面去了。后来事情证明，我的同乡没有这么好的水性。

苏联方面为我的同乡做了一身呢料的中山装，一副上等的松木棺材，然后用直升飞机，送到阿勒泰城。

据说那几天勃列日涅夫正在距边界不远处的哈萨克首府阿拉木图休假，这件事曾惊动了他。我们的一位会晤代表，“参谋不带长，放屁都不响”的角色，为了在会晤桌上减轻心理上形成的劣势，曾经想草拟一个抗议，内容是：这位溺水的中国公民是一位教徒，因此，装棺材违背了民族习俗。神色沮丧的首席会晤代表，制止了他的这种小聪明。

我后来探家的时候，顺便到同乡家里去了一趟。同乡的母亲彻底苍老了，儿子的“出国”使她受到沉重的打击，尤其奇怪的是，她原先能够倒背如流的“语录”，现在竟一条也背不上来了。

七、苏联集体农场的马群在一个暴风雪之夜越过国境线，从而踏上死亡的征途

手掌般大小的雪花，一团一团地往下落。狂风像一万头猛兽，顺着河谷怪叫着掠过，冻得发僵发脆的胡杨，承受不了风的力量了，从树腰处折断，颓然倒地。那架几十米高的木质的瞭望台，咣咣作响，受风的那一面，钢丝拉绷得快要断了，背风的一面，钢丝拉绳又软软地耷拉着。

额尔齐斯河一米多厚的冰层，冻裂了，眨开长长的口子，整个河谷传来一阵惊天动地的巨响。士兵的毡筒和大头鞋，是有半年的时间踏在这雪地上的。像这样暴风雪呼啸的日子，在士兵的生活中，也常常出现。

记得我第一次上哨的时候，就碰上这样的日子。班长叫醒我后，就钻进被窝里去了。我得迅速穿好衣服，抱起枪，到哨位上去换另一位固定哨。一班哨是一个半小时，有关部门测试过，在这样恶劣的天气里，人最多只能承受两个小时。因此，我必须很快把前

面的固定哨换回来。

天出奇地黑。狂风的手，狠命地在后边拽着你的大衣衣襟。你为一种使命感所驱使，只能硬着头皮往前走。不小心离开了这条忠实的小道，你就会掉进雪窝里，半天爬不上来，叫天天不应，叫地地不应。你还不能哭，一哭，眼泪就变成冰柱，留在你的脸颊上了。

固定哨终于听到了你的声音，他一阵惊喜，匆匆交换过口令，便将你留在哨位上，自己迈着麻木的双腿，回去了。

一个半小时后，就在人快要冻僵时，换哨了，回到营房，你抱着火炉，半个小时到一个小时后，你的膝盖和腿才恢复了知觉。你把枪靠在暖墙上，枪的铁质部分，汩汩地往外渗着水珠。不能靠火太近，那会烤坏枪的；不能离火太远，那冰不会消的。

等擦完枪后，你这班哨才算彻底上完了。你钻进被窝，抱起两只瘆人的膝盖，呻吟着，久久才能入睡。

瞭望登记簿是由带哨的老兵填写的，他一边填，一边向前翻，嘴里骂骂咧咧的，看哪个懒家伙逃哨了。

通常是两到三天一轮哨。在一个熟睡的梦中，你会被重新唤醒。我要说的这个暴风雪之夜，那时我已经是老兵了。懂得了怎么站哨时不考虑时间问题，这样时间就过得快一些。懂得怎样在站哨时，闭住眼皮打个盹，只让耳朵支棱起就行了。懂得怎样将枪裹在大衣里边，这样枪就不会受冻，为我争取了半个小时睡眠时间。

话说这一夜我正抱着枪，靠着碉堡的一侧打盹，前面的芨芨草滩，突然响起一阵异样的声音，“嚓嚓嚓嚓”，“踏踏踏踏”，似有千军万马，湍湍而来。

记得有一次站哨时，听到芨芨草滩有声音。我用枪刺，从一丛草团里挑出个刺猬来。刺猬缩成一团，我用手帕包住，带回营房。然后解开手帕，用脸盆将刺猬扣在了地板上。结果班长晚上起来解手，懒得点灯，又懒得穿鞋，第一脚踢开了脸盆，第二脚踩在了刺猬身上，吓得一阵怪叫。班长为这事，好长时间跟我过不去。但这次却不是刺猬，而是比刺猬大得多的庞然大物。迷蒙的雪雾下，一个个奇形怪状的头，在芨芨草尖闪动着。

当时我很害怕，像人们通常的那样毛发倒竖。雪团打在眼睛上，我也没有感觉。我用颤抖的手指，轻轻推子弹上膛，脱掉大衣，瞄准了这一群越走越近的怪物。

我想随着自己的指头一动，轰动世界的一件事就要爆发。我已经做好了牺牲的准备。我唯一的遗憾是没有给母亲写一封热情的信。我的父母亲一直不喜欢这个孱弱的、神经质的、敏感的，然而固执和坚硬得怕人的儿子。我作为回报，当然也不喜欢他们。可是就在我穿上显得过长的新军装，在凛冽的寒风中登上敞篷汽车时，我看见母亲一扭身掉了泪。为了这一滴泪，我也该亲热些才对。

就在我的枪机即将扳动一刻，传来了一声最动听的声音。这一声使得所有的战前准备工作都冰释了。

“咴——”

一叫百应，整个芨芨草滩都欢快地颤抖起来。暴风雪似乎也在这一刻减弱了。事后我们将会看到，这是一群越境的马。它们本该躲在集体农庄庄员的马棚里，熬过这个可怕的夜晚的。可是不知为什么跑了出来。也许是炸棚了，也许是牧马人闹情绪，在暴风雪到来之前没有照看它们。

按说，马群即便没有人照看，一般也是不会越境的，因为这些马不钉掌，所以不敢从界河的冰上过，可是，这次，猛烈的暴风雪裹挟了它们，更重要的是，冰河上落满了积雪，和戈壁滩没有什么两样。

马群绕过我的哨位，在边防站后的那条自然渠边，停下了。这条小河的含碱量大，所以冰结得薄些。又渴又累的马群，显然希望在这里饮水。它们对自己愚蠢的迁徙已满怀悔意。几只腆着大肚子的母马，以我们人类所不懂的语言，在责备着那头枣红色头马。几头小马也已疲惫不堪了，它们不敢言语，只是露出不满的目光。枣红色头马自然明白这一切。它默默不语，寻了块冰薄的地方，用蹄子刨起来，然后，用两条后腿作为依托，全身直立起来。只听见一声巨响，两只前蹄重重地落在了冰层上。

冰太坚硬了，枣红马三番五次地用力，才在冰上砍下几道白印。它的蹄子也因用力过猛而崩裂了，鲜红的血液滴在冰上。

这是一个母马群，以繁殖生养为主要目的。只有一匹公马，兼作头马和种马。这种公马一般是最好的，稍次点的，便被阉了，用来使役。在辽阔的草原上，如果你留神一下，便会发现马群一般都是以这样的状况存在的。

母马们对自己的依靠丧失了信任，自然渠旁嘘声一片。几匹大胆的母马，已经开始用叫声羞耻它们的头马了。还有几头母马，尽管知道在这样的夜晚，叫声是无抵于事的，但仍然出于本性，号叫着，希望有强者突然出现。

这时候，边防站的马厩里，突然一阵骚动。接着，一匹俊美健壮的黑马，从一人高的围墙上跃了出来。马的肚子在墙上磕了一下，但没有碍事。它很快掌握住重心，站在墙外了。

我一直悄悄地跟在马群后面，我明白这越墙而出的，是边防站那个“情种”了。

八、黑色伊犁马和洼地里的枪击

中国的马匹，以蒙古马为最，其次便是伊犁马了。每隔几年，边防站要从伊犁八一军马场，接回一些年轻的小马服役，让一些老马退伍。

有一年，接回了这样一匹马。它通体乌黑，只有四只蹄子是白的。一条二指宽的浅些的线条，从它脑门上穿过脖颈、脊梁，一直通到尾巴的最长一根马尾上。它的脑袋十分漂亮，眼睛像阿尔泰山的宝石一样发蓝。它的前颊丰满，四脚柔软而有力，肚子细长苗条。如果好好地压一压，这会是一匹很有前途的军马的，所以我们的副连长看中了它。

谁知它脾气很怪，时而温顺时而暴躁。大家都是些粗心的人，并不明白其中原因。直到有一次巡逻时，它奋不顾身地向一群母马冲去，后来跨在一匹母马身上。副连长一向自恃骑术很高，这时，也不得不赶快缩回双脚，从马的屁股上滚了下来。

也许，军马场女子放牧班的姑娘们，不忍心阉掉一匹这样漂亮的马，可种马的限额已满，没奈何，只好割开一道口子，然后取出一只睾丸，搪塞了过去。结果，这只漂亮的小马来到了我们站上。

副连长再也不敢骑它了，以我们的骑术更是摸也不敢摸的。它也乐得逍遥，每日只管吃食，不再使役，被养得英姿勃勃，全身黑缎子般光滑。每到秋天，油便从汗眼里往外渗。

一位哈萨克牧人曾经要了它，扬言可以制服它。结果，我们发现，他把黑马放进他退化的母马群里了。这使士兵们不免有些恼火，立即要了回来。

它实在太不安生了，害得马倌头疼。有几次，我们将它捆起来，想完成军马场剩下的那一半工作。终究，不知出于什么心理，又放开了。它的出现，最受惊的还是那匹枣红马。枣红马已经预感到将有失去权威的危险，扬头大叫一声后，强打精神，向黑马奔来。

养精蓄锐的黑马，见枣红马已经到了身边，前蹄一扬，打个立桩，迎击枣红马。枣红马也借着惯性，只听“嘭”的一声，两匹立起的马，重重地碰在一起。黑马自然占了上风，因为它的蹄子上有铁掌，铁掌上还有四颗防滑螺钉。这是由我掌锤，我们班用了整整一个上午，才为它钉好的。枣红马也不甘示弱，拉开一段距离后，又来一次冲刺。暴风雪呼啸着，卷起天上和地上的雪，在这块平地上打旋。两匹几乎疯狂的马，在这里展开了鏖战才算结束。枣红马落荒而逃，一直奔向东边的那一串沙包子。黑马穷追不舍，直到最后，想到了它的这一群战利品，才飞快地奔了回来。

它爱抚地伸出嘴，将这些母马们舔一舔，好像是要为它们压惊。然后，它走到枣红马刚才刨冰的地方，只见前蹄高高扬起，攒足力气，“砰”的一声，冰层上出现了两个窟窿，水咕嘟咕嘟地冒了出来。

它还想再炫耀一下，可是饥渴的马群，已经围了上来，低头饮水，再也不抬头了。

黑马的陶醉并没能持续多久，突然饮水的母马，都扬起头，并且转动着耳朵，在暴风雪中分辨什么声音。

原来是那匹失败者，站在高高的沙包上，呜呜咽咽地呼唤它们，也许是诉说着往日的柔情。马群们稍一迟疑，便像决堤的洪水，向沙包子奔去。黑马赶在它们前面，左右拦截，可这明显无抵于事，它们向雪蒙蒙的远方跑去了……这时我才记起自己还在上哨。早晨，我们抓住了这些迁徙者，继而发现，这些马的形状、骨骼、肤色，以及在听从人类的口令方面，都与我们所饲养的伊犁马有所不同。尽管好多单位想将这些马据为己有，但最后还是上报了有关部门。有关部门很快鉴定出：这是一批越境者。

会晤时，苏方却矢口否认这是他们的马群，也许马的主人——集体农庄庄员们，宁肯丢掉这群马，也不愿意接受处分。

我方自然也不能接受这些不速之客，一则防止它们有口蹄疫，二则为了显得清高一些。这群不幸的越境者后来全部被枪杀在一片洼地里，并且调来推土机，用积雪厚厚地掩埋了它们。

马群离开边防站时，它们对自己的命运还没有一丝预感，那匹大肚子母马，一边走着，一边在篱笆上搡着肚子，或者是庆幸经历了这一场暴雪，或者想让肚子里的生命更舒服些。那些瘦骨棱棱的小马眼里满怀渴望，经过春天、夏天和秋天以后，它们变成大马，雌性的会留下来，雄性的或者要去使役，或者充当种马。还有几匹母马，在昨夜的迁徙中，已情愿地或不情愿地受了黑色伊犁马的爱抚。它们明白身体将要发生某种变化。还有那匹枣红马，它似乎面有愧色，一声不吭地走在队伍前面，还不时地侧过头，偷看一眼拴在槽头的暴跳如雷的黑马。

我没有参加那一次枪击行动，尽管我的射击课目年年都是优秀。我不敢看那些遭到枪击后，在雪地里挣扎的马头和马尾，以及它们那不谙人事的眼神。

据说，在枪声中，突然洁白的雪地上滑过一道黑色闪电。当人们意识到这是怎么回事时，它已经被子弹打中。

它拖着被打中的后半身，挣扎地跳到马群中，恰好在枣红马的身边，倒下了。动脉被打断了，已经不可救药，它在临死的一刻十分痛苦。它用悲哀的和祈求的目光望着副连长。副连长热泪涟涟，他掏出手枪，扭过头，对准马头开了一枪。

那些年边境一带人们的生活还是比较苦的。枪声惊动了生产建设兵团的农垦战士们。入夜以后，他们纷纷刨出了死马，割去马肉。一年之后，我还在一户人家吃过这种腌马肉。事先当然是不知道肉的来历的，我因此而胃疼了很久，医生说那叫胃痉挛。

九、两只羊的出国

同样的事情我还碰到过。

白房子边防站有一群羊。最初建站的时候，哈萨克们送来了一些羊。公羊宰着吃了，母羊就留下来繁殖。等到我在边防站这会儿，已经繁殖成六百只的一大群。不能让它们再继续发展。每年春上出生一百多只小羊，冬宰时宰杀一百多只大羊。担负放牧工作的是一个请来的哈萨克。

羊是在春天产羔的。在放牧的途中，母羊往往不经意就产一只春羔。初生的羊羔，四肢发软，无法跟上以扇面的形式飞快吃草和奔跑的羊群。有些母亲，恋子心切，便守护在羊羔身边，等待下午时羊群返回；有些母亲，却似乎更留恋它的集体，丢下羊羔，任凭野物侵害，自己跟上队伍走了。

每到这个季节，牧工便要到边防站，用半通不通的汉语，要一名士兵为他帮工。有两年的春羔季节，我有幸被牧工选中，在荒原上度过了春天。我放牧的是一群还不能跟上大队行走的春羔。这些雪白的、乌黑的、毛茸茸的小动物，现在还常常出现在我的梦中。

有一个早晨，我将羊栏开了一条小缝，过一只羊，便用鞭竿在羊头上敲一下。这是牧工教给我的点羊的办法。

突然，我的鞭竿在空中停住了，我看见了两头奇大无比的细毛羊，吓了一跳。新疆阿勒泰的细毛羊是很大的，电视上放新疆风情，说光那细毛羊的尾巴，应有三四十斤重。

这当然是夸张的说法，不过可以想见，这整只的羊子，它有多么大了。这两只羊却还要大出许多，毛特别厚，在脖子上拥成一个项圈。它们的尾巴却很细，活像驴的尾巴。它们的两只角，是黑褐色的，像两只巨蟒一样凶恶地盘在头顶。

哈萨克们给羊打的标记，一般是在耳朵上的，边防站也仿照此例，在羊还小的时候，用烧红的铁丝，给耳朵上烙个“S”形印记。这两只羊的印记却在角的根部，显然是俄文字母。羊的耳朵上，还吊有铁质的小牌，活像两只耳坠。

当我向边防站报告这一情况时，曾遭到牧工的阻拦。最初，我以为他是想将这两只羊据为己有，后来，当它们被活活烧死以后，我才明白了牧工最初就断定了这些越境者的命运。他到底比我年长几岁。

双方进行了会晤。

这次，苏方承认了事实。于是，双方约定，在东经××度，北京时间几月几日几时几分，莫斯科时间几月几日几时几分，举行交接仪式。

本来，我是这次事件的参与者，应当去参与交接仪式的。只是，长期的野外生活使我面如黑漆，一次纵马时不小心磕断了一颗门牙，这些都有碍中国边防军的尊容，所以，只捞了个背着冲锋枪，骑着马，在沙包子后边警戒，以防变故的角色。

两只羊嫌水凉，硬是不愿意过河。士兵们提起羊的尾巴，将它们推进河时。谁知，它们又扑腾扑腾地过来了。没有办法，副连长只好命令把拴羊的绳子扔过去。对面的士兵接住绳子，一齐用力，两只越境者就被拖过去了。

对面的军官打了一下手势，问要不要还绳子。副连长同样用手势回答：不要了！两国边防军同时摘下帽子，在空中挥了三个圆圈，然后慢慢地、谨慎地脱离了接触。我们刚抬脚离开这里。我怀着一种天真善良的想法，想到这两只母羊天黑以前就可以回到熟悉的同类中了。

正在这时，苏方军官指挥士兵，将羊子重新捆成一团，然后从吉普车的油箱里，倒下汽油，浇在羊子身上，只听“咔嗒”一声，用打火机将羊子点着了。所有的中国边防军都停下来，回过头，静静地看着这令人难堪的一幕。

羊是一种爱清洁的、温顺而没有头脑的动物。牛类在面临人类杀戮时，会流下悲哀的似乎是悔其当初的泪珠。兔类在面临人类杀戮时，会用平时只啃青草的牙齿，狠命地咬断你的手指。羊子却是温顺到底的，你看它俩缩成一团，咬紧牙关，闭住眼睛，听任烈火在身上噼噼啪啪爆响而一声不吭。

我闻见了从界河上飘过来的烤羊肉味。从此以后，我就很少吃羊肉了。在故乡的城市里，近年来兴起了一阵烤羊肉串热，每当嗅到那气味时，我就有一种不愉快的感觉。有一年春节联欢晚会上，播放一个《卖羊肉串》的小品，妻子乐得前仰后合，我却过了“破五”还心情忧郁。

羊子不叫，倒是那个军官，脸上布满一种嘲弄人的恶意，发出一阵公鸭般的笑声。在他刚才脱帽致敬的那一刻，我已经认出了这位头发剃得精光，长着一脸愚蠢的肉的军官。

他曾许多次出现在我的望远镜里。

他曾和那位胸部丰满的太太，在边防站的围墙外边散步。朋友们知道，我的那位至今还沉睡在中亚细亚冰冷的沙地上的同乡，就是受了这位太太的诱惑而断送前程的。

十、“河南担”副连长的出国

我还记起了一个出国的故事，事情发生在别的一个边防站的副连长身上。中国边防军的士兵，一般来自那些北方省份的苦焦的农村。甘肃洋芋蛋、陕西冷娃、河南担什么的。这样，在艰苦的服役岁月中他们才能耐得住寂寞和严寒。偶尔也从湖南接一次兵，他们既能吃辣椒，又能拼命干活，而且同乡之间总是抱成一团儿。

服役期一般是三年，如果第四年和第五年还没有走，那他们就是士兵中的技术骨干或者班长之类了。提干的机会是很少的。1971年以前的农村复员军人，一般安排工作；1971年以后，便开始贯彻“从哪里来，到哪里去”的原则，农村入伍的士兵，又将回到他的祖祖辈辈所生活的圈子里去，继续与土地为伍。

几乎所有的农村籍军人都希望能够提干。从入伍之初，以及在部队里服役的这段时间，抛开名称冠冕堂皇的政治口号之后，我们看到，这是士兵安心工作的一个重要的原因。

一旦复员命令宣布，所有这几年积压的各种情绪，便会猛然爆发。平时和士兵有宿怨的军官，往往事先请假探亲，或借故出差。留下的，便以三倍的戒备和耐心，挨完这一段迎新送老时期。那些送兵的军官，一般都群众关系较好，甚至为士兵所爱戴。

在火车上，几个同乡窃窃私议一番后，往往会把送兵的军官叫到一个角，要他取掉他的某一位同乡的档案里的一份不合理的处分决定。这时军官总是变得通情达理，乐于遵命。

有一年，这位副连长还是一名士兵时，接到了复员的命令。复员的士兵坐上雪爬犁走了三天，来到县城集结，然后准备重返内地。

一群卸去帽徽领章的大兵，在县城里横冲直撞，惹是生非。

这是一个不安生的角色，他的不安生我们在后边仍将看到。在县城的门市部里，为了一件微不足道的小事，他和另一位顾客发生了口角，然后大打出手，一群同乡站在旁边呐喊助威。

最后，两个人都被拘留起来。经过审讯，事出意外，那个顾客竟是一名苏方派遣的特务。

新疆特务多如牛毛。记得《人民日报》曾经在1975年报道过，北京工人民兵小分队在西城区大白楼桥底下抓拿苏联间谍李洪枢，从而导致驱逐苏大使馆二等秘书的事件。十分惭愧，那个李洪枢就是从我们边防站的辖区——额尔齐斯河南湾地区，在大河流凌的日子偷越入境的。

这位退伍老兵见此情景，也就顺水推舟，说他“火眼金睛”，早就看出那顾客行踪可疑了，从而故意招惹他的。

于是复员命令撤销，这老兵提升为干部，先是排长，后来便成为副连长了。那边防站建立在阿尔泰山的一座最高的山峰上，与蒙古、苏联为界。这座山峰，旧称奎屯山，前些年三国友好，改为友谊峰，后来关系恶化，又改为三国交界处，最近我无意中看到新出版的地图，发现又改成友谊峰了。

那副连长在边防上饮风餐露，巡逻放哨，尽一位中国军人的职责，已坚持二十五年之久。在这里，十五年的副连级，便能解决家属户口。于是，他从燕赵大地上，带来自己吃红薯干长大的黄脸婆，来到边境县城，那个他当年惹是生非的地方，吃起商品粮。

熬到这种地步，也就到了转业的时候了。他将在家乡的一个公社（后来改为乡），带着一个武装专干的职务和一身寒带地区得下的伤病，了此残生。自然，如果有一块长大的穷哥们儿，来乡里办事，到他门下讨一口水喝时，会请他谈谈伊犁马，谈谈瞭望台，谈谈中亚细亚那些昼短夜长和昼长夜短的日子。那时他一定会惊叹：

这十五年的寂寞岁月是怎样熬过来的。

这位副连长最后一次带领士兵巡逻时，发生了一次越境事件。难说，他的这种丧失理智的行动，不是在为伤病缠身的晚年生活准备话题！

那是个多雪的冬天，大地一片素白。天空在长时间的云遮雾障后，一天中午突然红光四射，太阳当当地照耀在了人的头顶。阿尔泰山顿时显得十分安静、美丽。

一队中国的巡逻兵，沿着千百次踩过的巡逻路，小心翼翼地前行，一会儿工夫，人的身上，马的身上，哈出的热气变成了白霜，与大地融为一体了。

这是副连长最后一次骑马巡逻了。据说，这位副连长到内地后，因为没有马可骑而整日郁郁寡欢。后来，一个生产队买了一匹儿马，狂暴异常。队长知道他是位骑马好手，便请他来压压马，他二话没说，翻身上马，连鞍子也没有披，便在一块刚刚耕过的空地上纵横驰骋起来。他得意忘形，马大汗淋漓，四周的围观者齐声喝彩。几个时辰过后，还不见他有下马的意思，大家这才觉得有点不对头，齐声呐喊，要他停下，他正兴头上，哪里肯下，也许臆想中，将这块新耕地当成了戈壁滩。最后马累得栽倒在地，吐血而死，这骑手方才罢休。据说他回家带的几个可怜的转业费，拿出一半当作赔偿。

现在，这位副连长也许是出于同一考虑吧，一叩马刺，胯下的坐骑开始奔腾起来。翻过一个垭口，视野变得开阔了，白雪皑皑的原野上，出现了几棵稀疏的树木，低洼的草场上，堆着一个个草垛。

马蹄声惊起了一群黄羊。它们飘飘忽忽，在马头前面跳跃着，让你追不上，离你又不远。

副连长策马前行，追赶这些黄羊。其余的巡逻兵，一溜烟地跟在后边。黄羊群跑了一阵，突然一扭身，越过边界线，向苏方一侧跑去。

也许是一种诱惑吧，这位副连长在他最后一次带队巡逻时，带着他的巡逻队，离开了巡逻路，顺着另一条峡谷，尾随黄羊而去。

他们一口气跑了十五公里。苏方的瞭望台，每隔五公里一个。那天，这几个瞭望台都恰好没有人。所以，谁也没发现这次越境事件。

直到人困马乏，他们才在一个乱石滩停下来。打开随身携带的罐头、啤酒，用过午餐以后，副连长掏出卷莫合烟的纸条，写上“中国边防军到此一游”这句话，将纸条装进啤酒瓶里，旋紧盖子，然后埋进乱石堆时，上面压了几块石头，留个记号。

他说以后就可以说自己出过国了，有此为证。一同去的还有一位班长。这班长曾与我有过一面之交，是个黑黑的关中汉子。

前面讲过，提干对士兵来说是件有诱惑力，然而困难的事，这位班长似乎就为了这个微不足道的目的，出卖了副连长。他利用探家的机会，去了一趟北京，把状告到了总参。

我临离开部队的时候，这位副连长还在接受审查，每天蹲在营房门口，下棋度日。后来听说，本来是要给开除军籍的处分的，念其在边防近乎二十年，且又一身伤病，便给了个“开除军籍，按正常转业处理”。据说，他继而回到了乡里，带着黄脸婆，当他的武装专干去了。

那个班长本来是准备提干的，如果他不闹出这一场风波的话。由于他的举动，使那些现任们有了看法，觉得这人最好不要成为他们的同事。他也正常复员了，理由是超过了提干年龄。据说，他现在正在村里承包一台拖拉机，不远的将来，可望成为“万元户”。

十一、我的出国

讲了这么多出国的故事，有朋友问：你也有过类似的经历吗？至少，有过这种动机吧？十分遗憾，生性迂缓的我，从未产生过这种罗曼蒂克的动机。记得，那年冬天，军区来了位大首长，带着干事，在白房子住下以后，并不说来干什么。现在细细回想起来，才明白，那正是在我的红鼻子同乡横渡额尔齐斯河、炊事员同乡越界之后。这首长，是来我们这里，调查研究战士的思想状况的。

干事要走了我的日记本。我说这日记记得零乱，不好意思拿出，要么让我整理一遍。干事说，他一直从事文字工作，再难认的字迹，也是可以看得懂的，而且，越难认，越能引起他的兴趣。

从军以来，胡乱涂鸦，日记上写下了一些简单的幼稚之作。这些诗作若说还有点可取之处的话，那就是有点真情实感，有点对寂寞岁月难以言传的感受，有点不知得力于哪部小说或史诗的一种英雄主义情调。

这使那位首长和干事都大为惊讶。临离开边防站时，他们带走了日记本。后来，连我自己也很惊奇，我的组诗以《边防线上》为题，发表在《解放军文艺》上。

那位首长是满族，清廷后裔，以“那”为姓。后来部队遇到整编，不知他调到哪里去了。一个很好，很有修养的高级干部、老延安。

当然，如果搜刮肠肚，细细回想，也许，我曾有过一次出国的经历的。边防站的前面是一条很细的界河。它自阿尔泰山发源，流经荒凉孤寂的戈壁，最后注入额尔齐斯河。

阿尔泰山是一座神秘的山峰，它在日光下和月光下散发着蓝宝石般的光芒。在梭巡北方的岁月中，近了远了，远了近了，我始终与它两相守望，而终于未能进入它的怀抱。这使我对它的奇异的神秘，愈加产生许多遐想。在一个深秋初冬的黎明，我执行一次任务，乘马曾经过它的脚下。那蓝色的光芒据说是来自一种矿石。像一颗星，其大如斗，在山的肩膀上静静地闪烁着。这时候，我穿过一块成熟了的向日葵地。于是，那山、那星、那向日葵的略带苦涩的香味，便永远留在我的记忆中了。无数条小河自阿尔泰山流过戈壁，进入大河。这些小河是由山上那些消融的雪水和细细的泉眼形成的。

有些小河湮灭在路途中了，只有在冬春两季才重转出现；有些小河变成了潜流河，反映在大地上的，是一片黑色的、狭长的沼泽带；有些小河，可经过种种曲折，到达大河。

这些小河一般都没有名字。测绘兵只在图上标一条或断或连的细线，然后写上一个既朴素又准确的称谓：自然渠。

其中一条小河，由于一些既偶然又必然的原因，便成为界河。界河的两边，作为陪衬，间或出现铁丝网、松土带，和相互对峙着的瞭望台。有一年，在额尔齐斯河春潮泛滥之后，这条界河与大河的接壤处，重转露出水面时，突然变成了两股，中间划出了一块篮球场大小的绿地。

在春潮泛滥之前，这块土地还是属于苏方的。大河向下游流去，将界河的水向下拉了一把，便形成了这个三角地带。

现在，这块地区究竟属谁，就难说了。两边边防站的站长都是些老于世故的军人。他们在做了实地勘察以后，心照不宣，达成了一种默契：既没有向上边汇报界河的这一次突然走向，又命令各自的部下从此不准涉足这里。

于是这里的牧草生长茂盛，各种无名小花开满了地皮，成了一块绿色三角洲。大河里的春潮依然一年一度漫过这里，界河依旧一分为二，将它圈在中间。

然而嘴馋的牲畜是不知道这种事理的，一旦发觉了这块草肥水美的地方，便再也不能忘怀。边防站的羊群，由雇佣的哈萨克牧工放养。

边防站的牛群，原则上由马倌兼管。但是，漫漫几百里荒原，这些牛类日出而游，日暮而归，一般不需要管理的。

它们一般也不会越界。冬天，界河上结了冰，牛没有钉掌，一遇冰就打滑。春天和秋天，水太寒。假如在夏天，它们真的濒临河边，露出越界企图，瞭望台会及时发现的。

那年秋天，我接替马倌过礼拜天，承担了放马和兼管放牛的任务。上早操时，有巡逻任务的士兵，摸着黑抓住了各自的马，拴在头上。我为这些马上了料，便赶着其余的马，到野外放牧。

临近下午，当我在一家哈萨克毡房喝奶茶时，突然记起了那些牛。从早晨到现在，我还一直没有和它们打照面。

我跨上马，登上一个又一个沙丘，凭高远眺，都没有发现这些游荡的族类的痕迹。后来，我又回到边防站，接连给瞭望台挂了几次电话，瞭望哨说，他用望远镜搜索了几十里方圆，中苏两边都搜查过了，结果什么也没有。

我正急得团团转，忽然记起了那块三角地带。那位生产建设兵团的闲散人员，还在那里从事捕捉鱼类的工作。不过钓鱼已经成了挂鱼，钓竿也变成了挂网。

当我急匆匆地勒住奔马，询问他是否见过牛群时，他用手指指界河对面。

它们，这些游荡的族类，正在这个三角洲，或者叫小岛上，悠闲地吃草，还不时用鼻子嗅一嗅野花的香味，用尾巴捶打着落在背上的蚊子。有几头牛，吃饱了，便卧在柔软的沙土上，一边闭起眼睛养神，一边反刍着食物。

总算看见它们了。我心里松了一口气，可是马上就意识到麻烦还在后面。我犹犹豫豫，不知道怎么办才好。

那位闲散人员在旁边怂恿我，他说，没有人会看见的，即便看见了，也抓不住你，何况你还骑马，并且说，出于好奇，他曾经一个人偷偷地到那地方去转了一圈。真好玩，还在草地上打了个滚。

我没有再听他的唠叨。我抖了抖马钗子，马一阵风地从浅浅的二分之一界河中跑过去了。

我这天突然心血来潮，一个主要的原因是我快复员了。这些事情总发生在将复员时，似乎成了一个规律。

还有一个更为深刻的原因，就是那些羊的结局、马的结局，给我留下了终生难忘的印象。自然，我胆大妄为，还在于这天骑了一匹好马。

马有三种运动姿势，一种叫走，一种叫颠，一种叫蹦。一般说来，只要能将一种姿势学好，并且达到极致，就是一匹好马了，这马却既是走马，又是颠马，还能以闪电般的速度挖起蹦子。它还有一个极大的才能，当挖起蹦子时，可以在疾驰中以两条后腿为轴心，前腿在高高扬起后，突然改变落下的方向。

额尔齐斯河就在旁边，这里已经没有高高的堤岸了，而是几乎与河水一样平的沙滩。风很大，顺着额尔齐斯河谷急促地吹过，两岸的林木发出一阵令人惊悸的啸声。

牛群还在安安静静地吃草，并不为我的心急如焚所动。我绕着圈儿驱它们，这些牛非但不动，还示威似的向我扬起长长的、尖尖的角。焦躁和恐慌的我，腾出一只手，抓起缰绳，狠狠地抽了几下马头。马愤怒起来，转过身，扬起两只带铁掌的后蹄，准确无误地踢在了一头牛的腹部。在马后蹄扬起的一刻，我差点从马头上翻了下来。那头牛的腹部沁出了血。牛群开始动了，但不是往回跑，而是纷纷越过界河的那个二分之一，向额尔齐斯河下游的密林深处、苏方纵深跑去。

额尔齐斯河波涛滚滚，急急的洲窝上漂满了白沫。这时，我才发现，还有几头更为大胆的犍牛，已经顺着大河，跑到更远的约一公里外的地方了。难怪这些牛不愿意走，难怪它们竟违抗口令，又向前跑去。

已经不容我犹豫了，我的这匹马，这匹由边防站的哈萨克翻译一手养起来的自尊心很强的伊犁马，由于感到自己在笨重而愚蠢的牛类面前有失体面，它头猛地一勾，脖子一拧，做了个下蹲和后耸的动作，然后一下跃过二分之一界河，向牛群追去。

额尔齐斯河对岸，苏方新建了一座很高的瞭望台。瞭望台的哨楼浮在树冠之上。一位瞭望哨，正躺在哨楼外边，一边晒太阳，一边摆弄着包脚布。他无动于衷地看着我，也许把我当成了苏兵。

我终于穿过森林，绕到了头一头牛的前面，马一个敏捷的圈子，便把牛拦得折回了头。周围的树木奇形怪状地生长着，粗壮、黝黑、丑陋，横七竖八地布满地面。有一块几十亩大的雷击过的森林，所有的树木都脱了皮，雪白雪白地站了一地，在风中嗦嗦作响，像一群可怕的林妖。

一个水泥地堡，射孔被手榴弹箱子和子弹箱子堵塞着。头上有风的怪叫，还有一种有节奏的“咔咔”的金属声。

林荫覆盖，我看不到上边去，但我知道上边横卧着一座很高的黄土山。那“咔咔”的声音是雷达转动的声音。黄土山上并排设立的几部雷达，有的点头，有的摇头，有的正转，有的反转，据说，它们可监测到我国兰州机场飞机的起落。

我心里十分骇怕，已经没有心思赶牛了。拨转马头，我一阵风地向来路奔去。突然，我看见，在林间一块空地上，五名苏兵正拿着大刈镰，排成一行在一下一下有规律地打草，全部是光头，全部是年轻后生。有的是精身子，有的穿件托尔斯泰笔下描写过的那种开领衬衫。马蹄声惊动了他们。

想来已经是下午，他们以为这是来送饭的，于是停下工作，扔掉刈镰，向这边伸出两只手臂。我大大地吃了一惊，猛地一勒马钗，马扬起的前蹄变换了一下方向，从这些人的身边一跃而过。五名苏兵也吃惊不小，一下子原地卧倒，齐声怪叫起来。有一名好像清醒了一点，顺着草地，一阵蛇行跑去寻枪。

我的眼前突然出现了一个庞然大物，狰狞可怕，半边在陆地上，半边在水里，好似正向我扑来。那水，白浪滔天，一层层的白沫，涌涌不退。

马吓得打了个趔趄，站住了。千恩万谢，我没有从马头上栽下来。要不，今天就不会在这里写小说了。定睛一看，原来是一棵奇大无比的树。树倒进了河里，我看见的是立起来的树根。

事情已经过去许多年了。现在，我夜里做梦时，还常常被一个可怕的恐龙般的怪物纠缠着。

复员以后，我曾经在本城最好的医院，请了一位最好的医生治疗过几个疗程，仍然收效甚微。医生让我细细地回想一遍，什么时候，受过一种什么惊吓。我回忆了许久，才回忆起这个树根来。

而那泛着白沫的靛蓝面孔的水，也反复出现在梦境中，它们是以地狱里的千姿百态、千奇百怪的死水的形式出现的。

我所幸没有从马头上栽下来。马儿顺着河滩，飞展四蹄，向归路跑去。我紧紧地伏在鞍上，听任马儿驰骋，耳边生风。

我听见后边响起了一阵疾风暴雨般的声音。不是有人来追，而是那牛——肇事者，全部跟在我的马后，长号短叫，没命地奔了回来。一位苏联士兵曾想抓住一头角，结果让牛摔了个大跟头。

直到看见那位安闲地坐在河边挂鱼的人，我的心才慢慢地放下了。那位闲散人员问了我几句什么，我喘息未定，说不出话，继续打马赶路，直奔边防站。牛群那硕大而沉重的蹄子，将他的挂网踩了个稀巴烂，这家伙叫苦不迭。谁叫他没有在牛最初越界时，扬扬手臂，威吓两句，把事故消解在开头呢。

我走进站长办公室时，脸色一定十分难看，站长惊讶地望着我。我详细地向站长做了汇报，这样，一旦对方在会晤中提出抗议，我方就有思想准备了。站长沉吟良久，没有将这件事报告，并且嘱咐我也不要乱说。俟后，好像双方也都没有提起这件事，或者是提起这件事时，我已经离开边防线了，所以无从知道。

十二、多余的话

今年秋天，几位朋友的出国访问，引发了我写下这些的情绪。地球是圆圆的，圆圆的地球是没有死角的，国界线造成了地球的死角，使本来就狭小的世界，白白地出现了许多荒凉空旷之处。这是人类的一个错误。看一只蚂蚁自由自在地在一个球状物体上抬手举足，总给人以某种想象，某种诱惑。

按照马克思的说法，到了国家消亡、世界进入大同之后，我们便可以像蚂蚁一样随心所欲地在地球上穿梭了。

但是成为“世界公民”的事情，现在看来还只是在设想阶段。而我现在就想办一个出国签证，到我当年在的那个边境地区走一遭，主要目标是我越境时踏过的那一段。最主要的是那一个掀倒在地的、半浮半沉的、张牙舞爪的树根。

医生说了，为了使你的牢牢附着在心灵深处的那一丝恐惧感冰释，你需要到那棵树跟前去，平心静气、不带心理压力地看一看它。这样，梦中的怪物就会消失了；即便它还要出现，那就是以一棵自然的树的形式出现。

达摩克利斯之剑

一

戈尔巴乔夫的秃头，在距我三米远的地方闪闪发光。一块胎记，一块褐色的仿佛蝴蝶斑一样的胎记，清晰地印在他的额头。这胎记增加了他的风度和个性。人类中但凡杰出人物，都或多或少地有点与众不同之处，我卑微地这样想，并且为自己平淡无奇的面貌悲哀。

然而，如果这胎记长在我的额头，我有没有勇气让它堂而皇之地展现在大庭广众面前呢？我不敢想了。也许我是不会的，我将掩饰它，好在我有一头浓密的头发。记得小时候，母亲每一次为我洗完头，都要感慨这么漆黑而坚硬的猪鬃一样的头发，为什么不长给一个女孩子，而让我这野小子白白浪费了。你瞧，蝴蝶斑还没有长出来，我就开始想到掩饰之物了。因此我永远不可能与众不同，也永远不会成为杰出人物。

想起来了，我的面部，倒有一处与众不同，那是在牙齿部位。一颗门牙，掉在我从军的年代了。怎么掉的，掉的具体地点，我都回忆不起来了。大致的方位当然记得，是在新疆，在阿勒泰。重要的是现在已经安上了新的，而且与原来的几乎没有什么差别，但是我总想掩饰它，我在因为忘乎所以而开怀大笑的途中，常常戛然而止。我的嗜烟如命，最初的动机，大约只是为了叼一支烟，捉烟的手顺便捂住嘴唇而已。

我想，为了将这块胎记完整地献给世界，戈氏一定也是经历了大半生的思想斗争的。遥想当年，赖莎初嫁时，他一定是有着一头浓密的头发，像我在望远镜里看腻了的那些穿开领衫的俄罗斯青年一样。后来头发在一次次的梳理中少了。那块天才的标志一天天再也难以掩饰了。在自卑感与自信心的许多次较量之后，自信心占了上风。在一次梳理的途中，他干脆明白无误地告诉理发师，将为数已经不多的头发向后背起。胎记胜利了，或者说个性胜利了。它高高地飘扬在戈尔巴乔夫的前额，随着前额出没于世界各地，承受着光荣和欢呼，甚至走到我的面前，进入我的三口之家的生活。

他似乎刚刚走下飞机。北京机场的红地毯铺得太匆忙，不知道他是否在意。

他正在红地毯上走着，腆着肚子，高扬着前额。他的步子走得很有力，一步踩稳了，再换第二步，他就是这样从莫斯科的围墙内一直走到北京机场的。

他的面部带着一种深藏不露的笑容，这种笑容人们可以根据自己的涉世程度给予各种解释。我还从来没有这么近地和一个俄国人打过照面，我有些心跳。

戈氏的旁边走着赖莎，或者叫戈尔巴乔娃，一个穿着连衣裙的丰满的俄罗斯女性，一个站在陡峭的伏尔加河悬崖上歌唱的娜塔莎，一个与他共有过俄罗斯郊外的晚上的人。

赖莎与他个头差不多，或者可以说比他稍高一点，那也许是因为穿了高跟鞋。可惜，我看不到她的脚底。我觉得她有些面熟，甚至似曾相识，接着我笑了。我笑时眼睛不笑，个中原因，我在以后将专门谈到。我怎么会认识她呢？我认识的一定是另外的一个俄罗斯女性。在我们眼中她们都差不多，正如在欧人的眼中黄种人都差不多一样。

二

突然，一声沉闷的爆炸声响起。我没有精神准备，这响声因此令我突然打了一个冷战。

这不是枪声，它比枪声大些，浑厚些。枪声在子弹初出枪膛时，简短而干脆；在飞行的途中，打着轻松的口哨；在接近目标时，“扑”的一声，像一个不懂得房事技术的人那样，丝毫没有幽默感，草草收场。这也不是四〇火箭筒的声音。四〇火箭筒的声音虽然和这爆炸当量差不多，但是它的响声中有一种实际内容。不但后尾有成七十度夹角喷出的火光，而且前身有旋转而出的死神和死神狞笑时的呼啸。我似乎当过火箭筒射手和副射手，并且分别用机械瞄准和瞄准镜瞄准射击过目标，我的判断应该说是正确的。

这也不是八二无后坐力炮的声音。八二无的声音比这大，并且有一种只可意会不可言传的庄重感和悲剧意识，不像这爆炸声这般欢欣，这般轻佻，这般缺乏深刻。

爆炸声接二连三地响起。这是礼炮声，这是两个伟大国家在握手时必备的礼节，这是两个敌对多年的巨人在向世界宣告一个时期的结束和一个时期的开始。

我这样宽慰自己。但是，一种积年的恐惧感还是从我的心头泛起，并且迅速弥漫全身。

我一遍一遍地对自己说，这是1989，不是1969，这是北京机场的礼炮声，不是珍宝岛或者铁列克提的枪声。但是，我的神志在一瞬间出现了狂乱。

头上顶着一块胎记的一位苏联公民正向我走来。三米的距离，他已经走这么久，马上就要走到我的跟前了。爆炸声伴随着他。他笑容可掬，但是脸上的那块胎记不笑。

“不吃亏，不示弱，不主动惹事，不挑起边界武装冲突，双方武装人员脱离接触。”忘记了许多年的这个灌输给我们每个士兵的边防政策总原则，现在突然一字不漏、清晰地出现在我的眼底。

我惊叫了一声。

我记起我的枪是放在顺手的地方的，晚上放在床铺与床间隙，白天放在枪柜里。

我下意识地向身边抓去，但是没有找到我的马，也没有我的枪，我摸着了妻子的一条胳膊。

三

儿子按了一下遥控，及时转换了电视机频道，于是突然之间，戈尔巴乔夫从我的眼前消失了。

这是在看电视。欢迎戈尔巴乔夫的场面在几千里外的都市进行，而不是在我这偏僻的北方小城、在距我三米远的地方。电视机真是一种奇怪的东西，一种魔法。

电视机里，一个轻盈的女孩子在唱歌。这样，我的小小的居室恢复了宁静。

我渴望再与戈尔巴乔夫晤面。但是我没有动。在看电视问题上我总是屈从于妻子和儿子。妻子爱看电视剧，儿子爱看米老鼠和唐老鸭，我爱看足球。如果没有这些节目，那么无论收看什么，对三个人都是无所谓的。所以，细心的妻子没有纠正儿子。

一切都恢复了宁静。一切又回到原来的位置上。欢迎戈尔巴乔夫的仪式结束以后，我继续当我的蹩脚的学者，妻子继续当她的工人，儿子继续他的学业。正像我们日复一日地面对电视节目中别的生活的突然闯入者一样。

然而，从那一刻起，我病了。

我开始在白日出现一种忧郁状态，夜晚则彻夜彻夜地失眠。如果偶然睡着，也会在噩梦中猝然惊醒。那时我四肢冰凉，呼吸急促，面部青紫，眼皮上翻，全身浸泡在自己的冷汗里。

我在恶梦中反复梦见一样东西。一个长着无数条腿的怪物，通体乌黑，宛如卡通片中的早已绝迹的飞龙，飘飘荡荡，向我飞来。

“快！快跑！”我命令自己，但是我的双脚虽然在交替着，身子却无法挪动。有时在梦中，我会骑着马，但那仍然是一匹驽马，它依旧赶不过飞龙的速度，于是我感到自己突然被追上，飞龙无数条触须在拥抱我，令我窒息。

我不得不取消了一次酝酿已久的出国计划：参加社科院文学研究所组织的学者访问。这次访问的对象是苏联的莫斯科、列宁格勒和基辅。本来，我想在这次访问中完成一本书：一个参加过中苏边界冲突的原中国边防军士兵访苏的感想。

我不得不去看医生。我到许多年轻的或年老的有着怜悯心的或例行公事的医生那里就诊，我吃遍了所能吃到的各种神经镇定药，但是无济于事。

四

这样，有人介绍我认识了一位针灸大师。他把我当成了一件实验室的试验品，要在我的经外奇穴上试验，而且，为了加强效果，要给细细的银针上通上直流电。

我不喜欢他的穷究一切的目光，在这目光中我被当作一只送上解剖台的兔子或青蛙。

“你能告诉我，猝然发病时你在做什么吗？”

“光凭这句问话，就知道，他比我遇见的所有的医生高明。”我一边回答，一边这样想。

至于我怎么回答的，我不太清楚，因为针已插上，我感到我在调动别人的舌头和嘴唇说话。

我猛然意识到了别人的意识想主宰我，于是我做着各种努力，想恢复自己。我这时脸色一定很古怪，目光也一定像狼一样出现一丝狂乱与茫然。我想照照镜子，可是没有镜子。我的镜子就是针灸大师的古板的深藏不露的脸。

“你必须进行精神治疗。造成你目前身体状况的原因，是你过去年代所蒙受的压抑和刺激。你凭借意志将这些压抑住了，但是，它并没有消失，只是顽固地储存于潜意识深处，等待诱因。现在，如果你同意，你可以让一切清晰地浮现出来，然后把重负卸给我。”

我点点头，做出准备把一切交给他的样子。

“必须配合我，为了你自己。”我继续点点头。

“你还有一件事没有告诉我，是羞于出口。自从病症发作以后你再也没有与爱人同房？嗯，是这样，这很好，证明我的推断是准确的，事实上现在你的性功能已经丧失。”

我没有回答。

“能坦率地告诉我，在你和你的爱人结婚前，那漫长的白房时期，你有过性行为吗？哦，肯定是有的！”

我挣扎着坚决予以否认。

“那么，在你们结合后，最初的一段时间，你们一定不顺利，这原因是在你！”

我无可奈何地点点头，承认他的判断。

针灸大师戛然而止。他用手指在仪器的按钮上点了一下。我明显地感到像受到一次雷击。眼模糊了起来，这个人脸上的轮廓渐渐模糊，只剩下一个白大褂。

“你瞧，下雪了，白雪皑皑的冬天，雪地里有一座孤零零的白房子。”针灸大师用手指着雪白的没有任何内容的墙壁说。

“我看见了！”我神经质地说。我向白房子走去。

五

白房子边防站只有指导员，没有连长。连长是后来调去的。

连长虽然到职，但是除了休假、公差以外，在边防站的时间不太多。连长的家属在县城。县城距白房子两百公里。那里有部队的一个家属院。最初，上级规定，边防一线的干部不能随便回来与家属团聚。有一次，一个别的边防站的家属，好像是个农村妇女，思念男人心切，生出一件令人啼笑皆非的故事，一时成为笑谈。

连长恰好是在那个时候来的。他忠实地执行了上级的关于休假的制度，况且，在休假前和休假后，他都要在连部关起门来蹲上三天。前者是为了养精蓄锐，后者是为了恢复体力。这样，在这块荒凉土地上，在白房子黑色的围墙内，就很少见到连长的影子了。

指导员的家属在乌鲁木齐，回一趟不容易。况且，两个正职，必须保证有一个在家。这样，他就和我们打交道多一点。

指导员当年是一个英姿勃勃的排长时，曾经在乌市支左。他带领一个排进驻一家工厂支左时，进去时是一个排，出来时是两个排，排长当然也没有例外。这真是一个十分浪漫的故事。但是这种浪漫受到了批评。批评归批评，只要是明媒正娶，只要带出去的不是三个排，总可以原谅的。至于以后会变成三个排甚至四个排，那是以后的事。

所以他的爱人在乌市。所以他无法享受月假。所以他在登上瞭望台，将望远镜对准苏方镜内瞭望一阵后，总要转过身，将望远镜对准茫茫的戈壁以及戈壁尽处苍茫的群山。

白房子是争议地区，似乎有一篇关于它的小说，已经准确无误地告诉了你这一点。小说是谁写的，我不知道。也许是我写的，是一个老兵在回首往事时被一种无法排遣的痛苦压倒，被一种神秘的力量驱使，被一种生命体验和哲学契合启示，于是一挥而就。他不是在创作，而是在纪录，因为在那星斗满天的夜晚，他感到有人正站在高处向他口授，因为他感到这本书在他出世以前早就有了，他只是让它免于泯灭，重新复述一遍而已。那一瞬间，理智的我已经死去，神秘之力借助我的躯体完成它的向人类的一纸通知。所以那时我已非我，所以我没有理由接受这篇小说所带给我的麻烦和荣誉。不过，当我如今站在理智之岸，当魔鬼不再附身时，我仍然愿意用凡夫俗子的推理办法，来解释一切细节的来源与出处，因为我毕竟比别人更了解作者。

茫茫的荒原上有一队士兵，他们居住在一座白房子里。白房子被一圈黑土打成的短墙围定，短墙上布满枪眼。院子里是几条冬青隔成的小路和一个篮球场，一间马号，一个猪圈，一座厨房。厨房每天定期地用烟囱向天空升起炊烟。正像一首诗中所说，它每日三次，用炊烟扬起手臂向祖国问安。有两条小路通向围墙以外的地方，一条通向瞭望台，一条通向菜地。

通往菜地的小路可以一直通向生产建设兵团一个团场的驻地，还可以继续通往县城。因此，道路上，有时，一辆小车或巡逻车或大车会扬起灰尘。通常，道路上固定的来访者是一位绿衣邮差。邮差每半个月来一次。边防站有一条十分凶恶的狗，腼腆的兵团小伙子先要站在远处的大沙包上，吆喝一阵子，让我们把狗拦住，他才敢进站。

六

话题再回到白房子。在白房子，我有一位同年入伍的老乡，后来无缘无故地复员了。他已经有了未婚妻，晚上油灯下，常常捧着那个留着小辫的农村姑娘的照片流泪，并且指着她身上那件带花点的衣服，告诉我，那是他们一块逛城市时，他为她买的。记得那大约是一个生产大队的广播员之类。在队上许多姑娘中挑选的这么一位广播员，大约还是有几分姿色的。

他在临离开白房子时说，班长，我这一生全完了。他号啕大哭。我们一群老乡也抱头痛哭，并且相约，回到家乡，谁也不许再提这个老乡的事。

复员后，我还见过他一面。他晒得黑黑的，穿着红背心，在故乡的县城里给一个黑包工当季节性民工。他已经结婚了，有了孩子。他的妻子是不是当年照片上的那位，几次话到嘴边，我都不好启齿。

他还按照习惯称呼我“班长”。这称呼没有往日那样令我自得，而是有些尴尬地意识到，从白房子开始以至如今，我把自己包得太严了，我一直按社会的需要循规蹈矩地扮演着“样板人”之类的角色。

七

我是在那个白雪皑皑的冬天走进白房子的。请来兵团的斯大林一百号在前边压路，装着新兵的卡车尾随其后，珍宝岛和铁列克提的枪声、炮声、坦克声刚刚停息，整个国境线弥漫着一种死亡的气息。中苏边界上每一个边防站都是下一个潜在的目标，而可能性最大的是白房子。道理很简单，因为它是争议地区，它所统辖的这五十多平方公里不但出现在中国的版图上，而且出现在苏联的版图上。苏方任何时候都能以在自己的版图上执行公务为由将它抹掉，从而再出现一个白房子事件。在中苏漫长的边界线上，有一百多块争议地区，而由中国控制的只有三块，白房子即是三块之一。

不可以在每日清晨升国旗，不可以在沿额尔齐斯河巡逻的巡逻艇上插国旗，不可以在瞭望台上树国旗，总之，不能在这五十多平方公里的土地上出现标帜。唯一的标帜是我们这些活动着的人，是我们领章上的两面小旗帜。

我们坐着汽车，从乌苏、克拉玛依、布尔津、哈巴河，一天一停，一直坐到这里。当我们查看地图，看着地图上已经走到不能前行的位置时，汽车顺国境线又前行了二十公里，到达白房子。当我们走在国境线上时，是黑夜。界河对面，探照灯、信号弹、曳光弹、穿甲弹，各种光芒织成半个天空，告诫我们生活将以这样的序幕开始。

“哨兵晚上注意一点，我们都是脑袋别在裤带上过日子！”饭前，大家列队唱完歌后，副连长站在队列前，双手叉腰，这样训话。

那时最大的可能性是抓一把就走。上级时时这样告诉我们。

“单凭你们这几十号人是无法抵抗敌人的大规模进攻的。”记得，有一次，一位军区副司令来到白房子，这样训话，“那么，你们的任务是什么呢？有三条，一是延缓敌人的进攻速度，二是杀伤敌人的有生兵力，三是给决策部门及时通风报信。退路是没有的，后边是戈壁滩，是语言不通的少数民族地区，所以应该有与阵地共存亡的准备。当然，你们的牺牲是值得的，等敌人将你们消灭以后，在你们争取的这一段时间内，后方就会有所部署了。”

这些都是大实话。这个道理身临其境的人都明白，但是从来没有人这样想和这样说。现在，由一位战略家清晰地将白房子的任务和我们每个人的责任说出来，底下鸦雀无声。我来到白房子的第三天晚上十二时半，突然听到一种奇怪的声音。声音像小孩哭或者狼哭。声音是从有线电传到班里的那个喇叭里发出来的。有线电的另一头在连部。

我当时正在熟睡，也许正在做梦，正像电视广告里那个什么洗衣机的广告词里所说：妈妈，我又梦见了家乡的小路。军号突然吹响，我们都醒了，妈妈、家乡和小路倏地在眼前消失。不许点灯，我们摸黑穿衣穿鞋，拿武器拿弹药，冲出了营房，从听见吹喇叭到在院子里站好，用了五到十分钟。

“老修一个排，沿一号口突袭，想抓一把就走，命令一排……二排……三排……”

我们迅速地分成几拨，向额尔齐斯河与界河的交汇处迂回。雪很深，有的地方齐腰，有的地方齐膝，只有额尔齐斯河上，一河晶莹的冰层，出奇地干净、明亮。风把雪都打扫走了。

额尔齐斯河的冰层，突然一声接一声地爆响。响声就在脚底，十分吓人。原来是天气太寒，冰冻得裂起了口子。

事后才知道这是一次演习。

八

我应当永远以骄傲的口吻，回忆那个时期的我，我的单纯、善良、诚实和为崇高目的奋不顾身的激情。有一天，假如我的孩子大了，我要牵着他的手，来到这里，手指白房子，告诉他牵着他的手的这个人曾经和共和国一起共度苦难，一起承受过巨大的心理压力，曾经和他的战友们一起撑起白房子这五十多平方公里战云密布的天空。我想说一个人的一生，有这一段就够了，就无愧于生你养你的父母之邦了。

有个叫饶介巴桑的诗人，曾经写过一首很好的诗，诗中有这么两句：

给我一把书吧，
让我熟读到一直成为英雄。

白房子是在我高中刚刚毕业后，丝毫没有思想准备的情况下，生活突然塞给我的一本书。

我在这以后的进驻别尔克乌争议地区斗争中，在1974年3月14日苏联武装直升飞机越境事件中，在1976年毛泽东逝世边防一线进入非常时期中，都用行动证明了我的勇敢和忠诚。尽管我没有成为英雄，但是我曾经努力过。那个时代的人哪！

那一天夜里，我们开始时并不知道是军事演习，所以很紧张。紧张之外，还有一种准备神圣献身的感觉。

我们班同时进来两名新兵。我是火箭筒副射手，他是班用机枪副射手。我因为喝了一点墨水，他因为人高马大。

他是个哈萨克，原谅我记不起他的真名了，不过翻译过来的名字我记得，叫“三个巴依”，一个有点奇怪的名字。据他讲，生他的那一天，恰好有三个巴依路经他家。

在军事演习中，我掉进了路边的一个雪窝里，雪一直掩埋到我的脖子。他伸手把我拉了上来，并且将我背上的一束火箭弹背在了他的背上。

火箭筒这种装备，是根据1969年珍宝岛事件中缴获的苏制武器研制而成的，口径四十毫米，所以称六九四〇火箭筒。

这位班用机枪副射手的肩上，扛着一铁匣子弹，两边肋下分挎着两个弹盒，现在再加上我的装备，结果仍然显得很轻松。

当我们在额尔齐斯河河沿的大沙丘上趴了许久，弹上膛、刀出鞘等了很久之后，边防站围墙内打了三发信号弹。班长说：敌情解除，看来这是场演习。于是我们一下子松弛下来。

这时我才感到自己疲惫不堪，感到自己的棉衣棉裤都快被汗水湿透了。我想尿尿，发现口子开在了屁股上。我把裤子穿反了。

后来三个巴依受到了表扬。站在队列里，我作为为他创造表扬条件的人，感到不自然。队列解散后，他拍了一下我的肩膀，我才笑起来，并且拍拍他的肩膀表示友好。

那个时候的人就是这样，希望上进，希望建功立业，希望自己在服役期间有个出人头地的机会。毗邻的边防站曾经有一名哈萨克士兵，因为入党申请没有被批准，于是背了一卷《参考消息》越境投敌，后来被从原路遣送回来，又被军事法庭处决。自珍宝岛铁列克提之后，叛国投敌者一律格杀勿论。渴望入党和叛国投敌，这里面的逻辑关系很难解释，但这是真的。

九

原来三个巴依是有求于我。

有一天，那是个星期六，三个巴依把我叫到班里的小储藏室，关好门，神秘地说，有一件事情需要我帮助，问我愿不愿学雷锋。

他说着从小包袱里拿出一把理发推子。

我明白了他想请我理发。我推辞说，我的理发技术很不高明，况且，连里有义务理发员。

他告诉我一定要我理发。他说他物色了很久，才物色到我，我应当以此为荣幸，说着，不由分说，摘下了帽子。

这样，我只得操起了理发推子。

理发的途中，我发现他的脑顶上有一块明晃晃的五分硬币大小的疤。

尽管有雷锋给我保驾，我还是有点怕。我想起小时候看过的一本故事书。书中说，一位国王头上长了一只角。每天早晨，他都要问为他梳头的侍女，在他的头发中看到了什么。侍女如实回答了，于是，一个个的侍女被杀掉了。后来，一位聪明的女子明白了她的前任们死去的原因，于是在梳完头后，回答国王的问话时，答道：她没有看到什么，国王的头无疑和正常人的一样。这个女子于是留下来了，永远为国王梳头，从而也就没有令别的女子再遇到这个难题。

这是笑谈。出于礼貌，出于我善良的愿望，我也没有问他的头上为什么这样，但是我明白了他为什么请我理发了。

是三个巴依主动告诉我的。他说这是小时候生狼疮，没有及时治疗，留下的伤疤。

我答应为他保密，答应一直为他服务到他复员或者我复员那个时候。我后来忠实地履行了这个诺言。

后来，白房子的人们，突然发现三个巴依从来不卸帽子，晚上睡觉戴，打篮球戴，到大河里打鱼或游泳也戴。大家起了好奇心，想探个究竟。

这事自然不好探。于是大家想起，这些年来，是谁给他理发的。他们很容易发现了我。我没有满足他们的好奇心，我说，他很好，他只是喜欢戴帽子而已。

其实，脱下帽子来，也不是什么大不了的事情，那也许可以增加风度。看来，我和他，三个巴依，我们都没有希望成为戈尔巴乔夫。

他长得可以算得上漂亮，身材修长，浓眉毛，深眼睛，鹰钩鼻子，洁白整齐的牙齿。据他说，他的爷爷是汉人，山东人，后来来到遥远的新疆阿尔泰，走进一家哈萨克毡房，被招赘为婿。从山东到这里，多么遥远啊！在那不通火车、不通汽车的年代，从那里走到这里，简直是一个奇迹。如今，他的爷爷已经故世，他的父亲驾着一只渡船，在额尔齐斯河上游的一个渡口摆渡，属生产建设兵团管理。

他崇拜汉人，正像我崇拜哈萨克一样，这种崇拜的原因其实是一种神秘感引起的。

他说，上高中那阵，他们那里来了几个从团场下来的插队女知青，他喜欢上了一个，昼思夜想。有一次，他瞅见只有她一个人在屋，就走了进去。

他含羞地站在那里，想表达一下他的爱慕之情，只是笨嘴拙舌，不知如何张口。

想来那女青年早已看穿了他的心思，并且对他的热情冷淡不已。只见坐在床头的女青年说了一句“小哈萨，你想吃奶”，旋即一下子将两个袄襟高高提起，露出胸罩包着的两个鼓囊囊的东西来。

三个巴依吓坏了，他的白净的脸一下子羞得通红，然后一转身，逃了出去。

从此他路过这间知青房，总要绕道走。

三个巴依的身上装着一个漂亮姑娘的照片。照片上的姑娘，一头浓密的头发，像一顶皮帽一样罩住半边脸，形象有点像当时来我国访问的尼泊尔比兰德拉国王的王后。这是三个巴依的姐姐。据说他的姐姐给州上一位高级领导人当翻译。他希望姐姐能找一个汉人，于是常常拿出照片，让我们羡慕。班上很多人都有这种罗曼谛克的想法，包括我在内，只是，复员时，屁股一拍就走了，谁也没把这件事付诸行动。

他的马骑得特别好，或者说骑马的姿势很漂亮。两条细长的腿夹住马的前腹，上半身连同屁股微微倾斜着。有时候，他还拧过身，用不抓马钗子的那只手，拄在马屁股上，活像我们看到的美国西部电影中的那叱咤风云的牛仔。我的一部小说改编电影时，有个骑马的角色，我曾经向导演推荐过他。导演后来四处寻找，不知他在哪里。他比我早复员一年。

十

那支小喇叭的声音在我的脑海里萦回了许多年，并且总是伴随着心惊肉跳。它“呜儿呜儿”地叫着，缓慢但是固执，一直到命令我脱离梦境，从床上爬起，踏上死亡的旅途，才肯停止吹奏。如果在第一次吹奏中我就战死在一号口，那么我将不会甘心，因为我的裤子是反穿着的。入侵者在用皮靴踢了一下这个冻僵的尸体后，将会嘲笑我。而作为孤魂野鬼，我永远反穿着裤子，在世界游荡，一定会遭到嗤笑，我甚至不好意思踏进家门。所以以后在小喇叭的每一次吹奏中，我宁肯慢上几分钟，也要注意自己的衣着，起码不将裤子穿反，不将大头鞋或胶鞋穿反，不让上衣的纽扣错位。

人真是奇怪。就说牙齿吧，它昨天还长在我的体肤之中，成为我的一部分，承受我的爱抚，接受我的保护，执行我的指令，与我一起共度苦乐，怎么今天突然就成为身外之物了。我走过去时，信步踢它一脚，就像踢戈壁滩上的任何一个沙粒一样。我常常想，我死的时候，一定要抿紧嘴唇，免得有人看见我后补的假牙，并且评评点点。我最好死在一个自己动手封闭的窑洞里，或者系一块石头沉入河底，或者趁一息尚存，自己动手为自己盖上棺材盖，这样世界就不能在我死后，在我失去自卫能力，在我已经成为弱者的情况下，伤害我。

白房子时的情景，真是既凄凉又悲壮。我像一只老鼠，身边卧着一只雄壮无比的猫。它虎视眈眈，什么时候高兴了，有了胃口，才吃你。它现在还想和你嬉戏一番，用胡子撩拨你，用尾巴扫你，或者发出可怕的恐吓声。它清楚地知道你被牢牢地捆在这里，不能挪动半步。看见你在巨大的、无形的、看不见尽头的压力面前，精神趋于崩溃；看见你渐渐变得呆滞，由一个活泼的青年变成了沉默寡言的半老头；看见你以饥饿的目光，在这块没有异性的土地上搜索异性。它感到了这种嬉戏的乐趣。

我没有崩溃，我支撑过了这一阶段。我的神经由最初的中学生的敏感现在变成了一种麻木。这个转变靠了一只蚊子的帮助。白房子的蚊子，相信你已有所耳闻。有一次，在睡午觉的时候，我的左手放在了蚊帐上。一只蚊子透过蚊帐，叮了我一口。我的大拇指因此发炎，并引起血液中毒。在高烧昏迷了一个礼拜后，我突然清醒，恢复了清醒，但没有恢复敏感，这一定是毒液刺激了中枢神经的缘故。

时间是一个伟大的东西。这种麻木发展到后来，靠了时间，靠了日复一日机械地巡逻、执勤和一日三餐，渐渐让位于一种无所谓的精神状态。你对夜半突然响起的小喇叭声，你对别尔克乌轰轰隆隆向你威吓和俯冲的武装直升飞机，你对执勤时隔着界河与敌哨兵四目相对，你对上级每隔一段时间一个煞有介事的敌情通报，甚至包括勃列日涅夫就在对面那个边防站视察这类事情，都表现出一种平静的置若罔闻的态度。这时候就是说你成熟了，你适应了边防站的生活，用行话说，你成了兵油子。

生活中于是重新出现热情，出现对事物的兴趣，并且你的话语里有了一种难得的笑声。尽管这笑声中饱含着忧郁和压抑。你的眼神不笑，你的眼神是愁苦的。

直到有一天，复员命令宣布，你才突然从沉沉的梦中惊醒。

你站在队列中，在摘下帽徽领章的同时，顺便摸了一下自己的脖子，发现头还长在自己的脖子上，你哭了。这时候你开始强烈地思念故乡，思念亲人，思念梦中曾反复出现的门前的那条小河与屋后的那条小路。你希望尽快离开这里，最好不要在这里过夜。如果非得过夜不可，你就打好行装，放在营房的门口，彻夜不眠，坐在行囊上。你的手里荷枪实弹，以百倍的警惕熬过这一夜。你希望在这一夜最好不要发生什么，至于白房子的以后呢，以后我就管不着了，在我以后哪怕洪水滔天。

十一

白房子没有异性，因此也用不着修女厕所。不过厕所倒修了两个，一个是干部厕所，一个是战士厕所。假如有女客人来，干部厕所临时改成女厕所，干部降格，和战士共用一个厕所。每逢这时，副连长总要站在队列前强调一番，他主要是提醒那些老兵。有些老兵喜欢上干部厕所，没有希望提干了，于是在上厕所问题上，常常偷偷地享受一次干部待遇。

在我的漫长的白房子时候，来这里的女客人一共有两批，一次是军区文工团，一次是农十师文工团。军区文工团在篮球场演完节目，连夜晚走了，本来说好要留宿一晚的，我们已经为他们腾好了铺位。但是在演出途中，边界线对面打了三发信号弹，一红一白一蓝，信号弹在空中画了一个椭圆，最后掉入额尔齐斯河去了。这在我们是司空见惯的事，可是令姑娘们不安，促使她们早早离开这争议地区。她们走了，漆黑的夜晚，那一夜白房子好多人都没有入睡。记得有一个新兵，跟着散发着香味的汽车走了很长一截路，到了菜地边，才幡然省悟，意识到节日已经过完，于是返身一步步地走了回来。

倒是那些农垦姑娘，她们的命似乎没有那么金贵。她们演出结束后，在白房子留宿一夜，并且给我们的干部厕所里丢下了几卷带血的卫生纸，给我们的床单上留下了女人的气息。令我们久久地舍不得洗床单，令我们的干部厕所，吸引了更多的想享受干部待遇的老兵。

但是白房子中，没有出现一位喀喇昆仑山那个勇敢的侵入者。我们大部分都是性功能丧失者，即便有某种冲动，但是那天晚上，枪刺闪闪，指导员给每个住着姑娘的营房门口，都加了双岗。

副连长被一位灰姑娘迷住了。那是个独唱《布伦托海打渔归来》的女中音。吃饭的时候，他偷偷安顿炊事员，给这个姑娘满满地盛了一大洋瓷碗米饭，并且在盛饭的途中，用铲子使劲地、一层层地拍。会餐时，他就坐在姑娘旁边，监督着姑娘吃饭，想看见姑娘剩饭。结果，在他的注视下，姑娘一粒不剩地将饭吃完了，这使副连长很吃惊。

会餐结束后，几个嘻嘻哈哈的姑娘，请副连长到她们的住处去打扑克。他们一直打到熄灯哨吹过。

副连长在这种场面，表现出自己永远是一个农民。他被动地应酬着，天气虽不太热，脑门上却直冒冷汗。后来，他摘下帽子，搁在了铺上。

打罢扑克，就要离开的时候，他发觉帽子找不着了。床铺上没有，几位姑娘都站起来，帮助寻找，还是没有找到。

他把目光停在那布伦托海打渔姑娘的脸上了。因为这姑娘还呆呆地坐在铺上，看来，这副连长的军帽，肯定在她的屁股底下。

姑娘眼睛眨了眨，顽皮地笑一笑，就是不站起来。

其余的几位姑娘好像明白了什么，突然齐声说："你快走，首长！她'来'了，站不起来了！"

她"来"了什么？副连长莫名其妙。但是他感到了，这一定是女人的一件很神秘很重大的事情，于是三脚两步，赶快走出了屋门。几位姑娘在他身后忍俊不禁。那位布伦托海打渔姑娘也站起来了，从屁股底下摸出军帽，向着副连长的背影挥了挥。

单军帽子当时是件很时髦的东西。

布伦托海打渔姑娘带走了副连长的一顶单军帽，却留下个快乐的话题，让白房子说了半年。

十二

有个故事说，在一座山上，住了一群和尚。这座山与世隔绝，有个小和尚就在这与世隔绝中长大。他平生没有见过女人，也许只见过一次，就是生他的那个女人。后来他长大了，有一天要出山，到集市上购买东西。长老说，集市上到处都是"老虎"，你去了以后千万当心，不要接近她们。晚上，小和尚回来了，他说果然看见许多长着华丽皮毛的"老虎"，不过她们一点也不可怕，他很想走过去和她们亲近亲近。在佛典中，老虎是一种可怕的动物，那个著名的“解铃还须系铃人”的佛教故事，说的就是老虎的事。然而，这个小和尚还是被“老虎”迷住了，在重新进入封闭空间之后，他沉湎于对“老虎”的思念之中，最后在忧忧寡欢中死去。

文工团来到白房子的那天，我正在院子里的一个角落劳动。那里是用塑料薄膜做成的小小的苗圃，里面正育着菜秧。一旦天气暖和，这些菜秧便被移栽到菜地里去。

有一个华丽皮毛的“老虎”，向我走来。她用两只手扶住苗圃外边的篱笆，向我笑。

她上身穿着一件旧军装，一件红色的线衣或衬衣从军装的领口和袖口露出来，下身穿着一条裙子，裙子上有一道道横着的花纹。

面对这个近在咫尺的可怕动物，我很害怕。“恐怖来源于陌生，”弗洛伊德这个话是对的。从这个意义上说，那个小和尚不可能一下喜欢上长着花纹的“老虎”的，他的痴迷是在离开危险区，回到他的空间后，追忆的产物。

这个演员看来是个有善心的人，她想在这短暂的逗留中尽量给这个小兵以温存；或者是个富有好奇心的人，想更多地介入白房子的生活；或者是一个在四处寻找目标的小小母兽。唉，我不该这样想。

懒懒的春日阳光照在这块死气沉沉的土地上。

姑娘问了我许多问题。处在窘迫中的我，语无伦次地回答着。我告诉她哪些是西红柿苗，哪些是茄子苗，哪些是莲花白苗。

苗圃的一角长着几棵奇怪的草，凭我的知识不能够向她做出解释。后来这些草长大了，我才知道是罂粟。远处生产建设兵团的耕地里去年长了一片罂粟，不知谁摘了几颗种子，将它撒在苗圃里了。它那年开出来的花很艳丽。我至今没有见过别的地方生长的罂粟花，因此总觉得那年的花之所以娇艳，是因为这个不速之客的光顾和恩赐。

姑娘的目光始终注视着我。后来，我承受不了了，借故提了一只水桶，飞快地逃离了苗圃，将那个扶着篱笆沉思的华丽“老虎”一个人留在了那里。我躲在营房里，从窗子往外看，姑娘又待了一会，慢慢离开了。

那天夜里，我做了一个无比美丽的梦，醒来时，发现裤头湿漉漉的。吃早饭的时候，我把这件事讲给副连长和医生听，他们哈哈大笑，他们懂。

大家通常取笑的对象是三班长，一位超期服役的老兵。

“三班长，把你的妹妹介绍给我吧！”有人经常这样油腔滑调地和三班长逗趣。

“我妹妹还小，才七岁！”三班长摆出老兵的架子，一本正经地说。

“七岁，七岁我也不嫌！”问话的人煞有介事。

“哎呀，我把你——你这毛驴子！”三班长扑来，要揍这问话的人，并且说要找指导员告状。

问话的人笑着跑开了。

这时候副连长来了。听完三班长的叙述，他先怪声怪气地惊叹了两声，然后说：“三班长，你就发扬发扬风格吧！”

“好哇，你们合起来欺侮我！”三班长这回真的恼了，去找指导员。

大家平日都不太尊重这个老兵。机械的生活将他变成机械的人，而这种机械的人正适应这种机械的生活。

他在穿上军装后仓促地和一位农村姑娘结了婚。有一年，家乡的人武部来了电报，要他回家一趟，原来他的妻子无缘无故地肚子大了。那年头军婚还是神圣不可侵犯的。他回到家，冲着当地政府发了通火，并要求法院立案调查。家人和村上的人都劝他算了，他不听。调查结果，肇事者是他的父亲。结果，父亲被抓进了监狱，妻子离婚走了，悲怆的他又回到白房子，继续当他的老兵。

和那些胶水瓶干部家属一样，那些士兵的妻子们一定也有过许多难捱的夜晚。有一个地方发生过一件可怕的事。一个士兵的家，在一架山岭上，独门独户，家中只有妻子一人。在他当兵的那些年月，妻子养了一只狗。在一个夜晚，当这位士兵复员回家与他的妻子同房的时候，卧在炕上的那只狗，先是瞪着眼睛看，然后凶恶地扑过来，咬断了这个士兵的脖子。

那一次文工团来，为了做好接待工作，连里郑重其事地提出，要选两个服务员，为姑娘们提水扫地。大家公推三班长为人选之一。三班长也确实认真，不但提水扫地，据说，还抢着为姑娘们洗了几件衣服。

十三

对面的边防站古板的生活是怎么度过的呢？自从传说中的马镰刀去那里砍了十九颗人头之后，还屡屡有中国边防军白房子站的站长作为客人造访那里，直到1962年伊塔事件之后两国交恶，这种互访停止。铁丝网和松土带使那半边天空在我们眼里遂成为一片黑幕。

经常有一位丰满的俄罗斯女性，怀里抱着一只猫，顺着边防站的围墙散步，夏天的时候，有时还在界河边洗几件衣服。

那边是边防纵队形式的建制，每三年换防一次。根据我们的观察，当官的似乎是可以带家属的，那个揣着猫百无聊赖地散步的女人，也许是站长的家属。

礼拜天的时候，有时会有一辆大卡车，拉着一车女共青团员，来边防站联欢。音乐声和歌声越过界河传过来，直至夜半更深。

悲剧性的命运突然降临在三班长头上。

春天来到了草原。天空一扫阴霾，显出一种令人心情愉快的亮色。戈壁滩的积雪融化了，由于潮湿，地表变得黑乎乎的，有零星的草尖，还有一两根茎秆挑起紫色的花朵，出现在雾气升腾的原野上。有一条白色的雪痕，没有融化，顺着边防站通向瞭望台。这些雪因为被人的脚印踩实了，所以融化得慢一些。

界河边出现了我们曾经谈到的那个俄罗斯美人。不是踏着红地毯走来的那位，而是在边防站围墙里生活着的那位，她们都一样丰满，一样穿着略嫌肥大的连衣裙，所以原谅我把她们闹混了。

围墙内的生活使她烦闷，士兵们的稔熟的面孔也已经不能令她动心。在这春意荡漾的时月，她突然产生了踏青的念头。

责任也许在她的那只猫身上。猫在春夜里不停地嘶叫，扰乱了这位妇人的心。现在，那只猫在她的身前身后，蹿动着，不时地一跃进入妇人的怀抱。

那天在瞭望台值勤的是三班长。

妇人把猫搂在怀里，用纤手抚摸它，用脸颊亲它，做着各种媚态，一副卖弄风情的样子。妇人这样做，也许只是一个女人天性的自然流露，是她在祖母的暖炕上，或者在俄罗斯小城的沙龙里，养成的自然习惯。因为荒原上静静的，不见一个人的踪影。

瞭望台上的三班长，清清楚楚地看见了这一切。他的望远镜再也舍不得离开眼睛。其实不用望远镜，光肉眼也可以看清的，距离只有五百米。

那位俄罗斯女人也许早就注意到了我的可怜的三班长了。对于女人，我们真是不能理解：她本来已经拥有那么多的崇拜者了，却仍然希望，再加上这一位。

这时候发生了一点小变故。

那猫儿在空旷的大自然面前，也许感到一种野性的冲动。它一纵身从妇人的怀抱里蹦出来，在地上撒起欢来。界河中间有一块没有消融的冰块，猫儿借助惯性，一下子蹦到冰块上去了。

它还不懂得这条界河的神圣，不懂得这和死亡几乎是同义词。一定是那妇人频频越过界河的目光，迷惑和鼓励了这只猫儿，它以为主人想跨过这个不算太宽的天堑。

落到冰上以后，面对主人的频频招手，猫儿没有勇气再跳过来。界河并不算宽，河中央水浅一点，所以有冰坐住，深水区在两边靠近河岸的地方。猫儿想游泳，用爪子探了探水，水刺骨地凉，于是它打消了这个念头。

后来，猫儿静静地待在冰块上，“喵喵”地叫开了。

妇人觉得很好玩。这件小事并没有影响她的兴致。只见她弯下腰，一手抓起裙裾，一手俯身拣起一粒石子，向界河掷去。她本来想将石子掷向界河的中国一侧，让飞溅的水花使猫儿受惊，赶它过来，可惜太心不在焉了，玉臂无力，那石头落在了这边。

猫儿果然受惊了，却一纵身，跃到了中国的河岸上。

妇人现在才意识到事态的严重性。那个从她当姑娘时就一直伴随她的猫儿，已经很难再有回来的可能性了。

河中心的冰块由于受力的缘故，慢慢松动了，被湍急的水流卷去，一会儿就影踪全无。

这打消了妇人的最后一点希望。

后来，她把目光转向瞭望台那位中国哨兵。

目不转睛的三班长，自然看见了这一幕。他满脸通红，握着望远镜的手心攥出了汗水。

他很难抵御这样一个漂亮和多情的雌性动物的目光，很难回绝她小小的请求，尤其在这荒原上——性别就是我的优势。

过了一会，这家伙扔下望远镜，下了瞭望台，向界河方向跑去。他跑得很快，棉衣穿在身上有些发烧，于是他在奔跑中脱下了热气腾腾的棉衣，扔在地上。他感到体内一种被久久压抑的力量突然复苏了。

事发后，在检查当天的瞭望登记簿时，发现上边三班长匆匆做下的记录："苏一女公民在三号口活动；猫一只，越界。"看来，三班长当时想采取另外的处理办法，但是一念之差，他选择了这种。

三班长来到界河边。他一伸手，猫儿即驯服地跳在了他的肘上。他将猫儿在手中掂了掂，便像教科书上所说的投掷手榴弹的要领一样，后退几步，一个助跑，手臂一扬，猫儿便像一个物件，越过界河，不偏不斜地向妇人飞去。

妇人躲了一下。如果不躲，猫儿肯定会落在她身上。猫儿现在落在了地面上，不过没有受伤。猫儿有着极好的平衡能力，在任何失去重心的情况下，它落地首先接触地面的一定是四肢。

"乖乖！乖乖！心肝！"妇人在一连串的惊叹词中，俯身抱起猫儿，搂在怀里，然后伸出手，抚摸着猫儿，为它压惊。只见她那白皙的稍嫌肥胖的手指，顺着猫的脊梁骨一下一下地滑过去，猫儿舒服地伸着懒腰。如果是夜晚，或许还可以看见随着手的摩挲，那皮毛上溅起的火花。

三班长现在站在界河对岸，用嘴吮吸着自己的手背。猫儿在离开他的手掌，向界河对岸飞去的那一瞬间，用爪子在他的手背上留下几道血印，现在不断有鲜红的血珠子渗出来。

如果仅仅将猫儿扔过去，那充其量不过是个小小的涉外事件。但是当猫儿扔了过去，当妇人搂着猫儿向归路走去时，她兴犹未尽地望了三班长一眼。

这目光像一只张开的网，把三班长网在了网的中央。他站在那里一动不动。据说，当一条蛇和一只麻雀在一定的距离内四目相对时，麻雀会奇怪地呆立不动，麻雀的神经会在蛇的目光下出现麻醉状态。三班长目前也许正是遇到了这种情形。

妇人回眸一笑，渐渐远去了。苏方边防站那只高高的烟囱已升起了炊烟。

三班长突然意识到了什么，他不顾一切地蹚过界河。他连裤腿也来不及绾，鞋也没有脱。他似乎也没有感到这消冰水刺骨般的冰冷。

那俄罗斯美人听到了后边的动静，回过头来望了一眼，吓坏了。她尖声尖气地叫着，向苏方边防站方向跑去，裙裾不时绊住她的脚步，使她几欲跌倒。

那女人终于跌倒了。她转过身，坐起来，用惊恐的蓝汪汪的眼睛注视着这个来自敌对国家的男人。

三班长走到跟前后，却呆住了。他傻乎乎地站在女人面前，不知所措。

“你想强奸我！”那女人扬起头，喃喃地说，“我这一生，还没有人强奸过我呢！”

她的猫也在她的怀里“喵喵”地叫起来。

三班长却蹲下来，用手捂着自己的脸，孩子似的呜呜哭开了。

苏方瞭望台这时候也发现了这一幕，于是警报器大作。

闻讯赶来的苏军士兵，在松土地带抓住了他。三班长像一只发情的公骆驼，手里提着裤子，在松土地带高一脚低一脚地狂奔着，口里也像公骆驼那样叫唤着，吐着白沫。几个苏军士兵好不容易才将他压倒在地。

苏方很快提出抗议。接着，在双方几次级别不算太高的会晤之后，三班长被从北纬xx度、东经xx度遣回。说经纬度是一种外交辞令，其实就是从原地送回而已。

我没有参与那一次交接仪式。我们班全副武装，躲在附近的一个沙包子后边担任警戒，防止出现突然变故。当然，这些是在隐蔽状况下布置的。

交接仪式在平静和机械中进行。约定的时间到了，苏方境内，一辆小车顺界河缓缓地行驶到预定地点。车上首先跳下了几名苏军士兵，接着是三班长。军官是从前门下来的。双方互敬军礼。

两个苏军士兵给三班长打开了手铐，并且向界河这边指了指。随后，三班长就蹚着河水，从他原先越界过去的那个地方过来了。三班长面如死灰，过了河，他冲着站在最前边的副连长，惶惑地笑了笑。全副武装的副连长，背转了身子。

界河这边，张开的手铐在等待着，军事法庭的官员冷漠地将手铐给三班长迅速戴上，旋即将他推上了小车。

十四

交接仪式结束了，双方谨慎地缓缓退出接触区。在登上汽车以前，双方像想起了什么似的，都停下来，摘下帽子，在空中画了三个圆圈。

这一切都在双方瞭望台的监督下进行。

过了一段时间以后，三班长被处决在戈壁滩的一块凹地里。

三班长被处决后，我们去掩埋了他的尸体。地点在五十多平方公里以外，一片泛着白色盐碱的凹地里。鲜血流了许多，溅在白色的地面上，使这张被漠风吹得发黑的脸，以及周围的环境，蒙上一层梦幻般的气氛。

我们怀着复杂的感情，给盐碱地上堆了个小土包，并且插上一块木质的牌子。随后，我们像避开什么不祥的东西一样离开了这里。我们希望土包迅速被漠风吹平，希望木牌速朽。

我们在后来打马路经这里时，都无言地避开了这块地方。

针灸大师白色的工作室成了我臆想中的白房子。针灸大师的白大褂像斗牛士手中的红布条，我的思绪在它的逗引下，忽东忽西，忽左忽右。我都不知道我都说了些什么。我只知道我说的，都是些实实在在、不加掩饰的事实。

伟大的普希金说，现在青年作家们，最好到过去的年代里去窒息几分钟。我现在就是在过去的年代里窒息，窒息的岂止是几分钟，而是一段长长的理疗过程。

当长长的麦芒似的针尖，不再在我的经外奇穴上抖动的时候，我的思绪仍然滞留在它所唤醒的梦境中。离开病室，我旁若无人地在街上走着。我的腿突然出奇地罗圈起来。这骑兵的罗圈腿本来已经在城市的街道上变直，现在它又成外八字形前进。

但是不管怎么说，我的病症正在减轻。北京机场那突然的爆炸声，那闪烁在我三米远处的戈氏的前额和前额上的胎记，已经在我的记忆中不复出现。我想这一切是顺理成章的。因为这个正迈着罗圈腿行走的人是个过去时间状态中的人，他不可能超越时间，知道1989年夏天的事。

惊厥也趋于平缓。就是说，那个在梦中反复出现的怪物虽然也时有出现，但出现得已不那么频繁，也不像以前那样栩栩如生置于眼前。

这一切都是经外奇穴的功劳。按说，我应该感激这位针灸大师。当一个人躺在病床上的时候，他会一下子变得像小孩子或孕妇一样虚弱，他意识到很累很累，他渴望一个坚强的臂膀搀他一下。

然而我没有这种感激。从我见到针灸大师的第一眼起，我就明白我遇到了一位可以和我的智力程度画等号的人。一个如此精明的人坐在你的旁边，以洞察一切的目光看着你的失控，满怀兴趣地看着你陷入过去的泥沼中挣扎和呻吟，这总令人觉得不愉快。

我注意到他在一个小本上记录、归纳、逻辑推理。在让我无目的地将压抑的感情痛快泄露出来的时候，他不仅仅是一个听众，而同时是一个导师。他试图引导我的思路，试图从我不连贯的叙述中寻找到逻辑。

他真可怕。

有一次，我在完成一次理疗，就要起身告辞的时候，趁他还没有合住本子，迅速一瞥，看见了他小本上的几行草体字：

白色的碱滩—胴体—血液。

十五

我吃了一惊。

回想到我这一天在病室里所叙述的东西，也就是三班长的故事，我突然明白了一件事。

当离开了噩梦一样的白房子岁月，当回到故乡的城市，并且与我后来的妻邂逅后，我们的第一次结合是成功的，而不像我向针灸大师所袒露的那样没有成功。

那是一个美好的夏天，我们一起去逛公园。我们来到了一座青草与绿树遮掩的山腰。经历了久久的感情积累和人为的强制之后，在美丽的大自然面前，我们都有些忘形，我们突然觉得不应该再约束自己。今天，该是我们放浪形骸、私订终身的日子。反正不久后就要结婚了，按照流行的做法，我们只是顺从个人的意志，让婚礼提前举行而已。

这里恰好有一个大地的塌陷处，是一个长方形的坑，深约半人。坑里刚好并躺下我和她。

我们在这坑里完成了我的初次和她的初次。

我首先站起来，跳出了坑。我俯身看去，看见了坑里女人的白色肌肤和红色的血液。我在那一刻受到了一丝震颤，我脸色刹时间变得煞白，我的头部像猛然被人击了一枪，嗡嗡作响。

后来，婚后好长一段时间，我们没有取得成功。直到那悲凉的一幕淡忘后，床上生活才开始变得快乐。

我一直把这归结于那长方形的坑。因为那是一个塌陷的坟墓。我们打搅了一个魂灵的宁静，我们亵渎了一个过去年代的什么人。他或她，在冥冥之中惩罚和诅咒我们，并且嘲笑我们的轻薄。

现在我突然明白造成障碍的原因了。

让我把我在那间讨厌的病房中所叙述的话，再重复一遍："三班长被处决后，我们去掩埋了他的尸体。地点在五十多平方公里以外，一片泛着白色盐碱的凹地里。鲜血流了许多，溅在白色的地面上，使这张被漠风吹得发黑的脸，以及周围的环境，蒙上一层梦幻的色彩。"

答案就是如此。

三班长事件当时就那么平平淡淡地过去了，但是，它顽固地埋入我的记忆深处，虽然靠意志的力量不动声色地将这一切丢开了，但是在公园里，在我和我的爱人跨入人生一个阶段的时候，那似曾相识的一幕，突然光临，那曾经压抑过我的神秘力量，再次控制了我。三班长白色碱滩上的鲜血告诉了我男女之事和死亡之间的联系，带给我一种罪恶感和犯罪感。

想到这一切，我笑了。我为自己合乎逻辑的推理感到高兴。思想的财富也是财富。当我意识到在经历了许多不着边际的遐想，理性思维又为我服务时，我对自己产生了信心。

走到路上，我一个人自言自语，将上述的一切都讲述了出来，甚至上边没有叙述到的细节也都讲述了出来。我得瞅这个机会讲，讲完以后就忘掉，省得明天在针灸大师的引导下，叙说出来，那样我将会害羞的。

我想起了那个小本，看来逻辑思维已经将他指引到这一点。那么，明天让他失望吧。

那天夜里，我和我的亲爱的妻子长时间地处在缠绵之中，我们感受到了一种灵魂的痉挛。久别胜新婚。妻子说，她感觉到我们好像分离了很久，久得像我乘坐了一次宇宙飞船，周游世界，回到地球、回到她身边一样。

十六

针灸大师煞有介事地坐在那里。今天的回忆该是什么，看来他已心中有数。

我彬彬有礼地坐下来。我瞅了他一眼，目光中透出些许敌意。

我的神色引起了他的注意。他停顿了一下，接着笑着说："你的智商很高，简直可以和我并驾齐驱。如果你有兴趣做一个医生，你会有成就的。"

我也笑了笑："我也这样认为，认为你的智商可以和我并驾齐驱。至于医生这个职业，我不感兴趣。我知道几位大文学家，最初都曾经是医生，后来，他们进行了第二次选择。"

"好极了！"他说。

于是我们都笑起来。

针灸大师严肃起来："你的情绪和你的眼神告诉我，治疗是有效果的。你的功能障碍和忧郁症已有所改善。这主要功绩在你。背着我，你一定进行了自我心理疗法。当然，自我心理疗法是个医学方面的专有名词。"

我等待着他的下文。

他继续说："刚才，猛然间，一个念头突然出现在我脑海里。我拜读过你的一篇关于白房子的著名小说，我一直在用物质的因素寻找这部小说形成的原因，现在我可以说我找到了，朋友，那是在一种性饥渴的状态下写成的。那个悲凉的边界故事埋藏在你心中很久了，但是你一直唤不起表现它的那种创作情绪。有一段时间，你的妻子或因公差，或因学习，离开你，于是那种病态情绪突然不唤而至……"

他所说的的确是事实，这令我震惊和慑服。但是我不愿意明显地显示出我的心悦诚服。我淡淡地说："大师，你的确是医学这个领域的权威，比起我的思维来，你棋高一着。"

他很乐意听这句话。我的话隐晦地表示了我的承认，这使他为自己的推断有点自鸣得意。

看到我重新被抓住、被征服，他说："那么，下来，我们该进行最重要的阶段了。可不要小看了以前的工作，那是在扫清外围，现在，随着你的各种物质性疾病的消失，我们该进入最后的攻坚战了。"为了强调他的话，他干咳了一声，"我这里说的是那个怪物，那个长着无数条腿，类似恐龙一样的怪物！"

"也许是长期的恐怖和压抑，在经过意志的强制后，逐渐在你心灵中沉淀和形成的一种具象。它是广义的，不实指一次边界冲突，一次突然的心灵打击。这些天，我翻阅了那个时期的《人民日报》和《参考消息》，发现自珍宝岛和铁列克提之后，小规模的冲突虽时有发生，但大的边界冲突似乎没有出现过。"

我点点头，承认这是事实。“没有发生过什么！”我说。

“不，发生过严重的事。这种旷日持久的精神折磨就是一件严重的事。在政治教育下，在自尊心和上进心的作用下，你将恐怖感深深地埋藏起来。所以，当一位苏联公民出现在你三米远的距离时，这种恐怖感突然爆发，尽管这位苏联公民是作为和平使者，但是遗憾的是你听到了炮声，你猝然记起了埋藏在你心底的那昨天的命令：一旦一名苏联武装军人出现在面前时，应该怎么做，这样惊厥开始了。”

“继续说，朋友！”我鼓励大师继续说。我生怕他突然意识到还没有将针插在我的经外奇穴。

“上面讲那个广义的具象。不过，我仍然愿意相信你，真有那么一个事件，一个类似恐龙那样的具象，那样治疗将会变得容易些。我想，它是以长着无数条须爪的恐龙，而不是以别种恐怖动物的形象出现的，一定有它的原因。你或许可以找见它，找见它也就意味着征服它，从你的记忆中赶走它。来吧，朋友，我为你扎针！”

长长的麦芒似的针扎上了，接着通上了直流电。我又变成了兔子或者青蛙。

“朋友，”针灸大师继续说，“如果在原先的回忆中，你是信马由缰，像一位抒情诗人那样。那么，这以后的治疗中，你需要约束自己，也就是说，你将思维集中到一点，即关于会飞的恐龙这个具象上。这样做当然很难，既要进入无理性的梦境，又要接受理性的指引。不过这种先例是有的，比如作家的创作。”

十七

我没有服从他，顺着他所指引的方向前进。自从前一段治疗后，我的体内产生了抗药性。我学乖了。我像一匹不驯服的坐骑一样，任凭主人的马刺与皮鞭，就是不愿踏入脚下这个泥潭。

我依旧笑吟吟地坐在椅子上，注意着他，甚至想动用我的意志来指引他。

就这样一直僵持到这一天的治疗完毕。最后，针灸大师“啪”的一下按灭了按钮，接着拔出银针。

“你真是一个可怕的怪物。你应当永远待在白房子，直到有一天精神完全崩溃。不过，现在这样也好，这样更激起了我的好奇心和征服意识。朋友，你自己决定吧，我等待你重新开口。”

我彬彬有礼地告辞了。

夜晚继续看电视。这天是星期天，晚六时半，电视台在播送《米老鼠和唐老鸭》。这是我儿子的节目。

儿子在聚精会神地看着，仿佛要钻入电视机里。他最近只有一个伟大的抱负，想长大以后当电视台台长，让电视台每天以二十四小时的时间播送米老鼠和唐老鸭。

“生子当如孙仲谋，”我很为儿子的一个接一个的抱负感动，但我知道那仅仅只是抱负而已。他不会成功的，他不会有什么出息的，他没有受过苦，他在温柔富贵中长大。

儿子继承了我的性格：在对自己喜欢的事情上，全神贯注地沉湎其中，对世界上其余所有的事情，心不在焉，漠不关心。儿子在相貌上则继承了我的妻子：纤细，弱小，修长的身材挺起一颗敏感的头，敏感的头上两只怯生生的眼睛。看见两个差异很大的人的因素，在第三者身上奇妙地结合，并达到和谐，总给人一种怪诞的感觉。

妻子爱看电视剧。

这一个时期电视台放映的，几乎都是山西拍摄的那些粗糙的带几分情节的电视剧，题材几乎都是战争。

看着穿着土黄色军服的匪兵或者共军，成排成排倒下去时，儿子突然会问：

“爸爸，你也当过兵？”

“怎么？”

“你为什么没死？”

这是一个幼稚的问题。当兵的并不一定都不死，当兵的也并不一定都死。我真想说，假如我真的死了，世界上就不会有眼前你这个提问者了。

我没有回答他的话。

“你胡说！”倒是妻子被这句不吉利的话激怒了，她拍了一下儿子的屁股。

儿子委屈地哭起来。既然米老鼠和唐老鸭已经放完，要看得到七天以后，既然他对电视剧不感兴趣，感兴趣的问题又得不到回答，既然明天早晨还要上学，于是，在哭声中，儿子跑回他的房间，没有脱衣服就睡着了。

儿子过于软弱。基于这种原因，妻子总想再要一个，最好是女儿，是男的当然也行。只是，碍于目前的政策，我们的讨论仅仅停留在口头上，从来不敢付诸行动。有一次，避孕失败。是天意吗？犹豫了很久，还是没有令这个不速之客问世。

现在，见儿子走了，妻子又唠叨起了这个话题。

前不久，我曾经和一位同龄的北京朋友讨论过这个话题“你还想在一个之外再要一个吗？”他的回答令我吃惊。他说，他不但不想再要一个，就连现在以物质形式存在的这个，也很后悔，后悔要了他。他说：“他既然因我而来到这个世界上，我就应当对他的现在以至将来负有责任，在未可知的未来，充满恐惧的未来面前，我的微薄的力量能保护他吗？他与其在寒冷与恐惧中完成一世，不如干脆不要出生。在出生这个问题上，他遗憾地没有决定权，所以得依赖我了。”

好一个大彻大悟者。现代人之所以是现代人，就是因为他们的身体和思想都进入了现代。而不是我们这些人，每年换一顶帽子，就是不换帽子下的思想。

他的话令我想起一位美国学者最近对一篇中国著名古典作品的研究。有一处，不知其大小，不知其远近，亦不知其在何处，这说的是那个桃花源。陶渊明的《桃花源记》，按照传统的解释，是人类对一种伊甸园式、乌托邦式理想世界的向往，是士大夫阶级因不满于政治黑暗而出世遁世的东方消极哲学。然而，按照这位美国学者的解释，所谓的不知其大小不知其远近亦不知其在何的桃花源，是指女人的子宫。当人类在黑暗、寒冷、饥饿、屈辱中生活的时候，他回忆往昔的岁月，寻找那难得的曾经使他幸福的时光。后来他找到了，那就是母体，那是他生命中最安全和最无忧无虑的一段时光。简言之，《桃花源记》是人类希望重归母体的一种渴望。这种新奇的解释饱含一种莫名的二十世纪悲哀。如果这种解释成立的话，陶渊明的高堂父母在读到这个《桃花源记》时，一定会很痛苦，并且会后悔让这个苦难的儿子问世。

此刻，我就用北京朋友讲述的这些，加上我的发挥来对付妻子。但是，妻子立即振振有词地反驳了我，让我明白了这里不是北京，而是大西北一个半封闭状态下的小城，现代意识和原始的生殖崇拜在这里并存。而且，随着妻子的侃侃而谈，连我自己也被弄糊涂了，不清楚哪种更接近真理；或者都不是真理，或者都是真理，或者都只占真理的二分之一。

十八

夜晚，那个恐怖的怪物又一次来踏访我的梦境。

天十分蓝，这样碧蓝的天空只有当我们年轻时才出现过。接着，这碧蓝生出了一层一层的皱褶，变成了一绺绺的云彩。继而，我发现这不是云彩，而是一波一波涌来的海水，正如曹孟德所说的“洪波涌起”，正如毛泽东所说的“白浪滔天”。不过它更像冥冥之中的那个“忘川之水”。

满世界都是蓝色。这蓝色神秘莫测而又不动声色。

我一人一骑在这蓝色世界走着。我不知道人类都到哪里去了。周围有无数闪闪发光的小点，我后来发现这都是眼睛。蓝色的蒙面人将自己包在蓝色的布幔里，只露出两只眼睛，而当我走近时，他们又像风一样无声无息地消失了。

四围同时有嘁嘁嘈嘈的急促的声音，这声音中夹杂着一两声凄厉的尖叫。忽而，像林涛列阵滚滚而过，像要将我吞没。

我是谁？我要到哪里去？

我想停下来，可是，我的马好像受到了一种神力的束缚，它只有默默地赶路。“你看这可怜的老马，伴随我走遍天涯。”它真可怜，皮毛全部湿透了，鞍鞯将脊梁骨都磨出来了，白生生地碜人。它的步履蹒跚，但是无法使自己停下来。

我很明白前边有什么在等待着我。我也想努力使它停下来，但是没有办到。

那个怪物，在远远的海滩上出现了。

怪物半截身子隐在水里，半截身子伏在滩涂上。它露出水面的部分呈现出令人恶心的黑褐色，肌肤上半是硬甲半是鳞片。它盯着我看的眼光是浑浊的和呆滞的，但同时又蛮横无理，大凡低能动物都是这样。

怪物的身躯开始缓慢地动起来，竖起来。像绽开一样，它满身的须爪开始张开，伸向天空。

我想从怪物的身边绕过去。

但是，我的坐骑已经发现了怪物。它比我的位置低一点，所以发现得迟一点。

马全身哆嗦着，悲哀地叫起来。

马站在那里，一动不动了。我鼓起最后的一点勇气，使劲提了提马缰，叩了叩马刺。

马非但没有前行，反而脊梁突然弓一样地弓起，继而，两个前腿像兔子那样直立起来。

我被掀下了马背。

那只怪物缓慢地爬出了水面。

怪物先走近我，嗅了嗅；又走近我的马，嗅了嗅。它想二中选一，吃掉其中的一位。

它选择了我的马。

它用须爪紧紧地将我的马抱紧。当须爪张开以后，我的马已经没有了，连鞍子、脚蹬以及钉在马掌上的蹄铁，都被它消化了。

随后，它看了看我，用一只大些的须爪拍了拍自己的肚皮，示意自己肚皮已被埋满，现在没有了胃口。

我想跑，但只是双脚交替，却离不了位置。我用祈求的目光望着怪物，祈求它放过我。

怪物古怪地笑了笑，它没有理睬我的目光，它变魔术一样从水中拉出一个小小的木匣。它将我抱起来，放进木匣里，钉死，然后像拉了一架天车，拉着盛我的木匣，开始风驰电掣般在蓝水里行走。

从木匣的缝里往外看，我看到的处处都是陌生和恐怖的景象。

飘飘忽忽，游游荡荡，我从来没有经历过这种失去重心的情况，我感到眩晕。后来，我看见了一片白色的树林。树身笔直，高可摩天。所有的树木都没有皮了，呈现出一种令人惊悸的白色，就连枝柯的顶端，也是白色的。

“燃烧过的森林！”我惊叫了一声。

我开始慢慢有了记忆。我一定见过这个怪物，它和我白房子时候的一段经历联系在一起，它不是一个广义的具象而是一个具体的具象，让我慢慢地回忆吧。

这时，妻子拽着我的一只胳膊，将我从噩梦中唤醒。她说，她听见了我的大喊大叫，不明白我到底是怎么回事。她说，你还是应该去见一见针灸大师的。

我躺在被窝里，大汗淋漓。我说，妻子，你的意见是正确的。第二天，治疗继续开始。

十九

白房子边防站位于额尔齐斯河和界河形成的一个夹角里。额尔齐斯河自东而西，界河自南而北，在两条河流交汇处，形成一个丁字形夹角。白房子在丁字的这个夹角，白房子相对应的那个苏方边防站，在丁字的另一个夹角。

界河是一条又细又深的河流。猫儿跳上两跳，便可以从此岸跳向彼岸，可见其窄了，然而相对来说深些，三班长那一次被从界河上送过来时，我亲眼看见水到了他的腰部。

额尔齐斯河却是一条又急促又宽阔的河流。枯水季节，额尔齐斯河宽约二百米，恰好是半自动步枪准确射程之内的距离。河水很清很蓝，所有的水流归结于河槽里，静静地奔流。盛水时节，春潮泛滥，河流在骤然之间宽阔了许多。一河汹涌的春水，列成方阵，以几公里的扇面，向前推进。春潮的规模取决于头一年的降雪量。

生活在北冰洋的各种鱼类，每遇春潮季节，便溯流而上。它们的主要目的是在额尔齐斯河的某一个河汊里产卵繁殖。最初到来的鱼儿是红色鲤鱼，最常见的鱼儿是狗鱼，其次还有五道黑、大白鱼、小白鱼、黄花鱼，等等。

河流两岸生长着参天的古木。这些树以杨树、柳树、白桦树居多。每一次春潮泛滥都给这些树木以滋养，它们依靠这大约一个多月的充足的水分，维持一年的生计。站在高高的瞭望台上，回首一望，只见沙丘与碱滩相杂的茫茫戈壁，有一条绿色巨龙。这条绿色林带是额尔齐斯河带给这里的。

额尔齐斯河有着无数小的河汊。每年春汛期间，河水顺着河汊反溢上来，有时会溢到远离大河的地方。记得有一年，河水甚至顺着一条我们称之为自然渠的河汊，溢到边防站的院子。

各种鱼类总是顺着河汊往上蹿，直游到不能再游的时候，才停下来产卵。有一次，在边防站的菜地旁边的一条小河沟里，我捉住了满满一抬把狗鱼。河沟在这里形成了一个半人高的滴水，滴水下边是一个脸盆大小的圆坑。鱼游到这里，游不上去了，想返身回去，后边又不断有鱼涌来，于是鱼儿满满地堆了一圆坑。我站在坑边，只举手之劳，便捡了满满一抬把，送到炊事班去了。

额尔齐斯河带给我们的不光是田园诗。某一年，春潮过后，它给白房子边防站和对面的苏方边防站，出了一道小小的难题。那是中苏冲突一触即发的时期。

界河其实也是额尔齐斯河的一条河汊，只是由于人类的原因，才赋予它那么多复杂的因素罢了。这一年，春潮过罢，大水退后，在额尔齐斯河与界河交汇处，露出了一块足球场大小的“三不管”

地区。

按国际法惯例，以河流划界的国界，国界线在河流的主航道中心线上，如果河流不通航，则自然地以河流的中心线为界。

举世哗然的珍宝岛事件的导火线，就是中方认为这个惹事的江心小岛在河流中心线中方一侧，而苏方则认为在河流中心线苏方一侧。双方都想拥有对这个小岛的占有权和使用权，两个“想不开”，于是大动干戈，诉诸武力。

界河和额尔齐斯河，也在这一年，给毗邻的两个边防站出了这样一道难题。春潮退了下去，陆地显露了出来，有一块足球场大小的地面，地面平坦如镜，上边长满了毛茸茸的嫩草，宛如一块人工铺设的足球场。

界河不偏不倚，在适当的地方分成两股，注入额尔齐斯河，从而制造出这块地面。

前边说过，河流在它们的流程中，无意中造就了两岸的树木。因此，两条河流在这里交汇，这里的树木较别处自然更为繁茂。白房子的军事地图，称此处为“一号口”，接着溯界河直上，某一段因为拐弯，树木多一点，地形地貌比较明显，就标以“二号口”“三号口”，以此类推。

一号口树木繁茂，且充满凶险，所以这块绿茵很久没有被人发现。

第一个发现的是我。

同时，我在这块绿茵靠近额尔齐斯的地方，看见了那个后来一直纠缠着我的怪物。

说穿了，那只是一棵千年老树的树根而已。

在汹涌的春潮中，大河将一棵十分庞大的老树连根拔起，卷入河中，最后摊到了这里。很难说，这块绿茵的形成，就是由于这棵老树摊到了这里，从而影响了两条水流。

老树半隐半露在绿茵中。它埋入河中的是粗壮的树身，摊在陆地上的是半截树身和一盘庞大的根须。

且容我慢慢叙说吧。

二十

那一年春天，我接受了接羊羔的任务。边防站的六百多只羊由一个哈萨克牧工牧养，每年羊产春羔的季节，需要有一名士兵帮工。

六百多只羊只行进在戈壁滩上，常常会有一只母羊突然停下来产羔。生产后，强壮的羊羔能够站起来，跟上队伍，孱弱的则需要在原地待很多时间。有些母亲这时候会停下来，守候羊羔。有些母亲，一旦春羔产下，便扭过头看也不看，慌慌张张地追赶大队伍。

我的任务就是随着羊群走，一旦有羊羔产下，便跳下马，抱起羊羔，送到白房子围墙外边的羊圈里。

下马上马很麻烦，后来我从牧工那里学得了经验。在牧羊鞭上系一个活套，不要下马，一伸手，活套套住羊羔的脖子，再一提，羊羔就到你的怀里了。

放羊的有牧工，放猪的有猪倌，放马的有马倌。边防站还有几十头牛，原则上由牧工管理。牛生性迂缓，不会跑得太远，又不怕别的动物伤害，因此，在羊圈的旁边，编了一个牛棚。牛早出晚归，自行行动，作为牧工，他的主要任务，就是在放羊的同时，顺便招呼一下，不让牛越界就行了。

牧工将照看牛的任务落实给了我。

这个季节牛群最容易越界，这是我后来才知道的。冬天，牛没有钉掌，不敢去踏冰，盛夏初秋，牛害怕蚊虫叮咬，不去那些林深草密的地方，独有这个季节，贪吃的牛群最易越界。

那天合该有事。我抱了几个羊羔，往羊圈里送。路过瞭望台时，我扬起脖子喊叫了一阵，问哨兵看见牛群没有，哨兵回答说，牛群排成一个长阵，进了一号口，已经进去好大一阵了。我准备将羊羔送回去后，就到一号口赶牛。谁知，三个巴依和班里的几个战士，正在打扫马号。三个巴依用手指了指自己的头。他总是选择班里别的同志执行公务的机会来理发的。我不好推辞，于是回到班里的小储藏室，操起了推子。

理完发，我立即策马向一号口赶去。

首先穿过一片又密又高的芦苇丛。芦苇丛中布满了纵横交错的小道，这是野猪踩出的。穿过芦苇丛，便进入一片遮天蔽日的密林中。四周十分寂静，古木参天。地上有各式各样动物留下的蹄印。

我有些害怕。我以前也来过一号口，但那是集体行动，割编篱笆的白柳，而且没有进入纵深。现在，我在林中寻找着，绕着圈子，辨认着蹄印。我自个想，只要遇见水流时，不蹚过去，我就不会越界。

正在千回百转地寻找中，眼前突然豁然开朗。我看见了一块绿汪汪的草地，搭眼望去，有几头牛正在草地的中间吃草。我认出那是边防站的牛。

我正欲策马前行，一低头，看见了脚下的河流。水流很小，当然不是大河，大河我已经看见，它就在我左手的远处奔流。但也不像界河，它比界河的水流似乎还要小些。

我犹豫了片刻，并且朝四下观望了一阵。四下静悄悄的，没有一个人影。我一横心，叩了一下马刺。

我那天骑了一匹好马，这匹马不光行走如飞，而且可以在飞驰的途中，突然以两个后腿为轴心，前进方向呈九十度直角转向，因此给我增加了一些胆量。

草地十分柔软，青草深及马膝。我策马过去，绕了一个半圆，停在这几只牛的前边。

我不敢大声吆喝，只从马镫上退出一只脚来，踢着此牛的肚皮。

牛们丝毫不动。这都是些母牛和小牛，那些巨大的犍牛哪里去了呢？当我踢一头母牛的时候，母牛向着更远的地方望了望，扬头“哞”了一声，它是在提醒还有许多牛比它“走得更远”。

极目望去，原来大部分的牛穿过这片草地后，已经顺额尔齐斯河又前行了几里之遥的路程。

我既然走到了这一步，那么，不管刚才路过的是界河还是水沟，我应当继续走，去赶那些该死的牛。然而，就在马儿抬脚的刻，我看见了这另外的二分之一界河。

这时候我明白了，界河在注入大河的一瞬间分成了两股，我现在就站在一块谁也说不清的是非之地上。

不知死活的牛们还在一个劲地向下蹿。如果说我现在是否越界还很难说清，那么，这些牛是确确实实越界了。

我那时大约是想起了那一次的苏方马匹越境事件。中国的草原上奔跑的一群无主的马，会晤时，苏方为了推卸“疏于管理”的责任，不承认这些马匹是他们的。于是，我们按照上峰的旨意，将这些马匹全部枪杀在凹地里。枪杀的理由，是防止这些马匹有口蹄疫。

记得有一年春节，我从市场上买回来一些鸡，正当我磨刀霍霍的时候，我的儿子却号啕大哭。我问了他好一阵，才问出他哭的原因。他说，鸡真可怜。我满足了他的要求，留下了一只最弱小的鸡，但是年关过后，趁他不注意的时候，我还是把那只鸡杀了。

这一点上我多像我的儿子。我多么愚蠢，我为什么要怜惜那些牛，它们最后的命运还不是一刀而已。可是当时，我脑子昏了，我骑着马糊里糊涂地越过了这二分之一界河。

这是三班长越境事件后，第二年发生的事情。

二十一

额尔齐斯河与我成平行线前进，一河蓝汪汪的、汩汩的水，仿佛传说中的忘忧河一样，在我左首流淌。这里没有高高的堤岸，只有河滩，因此，感觉水流仿佛从高处向我奔涌而来。

另一侧是各种奇形怪状的老树，青草和灌木遮掩处，不时露出明碉暗堡。那森森的枪眼里，也许会突然射出子弹。从理论上讲，它射出是合理的，不射出才是不合理的，因为这个面孔黝黑的中国边防军士兵，无论如何解释，都是一个确凿的非法入境者，何况在中苏边界这样的时刻。

就在我拦住牛头，将这一群牛往回赶的时候，我看见了那一片燃烧过的森林。所有的树木全部被剥掉了皮，赤裸裸的，呈现出白色，连地面也是白色的，寸草不生，无一飞鸟，形如鬼蜮。置身于这样的一种自然景观中，令人想到世界末日到来时的恐怖景象。

我称它为燃烧过的森林，是我的推断，或许，它并非毁于燃烧，而是曾遇到过雷击，或不明飞行物降落的缘故。

“咔叭咔叭！”一种奇怪的声音，从我一踏上这第二个二分之一界河时，便在耳边响了。现在，这声音愈加清晰。最初，我以为是我心跳的声音，继而，又认为是拉动枪栓的声音，现在看来都不是。它是什么呢？抬头仰望，我看见了头顶上的一座黄土山，和黄土山濒临悬崖处站着的一排雷达。这些雷达形状各异，有的点头，有的摇头，有的向左旋转，有的向右旋转。

这座黄土山和这些雷达，曾反复出现在我的望远镜中。据说，这些雷达的触角可以伸延到遥远的中国内地，它的主要任务是监督我国兰州军用机场飞机的起落。

我没有工夫逗留和细看。我匆匆地赶着牛，顺原路往回跑。牛走得很慢，它们丝毫不了解我的心情，这使我心急如焚。

有一头牛在奔跑中，拐了一个弯，钻进一片树林里。当我分开白柳丛，走到一片开阔地时，我与五名苏兵士兵，突然相遇。

这五名士兵排成一排，手里拿着大刈镰，正在打草。在匆匆的一瞥中，我看见了他们的光头，和身上穿着的衬衣。衬衣是一种开领衫，干活干得热了，他们脱去了军衣。光头是剃成这样的，而不是戈氏那样的秃顶。似乎在我的瞭望中，脱下帽子的苏兵一律都是这样的光头。

面对眼前这样的情景，血一下子涌在我的头上，我竟然不知道赶快逃走，勒马伫立在那里。

五名打草的士兵也停止挥动镰刀，愣在那里。他们也没有思想准备，好像都不相信自己的眼睛。

我那一天恰好也穿的是一件衬衣（军衣在给三个巴依理发时顺手脱掉了），所以，苏军中的一位，开始还以为我是为他们送饭的，他扬了一下手臂，接着，手臂在半空中停住了。

我仍然呆呆地站在那里，忘记了害怕。

五名苏军士兵清醒了，他们扔掉大刈镰刀，一声喊，卧倒在地。接着，又意识到卧倒是没有必要的，因为这个中国士兵手无寸铁。

他们站起来，到放衣服的地方去拿枪。

我也被惊醒。我骑着马，而且是一匹好马。我策马穿过柳丛，顺着大河，向中国方向奔去。

牛群也被我突然的行动惊动了，纷纷尾随在马的后边奔跑。我的身后出现了宛如千军万马奔驰那样的声音。

背后传来了扳动枪栓的声音。这是真正的枪栓，而不是雷达工作的声音。但是不知为什么，枪声没有响起。

那个怪物就是在这一刻出现的，或者说那个树根。因为，我已经在前面回忆起来了。

它曾经长时间地浸泡在水里，因此全身呈现出黑褐色。它的树根长出无数条根须，面目狰狞可怕。它本来应该是不动的，可是河水在动，森林在动，我也在动。我何止是在动，我是在风驰电掣般奔驰。所以，在猝然的不期而遇时，我感到它在动，它张牙舞爪，正向我扑来。

这已经过了二分之一界河了，那棵老树是堆在足球场大小的那块绿茵上的。

它迎面扑来。我惊恐地叫了一声，就在我还来不及反应时，我的马首先做出了反应。前边谈到，在奔驰的途中它可以以两条后腿为轴心，前进方向突然呈九十度直角改变。它现在就这么做了，而我，内侧这只脚还没有来得及用力，就重重地摔了下来，接着昏了过去。

按照《现代汉语词典》权威的解释，惊厥的含意是因害怕而突然晕过去。那么，是不是说，我晕过去，不是由于摔马，而是由于害怕，因为我身下毕竟是柔软的沙滩。

当我不知什么时候醒过来后，那些肇事的牛和我引资骄傲的坐骑，早已跑回中国境内，无影无踪。我踉踉跄跄站起来，首先看见那个面目狰狞的树根，我赶紧转过头来。

五名苏军士兵，端着枪，齐刷刷地站在二分之一界河边，眼前的二分之一界河同样地迷惑了他们，使他们分不清这是界河还是水沟。他们正犹豫不决，不知道该怎么处理眼前这件事。

我艰难地抬起手臂，向二分之一界河指了指，示意这是界河。趁他们还没有省悟的一刻，我拖着双腿，走过这片绿茵，走过另一个二分之一界河，走出一号口，回到了白房子。

我的门牙就是在那一次摔马中叩断的。它一定是叩在一颗鹅卵石或者别的硬物上了。

这就是我的那一次经历，这就是我与后来噩梦中出现的那个怪物邂逅的全部经过。

回到白房子，我阴沉着脸，立即向指导员汇报了这一切。我惊魂未定，一边汇报一边盯着门口，生怕那五名苏兵突然闯进来。

二十二

看来，我的安全返回表明这次越境事件是个小事。如果我被抓住，或者被击毙，就是一个大事了，那也许会引起大规模冲突，甚至有可能引起下一次世界大战的爆发。我们不了解白房子以外的情况，但是我们知道，许多重要的历史事件往往是以一个小小的契机为诱因的，第一次世界大战就是这样。

我的这次越境事件的最严重的后果，是我的事件本身，将那块以怪物为特征的绿茵草地问题，尖锐地提到了两个边防站的面前。

按照上级的规定，边界上地形地貌的每一个细微的变化，界河走向的突然变化，都是大事，需要立即向上级汇报。那时，争执也许将从这块绿茵草地开始，珍宝岛的悲剧将在这里重演，额尔齐斯河和界河制造的这一场恶作剧，将产生难以预料的后果。

指导员的脸颊因为紧张而哆嗦得很厉害。听完我的汇报，他沉思了很久。最后，他说，他知道了，让我停止帮工，回班里去吧，今年的羊产春羔的季节快结束了。

我问他要不要向上级汇报。他说，我考虑得太多了，这权利在他。他的口吻令我震惊，我怀疑这块绿茵他早就知道，只是将这件事隐瞒了下来。

指导员秃秃的前额布满了皱纹，半边脸颊在使劲地哆嗦着。他患有面部神经官能症。按照那个探家路经乌鲁木齐，曾去过他家的三班长讲，他的三个儿女都是这样的前额和这样的脸颊。我没有机会到过指导员家，我想，遗传学也许会使他的儿女有那样的前额，但是不会有那样的脸颊，因为面部神经官能症是后天的，是白房子的产物。

时至今日，我还和指导员保持通信。他转业到了爱人的那家工厂，担任经济警察中队的教导员。我的那篇关于白房子的小说出来以后，他的儿女们读了，他们问他，父亲真的经历过白房子苍凉而可怕的一切吧。我的亲爱的指导员回答说“是的”，并且将儿女们的惊叹告诉了我。

那么，我的亲爱的儿子，借这个机会，我来回答你，回答你那个幼稚的问题，我之所以没有战死在白房子，历史教科书上之所以没有在珍宝岛和铁列克提之后，再加一个白房子，那是因为这里有个成熟的士兵——指导员。让我们全家感激他，并且感激他的三个儿女和那个“三支两军”（指“文革”时支左、支农、支工、军管、军训五大任务）得来的妻子。

自从我的那次越界事件后，那块绿茵便如传说中的达摩克利斯之剑，悬挂在白房子头上了。那个怪物便开始反复出现在我的梦境中了。不论我们中的哪一位，出于一种冠冕堂皇的目的，都可以将两个二分之一界河相夹的这块地区，向上级报告，从而引起事端。

奇怪的是，对面的苏方边防站，也将我的事件隐瞒了起来，从而也就隐瞒了那块绿茵。他们为什么这样做，他们的决策者也是一个类似指导员那样绝顶聪明的人吗？我不得而知。

当然，白房子里不乏好事的人，屡屡有人提出要对这块绿茵拥有主权。就连我，有一次，也向指导员提出一个愚蠢的意见。我说，将一块大石头，扔到界河的分岔处，水流就会变成三分之二与三分之一了，这样，按照国际法，我们就可以理直气壮地拥有这块绿茵。我这样提议，大约是为了捡回我的牙齿，因为巡回医疗的牙科医生说，现代医学已经能让断了的牙齿重新接上。指导员听了我的话，笑了笑，转移到另外的话题。

直到离开白房子，脱去军装，我都再也没有去过一号口，我不知道那块绿茵后来变成什么样子。那个可怕的怪物尽管蠢蠢欲动，但是，它始终没有走出那片绿茵，这得力于两个敌对的边防站之间的那种伟大的默契。虽然遗憾的是它作为一种神秘的恐怖力量，至今还不肯放过我。那么，现在，滚开吧，恶梦；滚开吧，奇怪的惊厥！

亲爱的针灸大师，我现在是不是可以一劳永逸地将这个怪物请出梦境了。我现在已经意识到了戈尔巴乔夫是一位和平质者，而不是向我追来的那五位苏兵；我也意识到戈尔巴乔娃很可爱，我应当像一位绅士那样彬彬有礼才对。只是，这种感情得慢慢培养，尤其是对一位参加过中苏边界冲突的前中国边防军士兵来说。最后，请你停止你的电击，拔出你的银针吧，我已经疲倦于梦游，讨厌梦游，我这一生，做梦的成分似乎太多了吧！

针灸大师按照我的要求做了。随后，他站起来，紧紧握着我说，你胜利了，朋友，祝贺你，然而——

二十三

“你像耶稣一样永远背着沉重的十字架，在世界漫游。不过你背上背的不是十字架，而是白房子——你的一段过去。你像一只蜗牛一样背负白房子，缓慢地在生命的里程中蠕动，一直到它的终结。你的病症是无法彻底治愈的，医生的力量已经用尽。医生可以疏导它向好的方面转化，可以采取强力压制它，让它沉默或以另外的形式表现，但不能根除它。我很抱歉医学的无能。”

“恰恰相反，我很感激你，感激你没能使病症离我而去。我有过白房子，有过一段苍凉却又令人怀恋的岁月。这一段阅历构成了我，构成了有异于别人的单独的我。我从那时候走到今天，才形成这个今天的我。因此我不应当抱怨命运所给予我的赐予，我应当被动地接受它和无言地感激它。”

“当恢复理智的时候，你是一个玄学家！”

“当失去理智的时候，我是一个永远被捆绑在自己阅历中的幻想家。玄学家和幻想家很近！”

“我想我们的一段合作该结束了？”

“我想也是的！”

“如果你任何时候愿意重踏白房子，我愿意随时为你提供方便。”针灸大师挥了挥如芒的长针，好像说这是一把钥匙。

我想拒绝，但是不敢贸然拒绝，想低头应承，又不甘心。我好不容易找到了一句话，我说：“你是担心失业吧！”

“这里是专家门诊，慕名而来者很多，不会失业的。要知道，为了认真治疗你的病，我这期间辞掉了不少患者。”

“我相信。我还相信，你并非出于对我本人的特殊关照，而是将我当成了一件实验品，一只解剖台上的兔子和青蛙。你在为你的学术论文准备素材。”

针灸大师默认了。

我不甘心这样离开，但是我又不得不告别他，回到现实生活中去。我最后一眼望着他，突然注意到了他的脸色苍白，眼神暗淡。

我抓住机会说：“你遇到什么事情了，大师，你的脸色说明你昨晚上没有休息好，该不会是惊厥吧。谁说过，连关节炎也会传染的……”

大师没有直接回答我的话，他转个弯说：“每一个社会的人，都是一个潜在的精神病患者，只是程度或重或轻或微而已。我的回答令你满意吗？”

我满意了。我现在是以一个健康人的身份面对个患者的，起码是以一个患者的身份面对另一个患者说话。这些天治疗过程中那种被人窥视和任人宰割的感觉消失了，我的心理获得了某种平衡。这种平衡从理智上讲是可笑的和没有意义的，但我还是高兴了起来。

我为针灸大师敬上一支烟，顺便也为自己点上一支。这时候有患者就诊，于是我抓住机会，有礼貌地退了出来。

今天天气真好。

遥远的白房子

一、男人的故事

一只饿鹰在荒原上空盘旋，它用犀利的目光搜索着猎物。

它看见的是一块死海：黑色的沼泽地，白色的盐碱滩，疲惫地站着的沙枣树，灼热的沙丘，还有，那座默默僵卧在大地上的寂寞孤独的阿尔泰山。

太阳像只大火球一样，紧贴着荒原，无情地炙烤着它。阳光照在大地上，又被沙子反射回来，于是，天空出现了无数条明显的亮闪闪的曲状辐射线。

饿鹰失望了，它耐不住地长唳了两声，饥饿是一回事，它更多地感到一种寂寞。没有敌人，没有朋友，世界好像把它和这一块地方遗忘了。

正在饿鹰企图走开时，突然精神一振：它看见了地面上有一个活动的黑点。饿鹰自高空直直地俯冲下来。

就在接近猎物的一刻，一声枪响。一股白烟腾起，鹰掉了下来。

鹰没有掉在猎物的身边，它挣扎着向上飞了一下，便开始滑翔，结果，终因受伤过重，落在了一条小河的另一边。

小河已经干涸。

随着枪声，沼泽地旁边的白柳丛中，走出一个剽悍的男人。一支枪担在马背上。他站在小河边，停住了。

白柳丛中，栉次走出一个个骑兵，在这男人左右站定。

要迈过小河来，是件容易的事，但他没有这样做。他唤狗去叼那倒毙在地的倒霉的饿鹰。

那饿鹰看见的猎物，原来是一条狗。说是狗，其实也不准确，它的模样更像一条狼，大耳朵，黄瓜嘴，麻秆腰，拖在地上的长尾巴，再加那一身焦黄色的毛。前年春天，它的母亲，一只从内地引回来的良种狗，由于在这方圆几百里的荒原上，找不着一只配偶，只好痛苦地嚎叫着，加入了一支从这里路过的狼群之列。几个月以后，它带着大肚子回来了。生产后不久，在一个漆黑的夜晚，这支西伯利亚狼群又从这里经过。几百条公狼将边防站团团围定，用只有它们自己才懂的语言，一会儿柔情脉脉地说着情话，一会儿又咆哮着大声威胁，一会儿又用最无耻的语言进行挑逗，一会儿又痛哭流涕地叙述思念之苦。这畜生如何能经得起如此诱惑，便丢下未曾满月的崽儿，加入到狼群中去，从此一去不回，重归原始。那畜生留下五个崽儿，因为缺奶，四个先后死去，独有这个，如今已经长大，健壮无比，孔武有力，集狗的忠诚与狼的凶悍于一身，成了老站长的心爱之物。

老站长姓马。在中国，一提到“马”姓，读者一定会疑心这是一位回族同胞。亲爱的读者确实猜对了。这老站长那时他还是一位俊俏后生，随半是商贾半是强人的父亲在这一带做着偷越边境的走私生意。辽阔的中俄边境上，没有什么人能挡住这些走私犯嗒嗒的马蹄声。他们将中国内地的各种工艺品，山货、皮毛，甚至阿尔泰山的黄金，装上驮子，运到斋桑泊后边的阿拉木图，甚至翻越茫茫草原，叠叠野岭，直抵莫斯科城下。接着又贩回各种新兴的日用品，卖给居住在这荒原地带的哈萨克。至今，在哈萨克的词汇中，许多日用品，例如热水瓶之类的，就沿用着俄语名称，枪支也是这样。

在这风一样往来无定的奔波中，男人渐渐长大。世上辅助男人成长的东西有两个，一是酒，一是女人。在中亚细亚辽阔的原野和尘土飞扬的大道上，有的是酒馆和女人。年轻俊俏的后生慢慢胡茬密布，慢慢变得骨骼坚硬孔武有力。而终于有一天，在经历了无数个女人之后，他终于拜倒在一条石榴裙下，不能自拔，从而毁了自己。

她叫耶利亚。她属于最后的匈奴，一个业已泯灭了的民族。在中亚细亚栗色的土地上，散落着许多的种族，他们在那里生息和繁衍，世世代代。他们大约是在那遥远的年代里，匈奴民族横跨欧亚，向黑海和里海以至多瑙河畔迁徙时，撒落在这路途中的他们的后裔。我的炊事班长被处决的地方的那一大片木质的黑森森的坟墓，相信就是属于他们的，那是迁徙年代留下来的。

她有男人。像那些代代相传的忧伤情歌唱的那样，在一个漆黑的草原之夜，嗒嗒的马蹄打破了他们的温柔梦。愤怒的丈夫领了一群愤怒的牧人将他们团团围定。不贞的女人半裸着身子，被横陈马背，带走了。她的被奶茶和抓羊肉养大的白皙的身子，那刚才还处在亢奋状态的身子，现在缩成一团，在暗夜里泛着白光。两个硕大无比的奶子，令人想起花奶牛的奶头，随着身体哆嗦而颤动。

偷情的男人被马刀背砍，皮靴尖踢，鞭梢子抽，最后昏死在草原上。

牧人们放着喊声，用一把一米多长的大镰刀，像钉钉子一样，让刀尖穿过他的肚子，把偷情的男人钉在了草原上，他们刚才偷情的地方。

黎明时分，草原上空荡荡的，牧人们已经把帐篷放到马背上，又向那隐约可见的阿尔泰山深处进发。他们从此忘掉这个故事，就像忘掉曾经歇息过的这片草地一样。假如许多年后，他们偶尔游牧路经此地，那时草儿已经几绿几黄，往事已成往事了。

这个被活生生钉在草原上的过路客，将要被天空那寻食的苍鹰发现。苍鹰每天早上都要在草原上巡视一遍，看有没有因春乏而在夜间倒毙的羊只。它将为见到这个食物而欣喜，然后唤来它的左邻右舍们，饱餐一顿。当然，在没有回去报信以前，它应当先吃掉两只眼睛，眼睛的味道太诱人了。

但是，当阿尔泰山那积雪的山巅刚刚露出一抹红，年轻的后生醒来了。他艰难地、一厘米一厘米地拔掉了戳在肚子上的镰刀，摇摇晃晃地站起，捂着肚子和后腰，慢吞吞地走了。

不久，草原上就出现了一群强盗。他们的头儿是一位相貌英俊受过教育的青年。原来，强盗的头儿死了，大伙约好，在草原上碰见的第一个人，就是他们的头儿，如果他不答应，就把他杀了，然后再碰下一个人。这样，他们碰见了年轻的后生。年轻的后生思索了一阵，答应了。

正像人们所预料的一样，强盗们多方查找，找到了之前那对新婚夫妇。

这个年轻的新强盗头儿没有杀那牧人。他盯着那被捆住了的牧人，似乎面有愧色，临走时候，从马背上卸下一袋在阿尔泰山矿区抢来的金矿砂，扔到了牧人的脚下。对着龇牙咧嘴、怒目相视的牧人，他宽容地拍了拍他的脖颈。

倒是抽出鞭子，狠狠地打了他的情人几下，他闷闷不乐地说："你毁了我的一生，母狗一样的女人，迷人的奶子!还有……"他揪着自己的头发痛心疾首地喊："……要命的情欲!!"随后，他把她驮到马背上，带走了。

从此，他正式易名马镰刀。

那位老商人听到这个不幸的消息后，远道而来，找到他，郑重其事地宣告和他脱离父子关系，并且不准他启用自己为他取的那个名字。男人咆哮着，用马刀撩起衣襟，指着肚子上那个镰刀戳下的伤疤：“马镰刀!”

众强盗一声喝彩：“好!马镰刀!多响亮的名字!”

老商人吓了一跳，差点从马上栽下来。他打着马，朝来路走了，从此，再没有在这片草原出现过。

几年过去了，过去的年轻后生不见了，人们看到的是一位面色铁青、体形剽悍、目光阴沉、寡言少语的马镰刀。过往的走私犯为他提供了枪支，破产了的淘金工人为他扩充了队伍，他成了这一带的草原王。

这时候，左宗棠已经离开新疆，一八八三条约线已经签订。大家知道一八八三条约线的签订，使中国失去了一百五十万平方公里的领土，这些，公正的列宁在他的不朽的著作里，已经做了倾向性鲜明的论述，这里就不啰嗦了。加之，小说所要讲述的故事，是发生在这些事件以后，和事件本身没有多大的牵连。

条约线签订以后，中俄边界时有事端。马镰刀日益势大，清政府见奈何其不得，便用了招安的办法，给他封了个职务，又在荒凉的边界地带盖了一座白色的房子，令其驻守。

马镰刀长叹了一声，用一部流传在中亚细亚的奇书——《福乐智慧》里的两句话，为他的侠盗生涯做了总结：

我放走了行云般的青春，
我结束了疾风般的生活。

然后，他带着他的糊里糊涂的漂亮妻子，到边防站就职。他还不到三十岁，却显得异常衰老，头上甚至已经有了白发。看得出，在从事强盗这个职业的岁月中，他的内心一定经历了无数的痛苦。他现在阴郁的脸上开始露出微笑了。

他把几年来积攒的一点钱财，从妻子那里要来，平均分给了所有强盗，让他们各寻生路。这些强盗大都是些破产了的农民、牧民和淘金工人，各民族都有。有些拿到钱财之后，便返回故乡去了；有些穿着士兵的衣服，跟他来到了边防站。

二、女人的故事

边防站坐落在一片草地与沙漠相杂的空旷原野上。阿尔泰山隐约可见，一条大河在边防站围墙外边喧嚣。这条大河叫额尔齐斯河，它发源于阿尔泰山，穿过中亚细亚栗色的土地，流入沙俄境内，与鄂毕河汇合，注入北冰洋。根据一条未经证实的传闻，大诗人李白，就是溯这条河而上，从碎叶城进入祖国内地的。

在马镰刀的时代过去很久以后，本文作者作为一名普通的中国边防军士兵，曾来到白房子边防站服役。他惊叹于这里夏天气候的酷热，根据气象预报，气温会高达摄氏46度以上。他惊叹于这里冬天气候的寒冷，气象预报显然是压缩了的报法，低达摄氏零下46度以下。这里有半年时间，人们的大头鞋是踩在冰雪之上的。那么，夏天好一点吧？不，夏天更令人生畏。相信这里在许多年前是一片黑色的沼泽，现在沼泽已退去，但芨芨草、芦苇茂盛地生长起来，成团的蚊子就附着在这些绿色植被上。你试图向草丛中伸下一脚，“轰”的一声，周身立即密密麻麻落满了蚊子，绿军装变成了黄军衣。至于住宿的房间，那简直令人不寒而栗：房间的四个角上，蚊子如同蜜蜂朝王一样结成一个拳头大的疙瘩，终日不散。为了防蚊，人们穿上厚厚的衣服，擦上防蚊油，戴上防蚊帽。但是，拉屎时候怎么办呢？人们只好点燃一张报纸，趁火燃起时，就得提上裤子，要不屁股上就会落上一层。每当这时，大家就咒骂着这第一个建站的人。曾经有几任领导，向上级建议，将边防站改建在地势高一些的沙漠地带，但都遭到了拒绝。因为上级一直履守着“维持边界现状”这个国际准则。

马镰刀领着他的队伍来到边防站后，便开始了苦役般的生活。白日巡逻，晚上站岗，所经所历，不必细述。

营房是一座相当结实的土坯房，用黑色碱土打成土块，然后垒起的。外墙用白灰刷过，远远眺去，在昏蒙蒙的荒原上分外醒目，所以人称“白房子边防站”。一溜黑色的土墙，将白房子围在中间。院子里有一口井，很浅，因为临近大河。吊水用的是一种杠杆原理，正如我们今天从地理教科书上所看到的波斯人的汲水方法一样。每天早晨，马镰刀的妻子来这里打一次水。马镰刀的妻子住在边防站边紧靠围墙的地方。那是一座用白柳条子编成的房子。双层柳条中间夹着牛粪，里层又钉着毡，很暖和。

茫茫的天宇下，与世隔绝的地方，一个胸部丰满的女人和一群野性未泯的男人，这里边本该有许多故事发生。可是，最初，一切都相安无事。士兵们一方面慑于马镰刀的威力，另一方面也被马镰刀的义气感动。在大家眼中，她的性别消失了，她同他们一样，是一个在世界上受苦受难的、怀着朦胧的报效祖国的信念而从事单调工作的人。

她并没有吃闲饭，她放牧着边防站的近二百只羊。这是一个不可思议的女人，她的美丽不知得力于哪一次母亲的不贞。她十分多情，恨不得张开她那丰满的胸膛，将所有的男人都搂在怀里，给他们以温存和爱抚。在做这一切的时候，她又显得那样单纯、天真和可爱，好像不谙人事。

许多年以后，当我在草原上偶尔与这位女巫式的人物相遇时——她那时已经很老很老了。亲爱的读者知道，这里新近被列为世界长寿区之一。迟到的我除了为那不以岁月变更而变更的美丽容貌所惊讶外，便是惊叹那双清澈如春水的纯真无邪的眼睛了。你看见那双眼睛，你只能为她那往日的不轨行为叹一口气了事，你绝对动不起怒来。

“我叫耶利亚!你叫什么名字？”马镰刀的女人这样问讯那些新近从军的新兵。

新兵红着脸，为站长夫人打起一挑子水，跑开了。

耶利亚不忘抓住一切机会诱惑这帮大兵。通常，星期六的时候，她遵照马镰刀的指示，将大兵们的床单收拢起来，拿到河边洗净。大家知道，大兵的床单上常常有些他们在睡梦中不经意而流出来的东西，斑斑点点，很难洗净。每次，耶利亚都要带着诡秘的神情，向大兵们道歉，道歉的原因是她没能洗净床单。她把大家弄得神魂颠倒，又爱又恨，终于有一次，发生了这么一回事。

边防站从很远的萨尔布拉克运来了一批鸡。就要过春节了，连里有一名汉族士兵。他的父亲可能是江南的一位商门大贾，19世纪末叶，为了扼制新生资产阶级在沿海地区的发展，清政府将一批一批这样的人物遣送到了北方，这位汉族士兵就是其中的一个。耶利亚就看中这位白皮嫩肉的汉族巴郎子了，经常有时故意地在他面前撩撩裙子，叩叩靴子，或者挺挺鼓鼓的奶头。

这天活该有事。夏天的黎明，白夜刚刚过去，东方又泛白了。汉族巴郎子站晚间最后一班岗。他正在院子里转悠，耶利亚已经担了一担水桶，扭动着腰肢来了。

一瞅见巴郎子，她的眼睛里露出百般抚爱，羞得他低下了头。

一群鸡在院子里无忧无虑地觅食。

耶利亚娇滴滴地问："你看，那是什么？"

汉族巴郎子抬头一看，一只母鸡和一只公鸡，翅膀扇着，尾巴摇着，正在干着它们传宗接代的工作。

他惶惑地低下头。

耶利亚步步紧逼："告诉我，这件事，用汉语怎么讲？"

边防站静悄悄的，整个荒原静悄悄的，耶利亚清脆的嗓音好像卷来一阵暖风。

巴郎子忍耐不住了，向她走来。

耶利亚扔掉了水桶，牵着巴郎子，快步来到干草堆后边，仰面朝天躺下来，撩起裙子遮住了自己的脸。

事后，巴郎子哭着跪倒在马镰刀面前，请求他的饶恕。

马镰刀既没有处罚巴郎子，也没有收拾女人，他夹起一条毡、一块被子，离开了毡房，住进了站长办公室。

这以后不久，耶利亚的帐篷就为这一群男人所共有了。

只有马镰刀再也没迈进毡房半步。他的脸色又像先前那样忧郁。有人说，他常常在空闲的时候，怀念他那水肥土美的故乡和礼仪之邦的臣民。

耶利亚想要弥补自己的过失，可是已经晚了。她老是不明白，为什么男人都那么专横，总是把女人据为己有。"想想你，也是从别人手中夺到我的呀!"她常常远远地望着马镰刀，一个人遐想，可是到底也没想通这个道理。不过，她知道自己是做错了，她总想弥补这个错误。

她用上等的羊奶做成了酸奶子，想给巡逻队送去，可是，每次，在马镰刀那威严的目光下，她都像被钉住了的人一样，一步也不敢向前挪动。

今天，她鼓足了勇气，背着一牛皮褡裢酸奶子，看着巡逻队出发了，便迎着马镰刀走去。

“下贱的女人!”马镰刀看也没看，便扬手一鞭，随后一叩马刺，扬长而去。

马鞭恰好给她的脖子上烙了一道红颈圈。她腰身一软，哽咽着坐下来。

那个巴郎子纵马赶来，眼里充满着爱怜之色，他想下马来扶她一把，又不敢，只好怏怏地走了。

待到马蹄扬起的风尘渐渐平息，耶利亚站了起来，摸着脖颈的红印子，她不知为什么反而笑了起来。她从毡房外边的拴马桩上，解下一匹母马，驮上酸奶子，尾随而去。

她不知道，将要发生一场变故，而一切皆因酸奶子而起。

三、巡逻

马镰刀矜持地微笑着，看着他心爱的狼狗蹿过小河，去叼猎物。

早晨，那个女人引起的一点点不愉快，已经因这一声枪响而消失。说实在的，他永远也不会理解这位迷人的女性。因为他们之间接受的教育迥然不同，而民族习性又相去甚远。那一天，对着哭倒在地的巴郎子，他的攥着刀把的手，捏出了汗，却没有动。或者，他可以找一个堂而皇之的机会，让这位巴郎子体面地去死，但那样做就不是马镰刀了。望着窗户外弟兄们一个个憔悴的蓬头垢面的样子，他突然一阵心酸。他觉得这一切的责任仿佛在自己方面似的，他可怜这些远离家乡，远离亲人，远离人类，在这荒原地带与他相依为命、出生入死的人们。他原谅了巴郎子。

原谅了第一次，第二次也就原谅了，以后么，也就无所谓了。

他的声誉和威望反而比原来更高了。这里是荒原地带，不能用人口稠密地区的行事准则来衡量他们。士兵们从站长那发青的面孔、布满血丝的眼睛中，明白站长为他们做出了多么大的牺牲。

不过对于从小接受过正统教育的马镰刀来说，这不能不是一块心病。他不让耶利亚靠近他的身边，这不纯粹是恨，还有一条是因为，每见到她，他就浑身发抖，怒发冲冠，怕自己不能自制，拔出刀来。

刚才他打了她一鞭子，现在回想起来，似有几分悔意。他想起那令他情窦初开的帐篷之夜，那是他们各自人生的转折点，而溯根求源主要责任还应当由他来负，没有他，她现在也许还是草原上一个飘忽不定的牧人的妻子。从那件事一开始，他就知道她的水性杨花了，可是没有办法，连像他这样自信心十足的男人，也无法理智地掌握自己。

“考虑这些干什么呢？”马镰刀想。他使劲地咽了一口唾沫，突然感到口渴。天真他妈的热，他有些后悔没有带酸奶子来。

抚摸着尚有余热的枪筒，马镰刀心中腾出一股英雄气来。阿尔泰山比在边防站看时近了许多。它青色的岩石闪闪发光，翠绿的雪松将山根和山腰围定，而山巅，那终年积雪不化的山巅，像一位戴着白色头盔的巨人，屹立在阿勒泰草原上。

就在这时候，从他们来的那个方向，出现了一点什么动静。马镰刀皱皱眉头，遗憾地唤回了他的狼狗。那狼狗已经闻到血腥味了，实有几分不舍。它向马镰刀龇了龇白牙，马镰刀向它挥了挥鞭子。看来，男人的威严似乎更厉害一些。狼狗屈从了，摇着尾巴跑了回来。

这是1901年夏天的某一天，这一天平常而又平常。这是一次例行的巡逻，与先前的无数巡逻没有任何两样。然而，这一次巡逻，却改变了这块五十多平方公里土地的归属。至今，相信在两个毗邻国家的历史档案里，还能找到有关这一天的某些记录。

他们现在是沿着一八八三条约线前进。

这条干涸的小河就是界河，在春天春潮泛滥，在冬天也会冰封雪裹，但现在完全干涸了。阿尔泰山消融的雪水，无法度过这漫漫荒原，到达额尔齐斯河。雪水在路途中，一半被沙漠吞食了，一半被空气蒸发了。

相传在许多年前，这条小河还是中国的一条内河的时候，一位赶着羊群的女子路经这里，用光滑的春水洗她的乌黑发丝，不慎，她的头巾掉进了河里，被水冲走了。于是，这条无名小溪有了名字——头巾河。现在，既然已成界河，罗曼蒂克随之消失，“头巾河”的称谓也被人们遗忘了。

大地热得能烤熟鸡蛋。狼狗突然感到爪子发烫，一耸身，跃上马背。马已经习惯了这种剥削，它翻了翻白眼，垂下头，慢吞吞地走着，蹄子自然而然地踩着上一次留下的蹄窝，这样可以省力气些。

荒原重归于可怕的寂寞。辽阔的天宇，将它一天的寂寞都压向这几个默默行走的人。刚才因为打鹰而激起的那一段情绪，现在已经没有了。马镰刀骑着马，在前面默默带路，一行人拉开五十米距离，依次相跟。

狼狗用两只爪子搭在马镰刀的肩上，渴望爱抚。

马镰刀懒得动它。

就在这时候，一个士兵自后边打马而至，报告说，界河对面有一队沙俄的巡逻兵，颠着马匆匆而来。

马镰刀其实早就看见了，但他还是点了点头，褒奖了士兵两句。

四、道伯雷尼亚

沙俄老兵道伯雷尼亚，今天早晨接到妻子的来信。妻子在信中告诉他，他唯一的儿子，最近在参加一次进步组织的游行示威中被警察的乱枪打死了。道伯雷尼亚陷入了极度的悲伤，他无意识地在边防站的围墙外边转来转去，嘴里嘟囔不停。后来，当意识清醒以后，他明白他是在唱一首儿歌，那是他第一次见到儿子时，为摇篮里的儿子哼的，而儿歌是他从母亲那儿学会的。

他感到日月无光，他第一次对他所服务的祖国产生了一种憎恶之情。多年来，随着一次又一次的调防，他一直在漫长的中俄边境驻守。他在小时候就听过母亲讲俄罗斯勇士道伯雷尼亚的故事。给他取了这样一个名字，不能不说是希望他将来能成为一名守卫边界的勇士。他照母亲所希望的那样做了，可是，他如今感到了惶惑和委屈。

平时挺得笔直的腰，今天不知为什么佝偻起来。他悲哀地意识到自己衰老了。他用语法不通的单词写完退职报告后，感到一阵空虚。他努力回忆俄罗斯勇士道伯雷尼亚最后是如何结局的，可是回忆不起来。母亲的故事只讲到道伯雷尼亚老来的三件事。

道伯雷尼亚老了，他已经感到皇帝嫌弃他了，便默默地穿上铠甲，戴上头盔，拿上长枪和盾牌，骑上那匹伴随了他一生的老马，离开军营，在草原上游荡。

一天，他来到了一个三岔路口，看见面前的三条路上，路口各竖立着一块石头。第一块石头上刻着：谁从这条路上走过去，谁将成为全世界最富有的人；第二块石头上刻着：谁从这条路上走过去，谁将得到一个漂亮的妻子；第三块石头上刻着：谁从这条路上走过去，谁将得到死亡。

道伯雷尼亚笑了笑，沿着第一条路走去。走不多远，看见路旁有一块巨大的石头，他明白全世界最富有的宝库在这石头下面了。他下得马来，弯下腰，用两手抠住石头，使劲地摇动起来。由于用力过大，他的两只脚深深地陷进了地里。轰隆一声，石头搬掉了，金灿灿的宝库出现在他面前。道伯雷尼亚唤来草原上所有的穷人，将宝库的金子一个不剩地分给了他们。他顺着原路回到三岔路口，抹去了第一块石头上的字，用矛尖刻下下列字样：我从这条路上走过了，可我并没有成为富翁。

道伯雷尼亚叹了口气，又沿第二条路走去。“我将得到一个怎么样的妻子呢？”他默默地想。果然，前面出现了一座金碧辉煌的宝殿，美丽的侍女将他引进去晋见公主。美妙绝伦的公主从天鹅绒座椅上飘然而下。她说她已经等了很久很久，然后拉着他的手走进一间令人头晕目眩的新房。道伯雷尼亚冷静下来，他想：我身上有哪一点能引起公主的兴趣呢？一个穷光蛋，一个糟老头子!公主说：你先上床吧，我换一下衣服就来。当公主重新出现的时候，道伯雷尼亚卡住她蛇般的腰肢，轻提起来，扔到了合欢床上。只听“咔”的一声，床翻了个过，公主掉了下去。“原来是这么回事!”道伯雷尼亚发怒了，宫殿摇晃了起来，侍女吓得跪在他的脚下，不知如何是好。“拿地下室的钥匙来!”道伯雷尼亚怒吼着。打开地下室，他看见了四十个国家的王子被关在这里，新近掉下来的公主也在这里。四十个贪恋女色的王子满面羞惭地从他胯下溜走了，妖女被他撕为两段。疲惫的老马带着他又来到第二个路口，他抹去石头上的字，用矛尖刻上：我从这条路上走过了，可是，我没有得到爱情。

“现在，该让我尝尝死亡的滋味了!”道伯雷尼亚向第三条道路上走去。他在这条道路上遇到了四十个手拿利刀的强盗。他笑着走下马来，取下希腊式的帽子，向前一挥，二十个强盗倒下了，向后一挥，世界上已经失去了四十个强盗。他重新回到路口，像前两次一样，抹掉石头上的字，重新刻上：我从这条路上走过了，我并没有死亡。

他重新骑上马，像个夜游神一样，在荒原上漫无边际地走着：苍老，疲惫，痛苦，孤独，空虚……不知何处是归宿。

这就是道伯雷尼亚最后的传说。老兵道伯雷尼亚不知自己为什么在此一刻想起了这个传说。他总觉得这个貌似平淡的传说包含着很深刻的哲学内容，而这个哲学内容不是他这个头脑简单的大兵所能悟觉的。

一位新近从莫斯科来服役的士官生，跑来请示说，巡逻时间已经过了，是不是今天不去了。他摇了摇头。半个小时以后，这个忧伤的老兵，领着他的队伍踏上了边界。

五、路遇

我相信由于我以上的叙述，读者对边防军的寂寞的生活已经有一个大概的了解了。事情确实是这样的。我服役的那几年，常常见到边防站的一位副连长，站在菜窖的顶上，呆呆地眺望家乡。单调的生活将他折磨成了一个滑稽的人物。他放屁放得又大又响，从他的办公室到饭堂约有二十米，每次开饭时，他端着个碗，一步一响，一直走完这二十米长途。医生跟在后面，模仿他的动作，并且说，放屁是胃功能良好的表现。我们这群当兵的正在排队唱歌，大家都笑了，那笑声里却有一股辛酸的味道在里面。人是离不开人的，如果将一个人放逐到渺无人烟的地方，那么，用不了多久，这个人便会发疯的。记得有这样一首诗：

街上走着一个盲人，
不停地用竹竿点地，
他既看不见前面的人们，
也看不见街心花园的长椅。
人们匆匆地赶路，
把他挤来挤去，
这时有一个人发了急，
提醒大家注意：
走路要当心，
也不要拥挤。
但是在嘈杂中我听见了盲人的话语，
尽管他声音很低：
“碰就碰吧…… 没关系……
至少我可以知道，
人们和我在一起!”

这首诗的作者对人的孤独有一种多么深刻的认识!相信他一定有过在荒原独身生活的经历，即便没有，他也一定在别的什么地方长久地处在孤独中，即使他一落地便在繁华的城里，而且从未出过远门，那么，一定是茫茫人海难觅知己，他的一颗心仍然浸泡在孤独的毒汁里的。

事后，人们在分析这一次边界事件的起因时，将罪责怪到酸奶子头上，认为它那清凉酸甜的味道，无疑给了干渴难挨的沙俄士兵以致命的诱惑，他们忘记了一切，踏过了那似乎和别的河流一样，又似乎神圣得令人异样的界河。我却以为原因并非如此简单，如此表面化。

还是继续开始我的故事吧!那些人物已经在我的脑子里焦躁不安，宛如奔驰中不能急停的马匹，他们急于要走完他们悲剧式的历程。

老兵道伯雷尼亚策马向前。从表面上看，他还和往日一样，严肃而沉默，但是，马儿已经明显感觉到主人比往日重了许多，他的屁股已经不能随着马的跳跃而在鞍上颠簸了，而是实实在在搭在鞍桥上。

老兵重重地叩了两个马刺，马由小走变成了大走。老兵不明白，自己今天这是怎么了，按照惯例，看见对方的巡逻队后，应该设法避免直接照面，如果确实避不开，就应付地打个招呼，一走了事。可今天，当眺见远远的那一队土黄色地平线上的人们时，他反而加快了步伐。

大走马四个蹄子风一般地替换着，没用了多久，两支巡逻队伍就平行前进了。

道伯雷尼亚现在看见了中国头目的眼睛、眉毛和刮得铁青的嘴巴。多少年来，他没有这样近地和中国士兵相遇过。尽管两个边防站以往的相处还算是融洽的，甲方的牛越境了，乙方并不向上级报告，以免举行那些冗长的移交手续，而是顺原路如数赶回。乙方也就投桃报李，遇见这一类问题，同样解决。但是，道伯雷尼亚现在却有几分怯意，他曾经在阿穆尔河一带与中国士兵打过交道，他们的悍勇和忠诚给他留下了深刻的印象。关于河对面的那大名鼎鼎的马镰刀，他的罗曼史，他的强盗生涯，也经过那些走私犯，那些越过边境互相通婚的牧人，间或送入他的耳中。他一直庆幸这几年的边防执勤中，没有与他正面冲突。这位忧伤的老者，有些后悔自己莫名其妙的举动。

六、眼泪不是水

马镰刀手臂上青筋暴起，他死死地盯着沙俄头目的面孔，仿佛想从那面孔里看出他匆匆而来的含意。

在他的眼中，这是一个老谋深算的兵油子，他那把稀稀疏疏的山羊胡子准确无误地告诉了这一点。自然，他的坐骑也这样告诉人们。草原上有一句俗语：不要和骑走马的打交道!意思是说，这些人的青春和激情的年月已经过去，已经不骑那种能够驰骋冲杀的奔马了。他们开始工于心计，他们的这种心性恰好喜欢骑那种稳妥、舒适而速度不算太慢的走马。

马镰刀在行进中，吩咐他的队伍进入戒备状态。

他本想缓下步子，拉开一段距离。可自尊心不允许他这样做。自尊心之外，还有一个更重要的原因，即对面这支队伍的到来，给他，给他的队伍，给他们乏味的生活带来一种兴奋。他们平时的漫无边际的遐想现在都停止了，思想飞过界河，牢牢地注意到这些与他们相处了几年，彼此距离不超过一公里，而在感情上和心理上，又是异常遥远的人物。

道伯雷尼亚也想拉开一段距离，随之否定了自己的想法，可能是和马镰刀出于同一想法吧。

不管怎么说，我们看见了，在茫茫的草原上，在炎炎的烈日下，在一条干涸了的、宽不过两丈的界河两侧，走着两队巡逻兵。这是1901年夏天的某一天。

没有人来注视这两支奇怪的巡逻队伍。荒原上寂静如旧。假如那只鹰还在的话，它也许会飞来观瞻，但是这荒原上唯一的邻居，已经在早些时候，死于马镰刀从未落空的土枪之下了。双方的首都太遥远了，无暇顾及这些事情。此一刻，沙皇也许正在手忙脚乱地镇压着各种风潮；伟大的列宁也许正蛰居在拉兹里夫湖畔低矮的茅屋里，完善他的不朽的学说；清王朝正在一个叫承德的地方，进行宫廷政变；心有余而力不足的孙中山，也许正面临太平洋而兴叹；而毛泽东，刚刚在他的家乡上完小学，正在转学的途中。

道伯雷尼亚突然记起了什么，他摘下帽子，在空中向马镰刀画起了圆圈。

画圆圈是国际上通行的表示友好的标志。遇见这种情况，不能向前挥。向前挥，意思是说，你已经越界了，请往后退。也不能向后挥，向后挥，通常被认为是种挑衅行为，有策动士兵向己方投诚之嫌。

道伯雷尼亚看见马镰刀的脸色渐渐变得和蔼了，他的心里轻松了一些。他的模糊的眼前出现了两只大奶头，这奶头是母牛的。有一次，他们抓住了几头越境的中国母牛，出于对这个神秘国度的好奇，晚上，瞒着勤务兵，道伯雷尼亚偷偷拿了一个缸子，来到牛棚。他找到了硕大的奶盘，却发现奶盘上没有奶头，很吃惊。闹了好一阵，他方明白自己原来是在抚摸一头公牛的睾丸，哑然失笑了。他找到了奶牛，挤下了奶，发现这种奶熬成的奶茶和俄罗斯的奶牛并没有多少区别。

这奶头又不是奶牛的了，而是他的相依为命的那个俄罗斯女人的。他还记起了自己某一次休假时，怎样从基辅的亚玛街一家最下等妓院里，领走了这个有着一对大奶头的女人。而这女人怎样生孩子，怎样用这对大奶头为他喂养孩子。女人临生孩子时，躺在被窝里，红着脸说："你来咂一咂奶头吧，未来的父亲!孩子出生后，这咂过的奶头就很容易下奶了，这是乡下的妈妈教给我的!"

道伯雷尼亚掉下了眼泪。

马镰刀看见了这滴眼泪。他挥动的帽子在空中静止了。如果这真是眼泪，而不是汗水的话，那么，对面的这个老兵就很可怜。他的脸上总带有一种苦相。这种人的命运是不会好的。他的头发全部白了，稀稀拉拉的，瘦削的脸上挂满了疲惫。他的山羊胡子让人想起内地那些在田野上安闲地吃草的老山羊。

他的队伍不时有人喊叫干渴，马镰刀已经十分后悔，早晨没有带酸奶子来。可是他把自己的烦躁埋在心里，用一种无可奈何的口气，嘱咐他的士兵们忍耐一下。

七、借条

不知过了多长时间，他们看见了远处那棵胡杨的顶尖。

那时候边界上还没有设立标志。岂止那个时候，就是现在，这里的界桩还没有栽起，人们是依靠地形地物来确定边界的。这也就是上级为什么三令五申要“维持边界现状”了。

这是一棵高大的胡杨。杨树下是一座坟墓。坟墓是用粗壮的树木，稍加斫砍，成塔形堆积而成的。也许在这地方先有坟墓，然后在这一片变得肥沃了的土壤中，风吹来一粒种子，长成这棵胡杨。也许这地方先有胡杨，而一位热爱大自然的人，将他的坟墓建在这胡杨的浓阴之下。这胡杨在界河沙俄一侧，当这条河还叫作头巾河的时候，坟墓主人的后裔，还常常从中国方向赶来，稍作祭奠。自从变为界河以后，这种举动就不可能实现了。

以胡杨为界，那边就是另一个边防站的辖区了，马镰刀的边防站，管辖范围至树木为止。

就在这时候，奇迹出现了，双方巡逻队同时发现，在胡杨那团椭圆形的树阴下，站着一位女人。

那女人妖娆地微笑着，用手撩起黑得发亮的发丝。她的白色的脸蛋不知为什么没有被中亚细亚的猛烈的季风吹黑。她两只长腿后边是阿尔泰山外围的耀眼的金字塔式的沙山。她的花格子连衣裙给昏黄色的天和地增加了一缕亮色。

两支巡逻队都欢呼了起来。

两个队长还是不紧不慢地迈着他们的步伐，他们在这当儿显示了自己的威严。任谁心急如焚，也不敢越过他们的马头。

但是当马镰刀终于走到树阴下，脚尖落地的一瞬间，他的所有的士兵们，一窝蜂地滚鞍下马。

他们将耶利亚团团围定，这个扯她的头发，那个摸摸她的手，还有胆子大的，趴在地上，从裙子里往上看。更多的人是盯着她脚下的那袋酸奶子。那位汉族巴郎子，竟呜呜地哭起来，他起劲地问耶利亚怎么跑到他们前面的，他说她不是人，简直是女巫。

耶利亚笑而不答。

马镰刀转过身去，不愿看这些大兵们的胡闹。不过他的心里充满了喜悦，并在这一刻对耶利亚充满了脉脉温情。

道伯雷尼亚领着他的气喘吁吁的队伍，也来到了胡杨树下。时间早已超过了中午，胡杨的树阴越过界河，越过这一八八三条约线，落在中国的境内。原先，他曾设想让他的干渴的队伍，在树阴下小憩一会儿，现在看来这个设想落空了。

他眼巴巴地看着咫尺之外的地方，中国的巡逻兵们，拿着一个银质的大碗，碗里盛着快要溢出的黏糊糊的酸奶子，正一个个地传递着，慢慢地品着味道。

想起酸奶子的又酸又甜的味道，他满口生津，不由自主地掉出一滴涎水来。

没有人发现他的失态，士兵也像他一样，目不转睛地盯着界河对面，而且不加掩饰。那神情，就像贪嘴的孩子在看着大人吃食一样。

他猛然瞅见了马镰刀那饱含怜悯的目光，心头一震，赶快转过头来。他命令他的队伍稍稍休息一下，便折回头去。他们的巡逻范围也至此为止。

没有人听他的话，大家都在长吁短叹。那位莫斯科来的士官生，甚至唱起了下流的民歌。

他对这位士官生从来就没有产生过好感。他怀疑这个花花公子一定是在莫斯科的情场上惹下什么乱子，然后通过关系，来这里避难的。说来也真叫人搡牙，有一次，士官生带哨的时候，他去查哨，到处找也找不着，后来听见一间低矮的存放家具的小房子，有什么响动。他一敲门，首先蹦出来边防站的那只母狗，狗的尾巴底下还湿漉漉的，红艳艳的，接着看见了这位张皇失措的士官生。还有一次，他听见猪圈里的母猪乱叫，以为是狼跳进了猪圈里，赶去一看，士官生正拽着一头母猪的尾巴，他不客气地上去给了两个耳光。他把这些都包揽了，没有给别人说，要么，士官生以后就没有脸见人了，也在这儿待不成了。

道伯雷尼亚清了清嗓子，给他的队伍讲起勇士道伯雷尼亚的故事，也就是早晨他想起来的那个故事。

可是没有人理他的碴儿，一些不友好的目光还瞅着他那张衰老的脸。

到最后，连他自己也觉得寡然无味。他觉得那个故事充满对人生的幻灭感，不管是爱情，还是钱财，以及那个永恒的主题——死亡，有一股悲凉的味道，自始至终贯穿其间。

他听见马镰刀在叫他，马镰刀慷慨地一伸手臂，请他们过来共享清凉。

他摆了摆手。

队伍里扬起了一阵更大的咒骂声!

“球!怕什么，山高皇帝远。这一阵子，尼古拉二世正搂着他的老婆睡午觉呢!”一个士兵粗野地说。

这句话带来了一阵欢呼。道伯雷尼亚胆怯地望了一下四周，别出什么事才好!他马上就快退伍了，出了事，自己受连累是次要的，老伴的晚年，还要靠他的养老金生活呢!

我们的风风骚骚的耶利亚，已经站在界河边，向这边打起媚眼来。而花花公子士官生，也立即给以回报。

道伯雷尼亚看见一个和他年龄一样老的老兵，将干渴的舌头，伸到马的汗淋淋的胯下，舔着。他感到自己的无能。

他瞅了瞅马镰刀，有了主意。

“喂!朋友，如果我们过去了，出了事怎么办？”

“不会出什么事的，棺材瓤子!”

“难说，你把我们哄过去了，最后打一个报告，我的一切就全完了，这些弟兄们的前途也就全完了!”

“那么请便吧!我这是可怜你们，不是求你们!”

“既然你有如此侠肝义胆，你能不能劳动大驾，写个条儿。这样，事后你也就不敢给我们的上司报告了!”

马镰刀没有想到这一着，他思虑了一下，点点头。

他的头刚一点完，一群饥渴难耐的沙俄士兵，便跌跌磕磕地越过了界河，道伯雷尼亚跟在最后边。

他多年来，只有目光能越过这个神秘的界线，至于本人的躯体，那是做梦也不敢想的。每当他看见一只麝鹿，或者一只野猪，迈着四平八稳的步子，一步跨过界线时，心里便“咯噔”一声。甚至看见天上的飞禽，在高空越过这个界线时，翅膀也会颤抖一下，不过这当然是他的心理作用。今天，他越境时，除了恐惧，不知为什么，还有一种孩童般的恶作剧式的快感。

直到接到马镰刀书写的字条时，心里才有几分踏实。

那字条上写着：

借　条

借给沙俄老兵道伯雷尼亚君并一行牛皮大一块地盘，以作小憩之用。

中国边防伊犁总兵府辖下白房子边防站站长特立字据。

马镰刀

光绪二十七年×月×日

八、胡杨树下的狂欢

酸奶子是一种令人咋舌的清凉饮料，它前几年曾经引起北京人的青睐，北京的风潮未落，又在上海开始风靡了。上海的《新民晚报》曾刊登专栏文章，介绍酸奶子的酿制过程，以及它在中国受人重视的历史。晚报的文章说，追溯起来，酸奶子传入中国的经历，有一百多年了。一百多年前，一个德国人在北京开了一家冷饮店，冷饮店以酸奶子赢得了大量顾客。我不揣冒昧，给报社去了一篇小稿。经编辑珍贵的手笔润色，小稿以《酸奶子非自今日始，芨芨草焉能作扫把》为题全文刊登。芨芨草说的是另外的事情，不在本文范围。

我曾经有幸饮用过蒙古人用马奶酿制的略带黄色的酸奶子，曾经饮用过哈萨克、维吾尔用牛奶、羊奶酿制的雪白的酸奶子。有理由相信，这种食品很早就风行于这些以奶制品和肉类为主要食品的罗曼蒂克的民族中了。这种美味佳肴是上天的恩赐。也许，一位牧羊姑娘将一锅奶子煮沸，准备提取上面漂浮的酥油，并且用下面沉淀的奶渣做奶疙瘩，这时，情人在外边打起了口哨。姑娘慌不择路地冲出去了。第二天早晨，当她记起她的工作的时候，结果，奶子已经发酵，黏糊糊的乳状液体膨胀了满满一锅，并且溢上了锅台。这时节必须是在夏天。姑娘吓坏了。她用指头蘸起一点尝了尝，有点奇异的芳香，有点略带寒意的酸涩。这时父亲走过来了，姑娘急中生智，说这是她新学习的一种酿制方法。父亲相信了，相信的理由是这食品确实可口。于是，酸奶子便这样流传开来。我相信，在那交通闭塞、语言不通的遥远年代，各民族都是靠自己的智慧首先发现这种酿制办法的。所以他们都应当第一个拥有专利权。

闲言少叙。二十个中国的边防军士兵、二十个沙俄的边防军士兵，横七竖八地躺在胡杨为他们设置的这一团绿阴下。

马被使上了羁绊，零零散散地在附近潮湿的地方喘息。

发了狂的士兵将他们的土枪和马刀，杂乱无章地扔成一团。这些武器在过去的岁月里，还忠诚地为他们的国家服务过，以后也将继续为国家服务，那刀刃照样被鲜血喷软，被骨头崩卷，那土枪照样向外喷射致人死命的弹丸，但是在此一刻，他们忘乎所以了。他们都受不了荒原所给予他们的这种压抑感了，他们的精神在残酷的大自然面前崩溃了。酸奶子只是诱发他们这种念头的媒介。

饥渴的沙俄士兵表现了全部的贪婪。

士官生首先捷足先登。他抢过了中国士兵手中的银碗，一口气喝完，又觉得不解馋，于是，将头伸进了盛酸奶子的口袋里。当他的头好不容易拔出来的时候，人们看见，他好像不光是用嘴，而且用鼻子、眼睛、耳朵同时往进喝酸奶子似的，因为嘴角里、鼻翼上、眼睫毛上、耳朵里，同时沾满了酸奶子。

道伯雷尼亚是最后一个喝的。皮口袋已经空了，他伸出舌头，一点一点舔着皮口袋。那味道一定很好，因为他的眼睛都快眯成一条缝了。

看见马镰刀无言地盯着他，道伯雷尼亚觉得有失体统，便张着缺少一颗牙的大口，笑了一下，那是感恩的笑。他喃喃地说："真不好意思，我们甚至比你们喝得还多!"

马镰刀始终没有喝，甚至没有到皮口袋跟前去。只要士兵们喝饱了，他心里也就比喝了还畅快。

马镰刀也报之一笑。他正在卷莫合烟，那只绣花的烟荷包是耶利亚当年为他缝制的。他觉得眼前的道伯雷尼亚很善良，丝毫不像一位巡逻队的队长，只要给道伯雷尼亚穿一件农家的开领衫，再提上一把砍土镘，简直就是一位地地道道的老农了。

马镰刀为自己先前的戒备心理而有些难为情，他想分辨出这种戒备心理是出于胆怯呢还是一种责任，结果没能分辨出来。他从来是懒于动脑的。

道伯雷尼亚递来了自己的烟荷包。这只烟荷包是他的妻子为他做的。不过那时他们还没有结婚。一个举目无亲的大兵在亚玛街最黑暗的街道上度过一夜后，回到了边防站。不久，他接到姑娘用保价邮包寄来的烟荷包。烟荷包现在已经很是陈旧了。道伯雷尼亚双手递上，也就近看了看草原上的这位传奇人物。马镰刀不像他所看到的别的清兵那样，他没有留小辫，而是有着剃得发青的脑袋。他的外表给人的总体感觉是凶悍，但是一件一件拆开看来，却给人一种敦厚、实在，甚至是愚钝的感觉。他的嘴唇很厚，因此看起来很可爱。照实说，道伯雷尼亚在做梦的时候，有几次都梦到过马镰刀割掉了他的脑袋，脑袋像西瓜一样在地板上打转。现在，他也觉得他的想法是可笑的。甚至，当孤独的晚年临近时，他从马镰刀那宽阔的肩膀上，得到了一点慰藉。他也感到马镰刀更像一位牧人，如果给他一把大镰刀，他一天可以割十几亩草的。

他们用当地的一种土语交谈起来。随后马镰刀叫他的勤务兵拿来棋子，他们便在这里下起棋来。棋子是羊骨做的，用羊血染成深红色，马镰刀天天将它带在身边。

这当儿，酸奶子已经喝净，莫合烟已经抽足，太阳已经收敛了它的烈焰，风儿不知什么时候从阿尔泰山刮来，巨人般的胡杨在鼓着热烈的手掌。

耶利亚自然而然地成了人们心中的宠儿。她的歌儿唱了一个又一个。她的舞蹈跳了一个又一个。她旋转时裙子把香风带到谁的跟前，谁就禁不住耸起了鼻子。她的旋转的足尖哪怕把沙子踢到谁的眼睛里，谁也认为这是对自己的一次特殊的宠幸。大家齐声歌颂她，齐声向她献媚。沙俄士兵称她是他们的女皇，中国士兵则称她是他们的皇后。他们都异口同声地说愿为她死上一百次，而耶利亚取笑他们说："活着不是更有意思吗？"

莫斯科来的年轻的士官生是一个不亚于耶利亚的跳舞能手。起先，他左手拿着银碗，右手拿着随手拣来的一粒石子，为耶利亚伴奏，而士兵们都不约而同地随着他的节奏一起拍着巴掌。到后来，他自己再也耐不住了，霍地跳了起来，郑重其事地弯腰伸臂，向大家行了个莫斯科沙龙里才用的礼节，然后朗念道：

祝圣的夜晚，祝颂队在演唱。
祝颂队寻找，主人的庭院。
主人的庭院，不大又不小，
七十颗围桩，八十里方圆。
男主人坐的地方，太阳在照耀，

女主人坐的地方，月亮在照耀。
小孩子坐的地方，群星在照耀。
谁赏给烤饼——谁家马成群，
谁赏给糖包——谁家牛满圈。

这显然是一首俄罗斯的拜节歌或行乞歌，士官生借这支歌，巧妙地表达他们对女主人、对中国巡逻兵的感激之情。歌声刚罢，荒原上仿佛响起了暴风雨。男人们都往上一跳，站起来了，无数双皮靴开始轰隆隆地踩动着这一块地面，无数的手臂在挥舞，无数的歌喉里发出各种叫声。

地上扬起了团团灰尘，这灰尘中夹杂着汗腥味、羊膻味、尿臊味、狐臭味。

马儿也一匹接一匹地长鸣起来。

人在这一刻变得多么美好呀!种种的利欲、邪念、地位、享受、阴谋、叛卖都被丢在脑后了，都被丢在这千里荒原以外的地方了，让那处在人欲纵横中的人们去占有那些吧，人生哪怕能有这么美好的一个时辰，也该满足了。

不知过了多长时间，人们突然不约而同地停了下来。月亮，一轮苍白的、丰满的、像美人的脸盘似的月亮，来君临他们的头顶，正像歌中唱到的那样：月亮在照耀。

这是中亚细亚一带最美的白夜，它一直要延续到凌晨四点钟。太阳已经早早地落下了。但是，它不断将自己的白光，恋恋不舍地送给曾经照耀过的地方。大地、山脉、天空在这一瞬间镀上了一层水银。芨芨草泛着白光，白杨的叶子泛着白光，所有的各种颜色的马匹，以至人类本身，都变成白色的了。沙狐、土拨鼠、刺猬也不知道是从哪里爬出来的，现在在荒原上大摇大摆地走着，甚至走到人的脚底下来。

士兵们请一直没有吭声的马镰刀和道伯雷尼亚唱歌。

马镰刀朗朗有声，是一首唐诗：

葡萄美酒夜光杯，欲饮琵琶马上催。
醉卧沙场君莫笑，古来征战几人回。

道伯雷尼亚撕开嗓子，唱了一首同样苍凉悲壮的古歌。这首歌本该是要用六弦琴伴奏，可惜没有六弦琴。耶利亚拿起那只银碗，卸下一副马镫。马镫击碗，铮铮作声。众士兵则用马刀的刀背敲打。

一位哥萨克沦落在库班河对岸，
他不是单独一人，还有好友陪伴，
他的好友是乌黑的烈马，
风快的战刀是他的保镖。
他用战刀打着了火，
他又拾了许多羽茅草，
他把羽毛草放在火上，
一面裹伤一面说：
“我的伤哪，是很重的伤！
伤势沉重，直接连着心脏，
连着心哪，流着殷红的血。”
歌萨克临死前对马说：
“乌黑的烈马，你听我说：你要挣断缰绳，
挣断缰绳，拔起拴马桩，
你不要听喧哗呐喊，

你不要看河水奔腾，
你顺着小路一直向前跑，
顺着小路跑回我们光荣的静静的顿河，
跑回顿河，跑到我亲爱的父亲居住的地方。
我的马啊，你敲敲门，
一位老人出来迎接你，那是我亲爱的父亲，
一位老太婆出来迎接你，那是我亲爱的母亲，
一位年轻的寡妇走出来，那是你的女主人。
她挽起你的丝缰绳，
把你牵到马厩中，
把你拴到木桩旁，
拴到木桩旁，拴到银圈上，
然后会向你仔细打听：
马呀马，你对我说，你的主人在哪里？
我的好友啊，你就对她说：
你的主人在库班河对岸，
在库班河对岸和别人结了婚，
给他订婚的是枪弹！
为他祝福的是刺刀！
飞快的马刀是他的花冠，
他的妻子是棺材板，
潮湿的土地是他的母亲。”

歌声用悲怆的男低音，绕了一个弯儿后结束，它那发自胸膛的声音摇撼了整个荒原。心肠软的战士已经掉泪了，而耶利亚，她那张孩儿脸在白夜里闪闪发光，那是泪流满面的缘故。她突然意识到

自己是紧紧地靠在马镰刀的肩上的，吓了一跳。但是，马镰刀并没有斥责她，他仍然处在歌声所描绘的那个悲壮的意境中。

月亮像个睡眼蒙眬的美人，静静地、贤淑地照耀着这块荒原。

九、一张牛皮的故事

一次巡逻就这样结束了。不久，季风就会淹没士兵们留在沙砾上的脚印，雨水会冲刷掉河里那深深的马蹄印，沙狐会把每一个滴过酸奶子的沙粒舔净，谁也不会知道中俄边界胡杨树地段，曾发生过这样一件事情。即便是过了许多年以后，那些士兵退役了，在家乡的酒馆里吹牛的时候，泄露了这件事，那也无关紧要，时过境迁，谁也不会追究那些过去很久的并没有造成后果的事情的。

相信我，在这之前和之后，都发生过类似的事情，这些事情都没有产生后果。

但是这一次却要发生悲剧了。马镰刀的不祥的诗歌和道伯雷尼亚不祥的歌曲，已经早就开始预兆了。据一位士兵回忆说，那一天晚上的月亮很怪，它的外边有一个圆圆的风圈。据另一位士兵回忆说，那一天晚上，沙狐立起身来，两只前爪对着月亮祈祷。而一向以凶悍著称的狼狗，像被定身法定住了一样，竟无意去追捕。

怎么说呢？第二天早晨，马镰刀就产生了一阵后怕。他忐忑不安地过了一些日子。这些日子，他在巡逻和执勤中都格外谨慎。他甚至希望世界上这些天内能有别的重大事情发生，以便掩饰这件事情。他为自己的冲动而懊悔不已。

边防站短时期内依旧相安无事，阴谋是在荒原以外的土地上进行着的。

冬天到了。这是一个白雪茫茫的冬天。在沙俄新近出版的地图上，中国边防线大河以北、胡杨树以南五十多五平方公里的土地划入沙俄版图。

接着，他们正式向清政府提出了对这块土地的领土要求。

清政府惊诧地接受了沙俄的外交照会和那本袖珍地图册。他们以为这是搞错了。在这期间，他们从档案馆里找到许多的资料，像他们以前或以后遇到此类问题时所能做到的那样，从这块土地的历史渊源、人口变迁、陈物古迹等等方面进行了论证，从而证明这块土地历来是中国的，沙俄犯了错误。

沙俄的外交官并没否认这块土地是中国的，但是他们说，中国已经借给他们了。

当会晤发展到一定火候之后，于是变成了会谈。会谈中，他们从文件夹里拿出一张保存得很好的纸条。我们知道，这是马镰刀在荒原地区、胡杨树下，用卷莫合烟的黄纸信手写下的一张便条。

中国官员傻眼了。他说："即便如此，那这上是说，一张牛皮大的地盘，而你们划去了……"

沙俄官员说："我们试验过，把一张牛皮割成细条，恰好可以圈五十多平方公里!"

"即使真是这么一回事，那条子上只是说，借给你们的!"

"是借给我们的，但是，请你注意，这条子上没有写还期。这意思就是说，这是永久借给我们的。"

这位中国官员不能说是一位卖国主义者，他像我们大多数人一样，对土地有着深切的眷恋，在他的家乡还时常发生农民为争一条犁沟而互相仇杀的事。所以，他为五十多平方公里而心疼。但是，这是1901年的冬天，清政府被八国联军赶出北京，避难西安，现在刚刚回来，惊魂未定，实在不愿意为那五十多平方公里蛮荒之地，而惹出事端了。

沙俄官员的态度露出杀机，他们暗示说，他们要仿效往日在阿尔穆河一带采取的、以火与剑为先导的政策，强行占领这一块地方。

那位中国官员唯唯诺诺地退出会晤室。

懒散的清政府只有在处理这类涉外事件时，才能表现出少有的高效率。会谈刚罢，外交部门立即通过军事部门，火速前往霍城伊犁总兵府，伊犁总兵府又立即将白房子边防站站长马镰刀传讯归案，马镰刀证实那纸条以后，懦弱的清政府，沉默不语了。

接着，清政府承认了沙俄对白房子边防站所辖这块领土的主权，命令白房子边防站从五十多平方公里以内迁出，重新建站。

接着，清政府给伊犁总兵府下达了就地处死白房子边防站站长马镰刀的命令。

十、与狼共舞

这是一个悲哀的日子。马镰刀被五花大绑，捆在马上，离开了边防站。他心爱的狼狗，几次蹿到马背上，都被那位面目凶恶的差官，用鞭子毫不怜惜地打下马来。边防站全体官兵，踩着陷入大腿的积雪，把马镰刀送了一程又一程。耶利亚用手扶着马镫，随着马缓缓而行。她被这件事情弄糊涂了，呆呆地不知说什么好。

“今年的雪大，明年的蚊子会很多的，你们要有个思想准备。”马镰刀皱着眉头说。他对官兵们过于外露感情，有些看不惯。他认为不管怎么样，他还会回来的，当然不会再当站长了。他将前往伊犁总兵府，解释事情的整个经过。

他还没有料到事情的严重后果。

他用仇恨的目光眺望着边境线外边的那座边防站，一群沙俄士兵正在积雪的院子里踢足球，雪原上传来阵阵愉快的尖叫声。他的眼前浮现出那个留着山羊胡子的老头，他的总是眯起的、不敢正视人的眼睛，他的让人怜悯的一大把年纪，他吮吸酸奶子时的那种贪婪的神情，他的感恩戴德的语言。

马镰刀在这一刻，对人类——这个站起身子用两只脚走路，从而腾出两只手，干着各种各样的坏事的高级动物，深深地失望了。他感到好像有一把尖刀，向他那行侠仗义的胸膛捅来。

他们在荒原上走了十天，才走到伊犁总兵府。这十天马镰刀有许多次可以逃跑的机会，他都没有跑，他想向上属解释一下。

没有必要解释了，上属早就对这位当年的“草原王”心怀戒心了，正好趁这个机会除掉他。话又说回来，即使上属想保护他，也是没用的，盖着朱红大印的命令，早就通过驿站，层层送了下来。

马镰刀听到这个事情所产生的后果时，吓呆了。他双膝跪倒，号啕大哭。

“我有罪呀!我有罪呀!”这位壮汉撕着自己的胸膛，痛心疾首地呐喊。

他主动请求以死来弥补自己的过失。

然而，就在行刑的前一天晚上，大雪满天，朔风怒吼，马镰刀挣脱手铐，越狱出逃。

第二天，伊犁总兵府就向各地发了通缉令。

马镰刀在暴风雪中走着，他不知道自己走了多少天，因为在暴风雪中，是很难分辨出白天和黑夜的。风像刀一样划过他的脸，沉甸甸的雪团打得他直不起腰。他的大衣，不知怎么搞的，被风给剥走了，只要一剥走，就不可能再找回来了。风能一直把它吹到天上去，大衣斜斜歪歪地，像一只张着翅膀的兀鹰。风又能把它吹得在地上滚着走，像吹动一卷沙蓬。

马镰刀强迫自己无休止地走下去。现在的走法，已经没有任何目的性了，只是为了不被冻僵。在草原上，冻死一个人是微不足道的事情。他一边走，一边用耳朵听着，这时候，如果能碰上毡房，他就活命了。

他突然听到一阵细微的叫声，开始，他以为这是风的尖叫，后来把帽子卸下来，细细地听。

这是婴儿的叫声，其间还有母亲的温柔的抚爱声。

他大喜过望，连想也没有想，就向那声响的地方奔去。

他听见了有别于风雪的另外的声音。

他看见了两扇小小的窗户，窗户透出淡淡的蓝光。

他又向前走了两步。

他看见那亮光动了起来，向他移了过来。

他松弛的神经一下子绷紧到了极点。

“狼!”他大喊一声。

他拿出马刀，一个箭步冲过去，手起刀落，狼的半个脑袋被砍下来了。

他蹲下来，把狼抱在怀里，暖了暖自己冻僵的身子。他突然发现，狼的腿上带着一个夹子。这就是说，附近有牧人，狼是中了牧人的夹子，不能行走，才在冰天雪地里呼喊的。

他凭多年的经验，已经意识到暴风雪快要过去了。他准备在这里搂着狼，待到天亮。可是，现在他突然改变了主意，他明白自己依然处在危险中。单独的狼在这样的夜晚是不会出来行动的，它们会抱着自己的母狼在家里安睡。这肯定是跋涉狼群中的一员，它的叫声就是在呼唤同伴：它遇难了。它等待同伴折回头来，咬断它的被夹子夹住并紧紧嵌进肉里的那个腿，然后跟上队伍前进。

意识到自己的危险处境后，马镰刀用马刀割开狼半截脑袋上的皮，抓在手中，用一只脚踏住狼头，然后死劲一拽，只听“嚓嚓”两声，一个整张的狼皮就留在他手中了。前后八分钟，正是平日剥一只羊的速度。

马镰刀把狼皮反披在身上，提着马刀，准备赶路。

已经晚了，他看见眼前这片雪地上，布满了绿莹莹、阴森森的星星一般的眼睛。狼群迅速地移动着，将他围在中间。

“足足有二百只狼!”他在心里对自己说。

一只狼凶恶地冲了过来，嘴巴直取他的颈部。马镰刀一刀砍去，狼从他的腋下溜走了。片刻，第二只狼又冲了过来，马镰刀一刀落下，又空了。看来，狼并不急于取得胜利，它们只是想先消耗他的体力。

由于他无暇顾及，所以包围圈越缩越小了。

“不能这样!”马镰刀暗暗提醒自己。他瞅了个机会，躲过扑上来的狼，跨前两步，把一个正在旁边观战的狼一刀劈死。狼血溅了他一手一脸。

别的狼也被这一刀吓坏了，一下子后缩了十几丈。

狼群中又酝酿了一阵。接着，它们采用了一种新战术。成百条狼组成了一个里三层外三层的圆圈，围着马镰刀转起来。

圆圈就这样越缩越小。它们欺马镰刀孤身一人，顾了身前顾不了身后。

马镰刀也想到自己形单影只。这时候，他想起了自己那条心爱的狼狗，有它在身边就好了。狼狗有曾经孤身与狼群搏斗的经历。它看见狼多，无法顾及身前身后，便躲在边防站那个三角形屏障的墙角。这样，三面都是屏障，敌人只能从一面进攻了。现在，马镰刀也多么想找一个墙角呀!可是，这是在荒原上。

他没有一步退路了，于是打起精神，像个疯子一样钻进狼群，挥起马刀乱砍。刀法也已经乱了。到后来，地上已经有八条狼的尸骸了。

就在这时候，他看见了那头指挥这场恶战的母狼。这是一头罕见的白狼，一条后腿瘸着。它已经很老很老了，狐狸越老越红，狼越老越白。此刻，这只老狼像个老谋深算的女巫一样，正满怀信心地看着这场战斗接近尾声。届时，它将得到一顿美餐。

马镰刀一声怒吼，跃前一步，挥刀向白狼砍去，不料脚下一虚，身子软软地倒了下来，马刀也飞了出去。

群狼一声欢呼，都把嘴巴伸了上来。

就在这时候，雪原上传来一声凄厉的叫声。一个黑影，闪电般自远处飞奔而来，狼群被这意外的来客惊呆了，就连母狼也甚感异样。

边防站的那条狼狗其实一直跟在它的主人后边。只是到了伊犁之后，土肥水美，那里许多母狗对这位体形健美、精力旺盛的荒原来客表示了好感，而它也就整天沉湎于寻乐之中，等到想起它的主人的时候，主人已经越狱逃跑，它循着气味，步步追赶，一直赶到现在。

马镰刀艰难地用手指了指那条母狼，便浑然不知人事了。

狼狗明白了他的意思，只一跃，便跃到母狼跟前。母狼丝毫准备也没有，被狼狗致命地咬住了脖子。母狼的几个保镖在狼狗身上乱撕乱咬，可是狼狗毫不松口。

当狼狗松开口以后，我们看见，白母狼的脖子已经完全断了。

头狼死了，狼群不知道怎么办才好。它们将这一人一狗围定，不再进攻了，但是丝毫没有放他们走的意思。

狼狗遍体鳞伤，它蹲在主人身边，不时用舌头舔一下嘴角。

天，放晴了，这是一个异常寒冷的雪原的早晨。一位青年牧人来拣他的夹子的时候，被这场面吓坏了。他将自己放牧的牛群、马群、骆驼群全部赶过去，冲散了这支狼群，救出了马镰刀和他的狼狗。

减员的狼群将同伴的尸首撕成碎片吃掉以后，又开始它们的迁徙了，它们在迁徙中又会产生它们尊敬的老狼。当然，这是与我们人类无关的事情。

这位青年牧人说他听见了晚上的厮杀声，但没有敢开门。他为此表示歉意。

青年牧人用最丰盛的食品招待他，并且在他离走时，将自己骑的那匹打有铁掌的伊犁马送给他。

尽管好客是草原人的美德，但是，这种礼遇是不是有些过分了。

而且，他没有问马镰刀是什么人，从哪儿来，又到哪儿去。

而且，他没有按照通常的惯例，将他的妻子介绍给客人。

马镰刀将受伤的狼狗留在青年牧人的家里养伤，他自己则骑上骏马，踏上了路程。突然，他想起了这位牧人是谁。他转过马头，滚鞍下马，跪倒在地。

“卸下你的帽子吧，求您!”

牧人卸下他的帽子。

正是耶利亚原来的丈夫。

“骑上我的马，赶快走吧，防止我又翻心了，来杀你。你的事情已经传遍了整个草原，大家都明白你越狱的目的是什么。去吧，亲爱的朋友，从这里一直向西北，越过黑山头，就是布尔津。你沿着布尔津河一直走，走到布尔津河与额尔齐斯河交汇处，再沿额尔齐斯河往下走，一连走八个白天和晚上，就到白房子边防站了。”

马镰刀再一次深深地跪倒，要他原谅那不愉快的往事。

“我早就已经原谅了。我现在有妻子和孩子，我们生活得很幸福。耶利亚这样的女人不是我们这些安分守己的男人所能留住的，她是为那些草原上的英雄而生的!快起来吧，朋友。问候耶利亚好，她其实是一个很善良的人，你要好好地保护她。草原上流行一句格言，格言是这样说的：永远不要欺侮无靠的女人。”

十一、野苹果

1972年的冬天，也就是距那次事件整整七十年后，本文作者作为一名普通的边防军士兵，从遥远的内地来到这里服役，而且就在白房子边防站。

这块草原地带不像先前那么荒凉了。五十多平方公里的争议地区，就驻有中国边防军的三个边防站，它们依次是白房子边防站、红柳边防站和大沙山边防站。除正规部队以外，这里还驻有生产建设兵团一八五团。这个团除一个武装值班连以外，其余连队都是一手拿枪，一手从事农业生产。连队和边防站成一字形，沿边界摆开。

这个不知镰锄为何物的荒原，正在接受建设者的改良，人们发现，只要能引来水，这块土地是可以生产农作物的。

一块块的条田修建起来了，这些田地里生长着春小麦、向日葵和铺天盖地、艳丽无比的罂粟花。一位中年妇女正在引水灌田，她的语音告诉你，她是1965年的那批上海、天津支边青年。

我们在边防站接受了两个月的边防政策教育。我们学习“边防政策二十条”，背会了“不吃亏，不示弱，不主动惹事，不挑起边界事端；有理，有利，有节”的边防政策总原则。我们还肤浅地知道了沙俄侵略中国的历史，懂得了一八八三条约线、苏图线、双方实际控制线这些名词所包含的意义。

我们在边防站站长的带领下，登上瞭望台，看到了对面一公里远处，那个和我们所对应的边防站。

那个边防站院子里，有一座纪念碑式的尖顶袖珍建筑物，在阳光下闪闪发光。我们问站长这是什么。

站长支吾其词，他显然是怕引起我们的精神负担。他说，以后再告诉你们吧。

我们学习了列宁的教导：爱国主义是千百年来培养起来的对祖国的一种神圣的感情。

最后，我们上岗了，艰苦的边防生活就开始了。农民妈妈不久会接到我们的第一封信，和一张骑着边防站那匹最老实的老马所拍摄的照片。

年轻的我，怀着建立功勋的渴望，从沼泽地与沙漠的接壤处，挖下一棵野苹果树。我把它栽在院子里，营房的左首，然后到那个利用杠杆作用吊水的水井旁打了一桶水。我希望自己能像树一样扎根边防。

一桶水倒下去，马上就渗完了。又一桶倒下去，也没见存住。我一口气为这棵树浇了十几桶水，可是，地下好像有个看不见的大口似的，把这些水都吞掉了。

我有些害怕：虽说沙土渗水，但也不能渗得这么快呀！

我叫来了全班的战士。

我们拔掉了这棵树，然后用砍土镘和铁锨，向下挖去。

后来我们挖到了圆木上面。撬掉圆木，才发现这是一个地道。

在地道的顶端，我摸到一堆像西瓜一样的圆圆的东西。

抱起一颗，拿到亮处一看，是骷髅。

一共从地道里挖出十几颗白生生的骷髅。

边防站立即用无线电向上级做了汇报。

司令部一班人马，连同医生，以最快的速度，赶到了边防站。

他们仔细地研究了这些人头骨，认定他们是沙俄士兵的。

在和上级通了长时间的电话以后，他们指示，仍然将这些骷髅埋进地道里，并且将地道堵死。关于这件事，谁也不许再提。事情已经过去很久了，没有必要再为那些人头又进行一次次无休止的会晤了。

而我，依旧将那棵野苹果树栽在那里。

在全站军人大会上，分区的那个作战参谋，绘声绘色地为我们讲述了这块争议地区的由来，讲述了马镰刀的故事。从他的故事中，我们知道了，马镰刀潜入边防站后，召集旧部，深夜越过界河，用马刀割掉道伯雷尼亚以及手下十九颗人头。

关于马镰刀的最后结局，这位作战参谋说，有理由相信，他将十九颗人头扔进地道里，填死地道口后，便带领他的曾经做过强盗的士兵们，流窜到别的地方去了。至于到什么地方去了呢？他说，很可能是在中国与印度、巴基斯坦接壤的边境地区从事走私活动，当然按年龄推算，马镰刀早已死了，但是那个组织还存在着。

我自以为知道了这个故事的全部，其实我错了。五年以后，当我就要离开边防站的时候，在一次执勤中间，我意外地遇到了一个女人。从她那里，我知道了这个故事的真实的结局。

十二、女巫

人们一直传说着，荒原地带居住着一个神秘的女人，她不住帐篷，不住毡房，而是住在和地面一样平的地窝子里。和她无缘的人就是乘马踏过她的窝棚顶，也不会遇到她；和她有缘的人，经常会在暴风雪的夜晚，或者迷路的途中，得到她的帮助。谁也不知道她多大年纪了，谁也不知道她是从哪里来的，大家都有些怕她，尽管她从来没有伤害过人。有些好奇心强的人，想调查一下她靠什么生活，结果发现，每年的冬天，常常有一些面目不清的人，乘着爬犁子，不知从什么地方来，为她带来一年的食品、盐巴、茶叶，还有一些药片。

临离开部队的前夕，一想到就要和这块土地告别了，和马镰刀的故事告别了，和我的那匹伊犁马告别了，心里实有几分不舍。在一个星期天，我请了假，跨上自己的坐骑，来到了空旷的草原上。后来我迷路了。我生怕自己不慎而越界，铸成大错。正在万分着急的时候，我想起牧人们的说法：迷路之后，你就放松缰绳，马儿会自己找路的。

马儿带着我向一块陌生的地方走去，最后，停在了一座窝棚的旁边。一位女主人坐在窝棚外边洗衣服，就着木盆，怀里抱一块石头——那是用动物内脏做的类似肥皂的东西。

她没有丝毫惊奇，好像早就料到我要来了。她不动声色地站起来，请我进屋。

倒是我美美地吃了一惊，甚至比在地道里抱着那些骷髅时更吃惊，我明白自己遇见传说中的那个女巫式的人物了。

不知是她首先告诉我的，还是我自己首先猜到的，总之，当第一杯奶茶落肚后，我就知道她其实是许多年前那令草原上的人们为之倾倒的耶利亚了。

也许是她自己说的，是我的诚实的面貌取得了她的信任，是她急于要把那个故事的结局告诉世人。

她依然那么年轻，漫长的岁月没有给她身上留下丝毫痕迹，这真是不可思议的事情。只是她的满头黑发现在完完全全变白了，白得如同北欧人那种天生的银发。

关于她的那些淫荡的故事，现在还在草原上广为流传着，阿肯们把她编进歌里去，训诫后人。夫妻们在同房前，将她的故事作为培养他们情欲的作料。

我好奇地打量着她，甚至有些神不守舍。当我盯住她那双初看乌黑，细看是暗蓝色的宛如深潭一般的眼睛时，我只能够对自己说，我看见的是一个圣女。

十三、重返白房子

马镰刀伏在马鞍上，沿着额尔齐斯河艰难地走着。他的双腿已经失去知觉，只是机械地夹住马鞍。那天晚上与狼恶斗时，流了许多汗水，衣服上又溅了许多狼血，现在这些都冻成冰碴子了，紧紧地裹在他的身上，活像穿了一身硬铠甲。

暴风雪停了，呜呜的西北风在猛烈地撕裂着低垂的浓云。整个额尔齐斯河河谷响起一阵歌唱般的喧嚣。

有一条近路他是知道的，却不敢去走。雪落了足有整整一米厚，风把高处的积雪卷到低洼的地方，形成一个个雪的陷阱，一不小心就会连人带马掉进去，再也出不来了。所以，他只能顺着河，绕着圈子。

马镰刀完全地变样了，只几天工夫，生活便把这位血气方刚的男人，折磨得皮包骨头了。脸上被狼抓下的爪印，现在已经结痂，时不时地向外渗着血水。干裂的嘴唇上，长短不齐地长满胡茬。他的眼睛，茫然地注视着前方，暗淡无光，平时的矜持和自信，现在都跑得无影无踪了。

一条巨大的狗鱼，在蔚蓝色的冰层下面，自由自在地游动。这是一条母鱼，肚子鼓鼓的，眼神里刻满了一个鱼类母亲的忧郁之色。它秋天在北冰洋受精之后，便溯鄂毕河而上了，从鄂毕河来到额尔齐斯河。明年春天，春潮泛滥，冰雪消融的时候，它将在一条河汊产卵，然后驾着春潮重返北冰洋。

这些鱼儿多么幸福呀，它们没有祖国，可以在地球上任何一处水域里自由自在地游荡，而不必有越境之虞。它们不为任何人承担信义，也不知什么叫廉耻，该干什么就干什么，它们也不会有叛卖、阴谋、背信弃义的举动。

那个条子的事给了马镰刀致命的一击。他现在才发现自己貌似凶恶的外表下，有一颗善良的充满人类之爱的心，可惜这颗心被无耻地利用了。这些天，他的眼前时不时浮现出道伯雷尼亚的那张假惺惺的脸，和那把翘起的时时伸到人面前的山羊胡子。他觉得那胡子仿佛一把雪亮的匕首，紧紧地插在他的滴血的心脏上，一走动就疼痛。

五十多平方公里的土地呀!

他紧紧伏在马鞍上，伸出双手搂住马的脖子，靠马的体温取暖。

“我是不会放过道伯雷尼亚的!”他在心里对自己说。这一刻，他的暗淡无光的眼睛明亮起来，射出两道阴森可怕的野狼般的目光。这目光因为疲惫不堪而显得愈加狰狞。

“当他干着叛卖的阴谋的时候，他忘记了，他的冤家是当年令人闻风丧胆的草原王!”马镰刀自言自语地说。

终于，马镰刀望见了白房子边防站屋顶上那个被烟熏黑了的烟囱。他还看见，耶利亚像失掉魂儿一样站在房顶上，向他来的这个方向眺望，风把她的裙子吹得卷起来，缠在身上，在天与地之间摇曳。

瞭望台上的那面国旗，正在缓缓地降了下来。整个边防站哭声一片。不光是人类，动物也意识到要发生什么变故了。马儿在马厩里，长一声短一声地叫着，蹄子把冻得发硬的土地刨成了小坑。羊群不在草垛子旁边吃草，却在头羊的带领下，成一路队形，从边防站的院子里穿过去。由于清理库房，老鼠也被惊动了，一只老鼠吱吱叫着，在院子里的雪地上乱窜，一会儿就直挺挺地冻死了。

边防站要后撤一公里，离开这块争议地区。新的站址将建在哈拉苏自然沟以外。

这天夜里，马镰刀带着包括他在内的二十名中国士兵，倒提马刀，越过了边境。

十四、复仇的火焰

道伯雷尼亚莫名其妙地高升了，连他自己也感到意外。

看到那只邮差送来的公文袋后，他在心里说，退伍通知下来了，马上就要见到在远方热切地期盼着他的妻子了。从此，他们将在莫斯科的小屋檐下，凭他的退休金，过一个平平常常的安逸的晚年。

打开火漆封着的公文袋，他惊呆了：这是一项升迁命令。他被任命到他的上级部门——那个要塞军区担任督察员。这种职务通常是给那些有着特殊的功勋，或者和上级某要人有特殊关系的退役军官设置的，是一个既体面又有实惠的闲职。

“乌拉!我们的体察一切的、至高无上的沙皇陛下!”这位沙俄老兵滴下了几滴浑浊的泪。

可是，当静下来冷静一想，他又觉得这事有些蹊跷了。

他想起了他的战友们的一个个悲惨的老年。

《一位哥萨克沦落在库班河对岸》这支歌，真实地表现了这些出身低微的沙俄低级军官的悲惨的命运。

这歌儿自那天胡杨树下的一场邂逅后，时时萦回在他的耳边，搅乱他的日渐衰老的心。近些天来他老是神魂不定，感到似有一场变故将要发生。

道伯雷尼亚是一个小心谨慎的人。那张马镰刀即兴写下的条子，他本该在举步跨过界河的时候，交还给他。可是那天晚上大家都太激动了，两人都忘掉了这件事。

第二天他记起这张条子的时候，已经找不着它了。他记得他是顺手装在莫合烟口袋里的。

莫合烟口袋被好几个士兵动过了。道伯雷尼亚的烟荷包是大家的烟荷包，谁的手都能往进塞。他的烟从商店里买回来以后，还要用酒熏一熏，再加上一点点烟土，这是他多年来养成的习惯。

他问遍了拿他烟荷包的人，大家都承认用过他的烟，和那裁成细条的卷烟纸，但是没有见到那张纸条。

“也许，是谁用它卷烟抽了!”道伯雷尼亚宽慰自己说，“但愿不出事才好!”

他的一生都有小人伴随着，他吃够了这些人的亏。

他担心这件事将对他的退职和以后的生活产生影响，然而，现在命令宣布了，不管怎么说，这是一件应当庆幸的事情。

一位沙俄老兵在边界度过了他的一生，没有和棺材板结婚，这本身就够了，一切奢望都不该再有了。

不过他仍然没有排除自己那种不祥的预感。

对面——中国边防军的活动规律出现了一些变化，他们巡逻的次数减少了，巡逻的路线也有了一些变化。而最令他不安的是，那只经常在界河左右出没的狼狗消失了。狼狗消失是一种现象，如果狼狗没死，而是出走了的话，这意味着狼狗的主人——马镰刀也不在边防站了。为了证实自己的想法，他趴在瞭望台上，用望远镜瞄准对面的院子，观察了许多天。

他自己的边防站里，也发生了一些变化，那位士官生被指定为临时负责人。很明显，等新兵开春一到，道伯雷尼亚和三分之一的老兵一走，他就接任站长了。

“那只母狗便会成为站上的女皇了!”道伯雷尼亚无可奈何地望着，眼睛里露出一种俄罗斯式的忧郁。

他总觉得这位花花公子有什么事情瞒着自己。一个肚子里藏不住隔宿屁的人，要想独自占有一个秘密是很难的，这秘密会在他肚子里，烧得他日夜难受。

这天夜里，暴风雪在吼叫了整整一个星期后，突然停了。荒原显得异样的安详，位于界河西侧的这座小小的边防站，孤零零地陷入一片雪海之中。

夜已经很深了，道伯雷尼亚查哨回来，正准备休息。今年的雪大，明年会有很多的蚊子的，到那时自己虽然不在边防站受罪，但是，留下的弟兄，还有新来的弟兄，可是要受苦了。

他突然听见狗沙哑地叫了一声，仔细一听，又没有动静了。

他犯了疑心，轻轻地从墙上取下了刀。

二十个士兵打成一个通铺，顺着墙排成一溜。现在，有两个铺位是空的，一个士兵站哨去了，一个士兵，也就是士官生，趁风雪刚停，到远远的兵站运蔬菜去了。道伯雷尼亚本该是睡在站长室的，可是，冬天来了时，他就搬进通铺了，一则是近些天每夜常常做些恶梦，他心里有几分胆怯；一则是快要离开边防站了，他想和士兵们多待一阵。

正当道伯雷尼亚见没了动静，想将马刀重新挂到墙上的时候，突然一声响动，大门被一脚踢开，随着一股寒气，闯进一个蒙面大汉来。

道伯雷尼亚一惊，大喝一声，举刀迎了上去，将那蒙面人逼到门口。

“快起床!”道伯雷尼亚喊了一声。

士兵们糊里糊涂地爬起来，乱作一团，衣服、鞋子也顾不着穿，便握起马刀，溜到了床边。

那蒙面大汉力大，挺起马刀步步逼来，道伯雷尼亚只有防守之力，没有进攻之力。

这当儿窗子被砸得粉碎，蒙面人一个接一个跳将进来，屋子里乱作一团。

蒙面汉欺道伯雷尼亚年老，马刀左一下右一下直向他面门上砍。一刀砍来，道伯雷尼亚举刀一迎，那刀却顺势滑下，只听“嚓”的一声，他的小腹被划了一刀子，肠子流了出来。

道伯雷尼亚回刀刚将这一横刀格开，不料这刀却一个回转，并未收回，而是直取道伯雷尼亚脖子。随即，他感到一个凉飕飕的东西，搁在他脖子上了。

“蒙面汉，我与你前世无冤，后世无仇，如何下此杀手？”道伯雷尼亚见必死无疑，索性不还手，壮着胆子问道。

“无冤有冤，有仇无仇，你我明白，且将这颗人头用上一用，再讨冤仇不迟!”

“你到底是哪方好汉，这偌大荒原地带，我无名的不知，有名的皆晓!”道伯雷尼亚想激起那蒙面汉撕下面纱。这招显然灵验了。

“好!我刀下不杀无名之人，也叫你死个明白!弟兄们，取下遮脸儿!”

只听“嗖”的一声，二十个大兵一齐撕下面罩儿。道伯雷尼亚定睛一看，原来是马镰刀一干人马。那些大兵也不愧是马镰刀平日所教，只几个回合工夫，便像马镰刀逼住道伯雷尼亚一样，个个都将那锋利无比的马刀，搁在了这些睡梦初醒的沙俄士兵颈上。

见是马镰刀一行，道伯雷尼亚轻松了一些，问道："不知何事，冒犯马大人，昨日以酒相待，今日兵刃相见!"

马镰刀哈哈一笑："我正想借这口刀，来问你个究竟呢!"

"此话怎讲？"

"我且问你，这胡杨树地段一场聚会，我马镰刀是对也不对？"

"对！"

"你道伯雷尼亚是对也不对？"

"也没错!"

"那一张二指白条，可曾是你要我所写？"

"正是！"

"那，且将那条子还我，便留你一颗人头。"

"条子已经不在了!"

"哪儿去了？"

道伯雷尼亚一惊，从夏天到冬天，自己一直担心的事情果然发生了。他猛然想起那条子很可能是士官生拿走的!因为有人看见，士官生躺在营房装病的时候，偷偷给上峰写过信，他将那信交给军邮兵的时候也有人见过。

十五、血祭雪原

那条子确实是士官生拿走的。士官生拿走条子时，不承想过能因这张条子，引出这么大的一场变故。最初，他只是想赶在道伯雷尼亚前边，告他一状。他总疑心，道伯雷尼亚在临退休前，一定会将自己的难堪的行径告诉给继任的，那样，他的面子和前程就算全完了。

当士官生得知这件事的结果时，他吓坏了，他明白自己干了一件蠢事。聊以自慰的是，他的目的达到了，他取得了上级极大的信任。他将在道伯雷尼亚之后，接任这个站的站长，而到那时候，这个站也许就搬迁到界河那边去了。

上级并没有处分道伯雷尼亚，这是士官生所没有想到的。不管怎么说，道伯雷尼亚被提升了，想到这一点，士官生受谴责的良心也就得到了一点安慰。

按说，边防线这几个月来发生了这么大的变化，道伯雷尼亚应该知道的，可是，大雪封路，上级预备到明年开春以后，才派人来实际勘察。再则，上级几次发来的有关这方面的绝密公函，都被士官生抢先得到，并模仿道伯雷尼亚的笔迹，签了回执。所以，道伯雷尼亚还蒙在鼓里。

士官生的想法是稳妥的，等明年开春，他担任站长后，道伯雷尼亚即便知道了这一切，也就无可奈何了。可是，现在需要保密，他知道这个老兵一旦动起火来，是不得了的事情。

据沙俄政府后来向中国政府提出的抗议中说，是马镰刀和他的士兵们割掉道伯雷尼亚他们十九颗人头的，但是眼前这位活着的证人说，是道伯雷尼亚和他的士兵们自刎而死的。我更倾向于这位单纯的女人的话。

她说，马镰刀头头是道，叙述完这几个月来的变故后，道伯雷尼亚和他的士兵们惊呆了。他们吆喝着寻找士官生的时候，才突然记起这个花花公子已在这个早晨离开了。愤怒的他们请求架在脖子上的刀子缓一缓往下砍，然后砸开士官生枕边那只上锁的箱子，终于在里边发现了足以证明这场事故的证件及那张地图。

“我有罪!我镇守的五十多平方公里的土地呀!”马镰刀怆然

落泪。

听完马镰刀叙述了经过，沙俄老兵道伯雷尼亚万箭穿心。“圣母啊，你降下甘霖一般的泪水，冲洗掉蒙在我身上的耻辱吧!”道伯雷尼亚痛心疾首地叫道。

马镰刀感到诧异，道伯雷尼亚趁机说出了事情的原委，众沙俄士兵也在旁边七嘴八舌地解释。听到是这么回事，马镰刀的手软了下来。他看见了明晃晃的马刀映着一张苍白的农民式的脸，脸上挂着两行老泪。

“该说的都说完了，用我的头，去祭你们的土地吧!”道伯雷尼亚说完，猛地将头往刀刃上一碰。

马镰刀眼疾手快，抽回马刀，“对不起，惊扰各位了!”他双手一拱，说。

众中国士兵也收回了他们的马刀。马镰刀在人群中寻找士官生的面孔，道伯雷尼亚说，他早已借故逃离边防站了。

马镰刀一刀剁去，士官生叠得整整齐齐的黄军被被剁成两截，黄军被里有一只银碗。

两国巡逻兵抱头痛哭。马镰刀掏出自己当强盗时留下的一点云南白药，为道伯雷尼亚抹上，包扎伤口。

马镰刀决定离开。正当他刚刚回头，就要跨出门坎时，突然听到身后道伯雷尼亚一声怪叫。

“孩儿们，举起刀来，不必让朋友们动手，就让我们自己这些不值钱的头，来祭他们的土地吧!”道伯雷尼亚一声吆喝，不等人们反应过来，便拿起刀来，举向自己的脖子。一颗人头掉在了地上，一股鲜血直冲上天花板，将白白的天花板染得片片花斑。

立即，十九颗半年前曾在胡杨树地段歌唱过的人头落地了，像西瓜一样滚了满地。

马镰刀想阻挡，可是当时已晚。他半跪下来，将这位老兵的身子放正，让他静静地躺在岗位上，然后，俯身拾起人头。

在这一刻，他脑子里又回旋起《一位哥萨克沦落在库班河对岸》这首歌。

马镰刀和他的士兵们提着人头回到了中国边防站。按照中国的传统形式，将这些人头一字儿摆好，点上蜡烛，洒上酒，在这寒冷的冬夜里，为祖国这块土地做了祭奠。然后，就像亲爱的读者已经知道的那样，他们将这些朋友们埋在了这里，许多年后这里将会长一棵野苹果树，那是一位后来的士兵兄弟栽的。

那么，难道沙俄的军医也看不出来，这些人头其实是自刎的吗？耶利亚告诉我，他们应当是知道的，马镰刀当强盗的时候，她见过他杀人，自杀和被杀是很容易分辨出来的。

我问起了马镰刀的下落。

“他们死了，集体自杀的，像道伯雷尼亚一样。那天早晨，雪原上静静的，没有一丝风，天干冷干冷。太阳从东方升起来了，升起的最初是光柱。那光柱不是一顶，而是三顶，在它左右的山巅上，还有两顶。东方美极了。后来，从那中间的一根光柱的尾部，太阳跃上了雪原。二十个中国边防军士兵都跪倒在土地上，面对东方，为自己的失职而哭，为这块荒凉的不再属于自己的土地而哭。马镰刀说，我是一个不忠不孝的人，对祖国，对家人，我都无缘再见他们了，说着，大叫一声，拔刀自刎。随后，士兵们也就一个个倒在这白皑皑的雪地上了。”

有一个没有死，就是那个汉族巴郎子。临自刎前，马镰刀掏出笔来，写了一封短信，让他交给耶利亚，然后再自刎。那巴郎子找到耶利亚，打开条子一看，原来那条子上写着：你不该死的，你还年轻，领上耶利亚，永远离开这个地带吧。你要好好待她，这是一个善良的女人，草原上有一句格言叫作“永远不要欺侮无靠的女人”，这是一位朋友向我说过的话，现在我将这话连同耶利亚一起托付给你了。

汉族巴郎子看到这封短笺后，大哭一场。他请求耶利亚和他一起走，而耶利亚默默地回绝了。于是，荒野上，孤独的两个人来到马镰刀他们行义的地方，掩埋了他们，然后，一个骑着马儿向内地方向走去，一个在荒原上搭了一顶窝棚钻到了地下。荒原便变得死寂了。

不知过了多久，双方的政府才发现这里发生的这场血腥事件，于是便开始处理后事，于是便物色新的士兵来这里驻守。不过，不知是出于什么原因，也许是被马镰刀和道伯雷尼亚的这种行为震慑了，双方都没有再提这块争议地区的事，所以，它直至今日，还由中国军队占领着，成为漫长的中苏边界上，一百多块争议地区中，仅为中方所占领的三块中的一块。然而，读者如果细心的话，用苏联地图和中国地图比较一下，一定会发现在这一带有五十多平方公里是重合在一起的。

至于马镰刀他们的尸骸何处，耶利亚始终笑而不答。她是怕我们这些被种种欲望驱使着的现代人，去打搅那已经沉睡的灵魂吗？她是等待天数，等待某一天，也有一个像我这样的人，在栽棵树的时候，无意中与他们相逢吗？不得而知。

我感慨地望着这位半人半神般的女人。我想象着当时她被这场变故震惊时的表情。耶利亚被人类的种种丑行和壮举震慑了，她张开吃惊的眼睛看着世界，那眼睛开始出现人世的悲凉。她缩回窝棚里，从此从大地上消失了。她开始信守贞操，从不与任何男人来往，宛如中国古典女子们一样。对她来说，马镰刀死了，世界上所有的男人也就随之而死了。她没有痛苦，没有欢乐，像一位没有知觉的生物那样活着，尘世上所发生的一切都不能使她为之所动。

十六、有报应吗？

临告别她时，我忽然想起了那条凶悍的狼狗，我希望耶利亚能谈一谈它的最后的结局。我总觉得，这个为马镰刀的形象做补充的动物，一定应当有它自己的结局的。果然，耶利亚说话了。她说，狼狗正像它的母亲一样，养好伤回到边防站后，看到人事全非，便加入狼群了。几年以后，在俄罗斯中部，一位沙俄上校军官受到了狼的袭击。上校是在黄昏的时候，从小镇上返回营房的。他的左边是副官，右边是警卫，可是，这只狼径直扑向路中间的他，两只利爪搭在他的肩膀上，黄瓜嘴咬断了他的脖子。这件事，曾经引起了长时间的喧哗，人们说，这狼一定在此之前，与这位上校有着某种深仇大恨。耶利亚问我，这件事有可能吗？我怎么说呢？我怀疑这是她一个人在地窝子里苦思冥想的产物，或者是草原上人们的一种复仇的渴望。是的，人类在邪恶面前无能为力的时候，往往将目光转向人类以外的自然界，在那里寻求公正和报应。这就是人类至今对这个世界还没有完全失望的原因所在。

我说，这是真的。我愿耶利亚相信这是真的，也愿意自己相信这是真的，也愿意亲爱的读者和我一样相信。

按照耶利亚的指引，我回到了边防线上。我让我的目光越过界河，久久地停留在那座金碧辉煌的无头烈士纪念碑上。和这边边防站一样，那边边防站也有一批新兵进站了。我看见一位身穿马裤、光着脑袋的军官模样的人，正站在纪念碑的台阶上，向簇拥着的新兵讲着什么。新兵们个个情绪激动，如果有一架五十倍望远镜的话，我一定能看见他们那挂在腮边的泪花。我有许多感慨，但是一句也说不出来。

我的野苹果，一年比一年长得壮实。现在正是春天，它那伞状的枝丫上，开满了红色、黄色、白色等美丽的小花，漠风吹来，洒下阵阵花雨。

我就要向它告别了。我的五年的军旅生活就要结束了，我将要离开马镰刀、道伯雷尼亚、耶利亚以及白房子边防站，重返我那富饶的内地故乡了。落日将它凄凉的余晖照在这块中亚细亚荒原上。我摘下帽子，向这块土地告别，向与这块土地毗邻的那块土地告别。

当帽子在天空画着一个又一个圆圈的时候，我突然想起，地球是圆的，圆圆的地球是没有死角的，国界线使地球出现了许多的死角。这是人类的一个错误。我还想，当有一天国家消失，国界线的概念已不为人所知时，那时，一位读者偶尔从尘封的书架上，读到这个故事时，他从上边看到的，是一个背信弃义的故事和一个复仇的故事，或者换言之，一个男人和一个女人的故事。

高建群小传

高建群，男，汉族，1953年12月出生，祖籍陕西省西安市临潼区。国家一级作家，著名小说家、散文家、画家、文化学者，“陕军东征”现象代表人物，被誉为当代文坛难得的具有崇高感和理想主义的写作者，浪漫派文学“最后的骑士”。历任陕西省文联第四届、第五届副主席，陕西省作家协会第四届、第五届、第六届副主席，陕西文化交流协会名誉会长，西安交通大学、西北大学客座教授，西安航空学院人文学院院长，大秦印社名誉社长等。享受国务院政府特殊津贴。被《中国作家》杂志社授予当代最具影响力的作家，陕西省委省政府授予终身艺术成就奖等。

其代表作有《最后一个匈奴》《大平原》《统万城》《遥远的白房子》《伊犁马》《我的菩提树》《大刈镰》等。长篇小说《最后一个匈奴》在北京研讨会上引发中国文坛“陕军东征”现象。据此改编的35集电视连续剧《盘龙卧虎高山顶》在央视播出。《大平原》获中宣部“五个一工程奖”，名列长篇小说榜首；《统万城》获新闻出版广电总署优秀图书奖，名列长篇小说榜首，其英文版获加拿大“大雅风”文学奖。高建群也是第一个在凤凰卫视“世纪大讲堂”演讲的内地作家。

高建群履历

1976年，以组诗《边防线上》踏入文坛。

1987年，以中篇小说《遥远的白房子》引起文坛强烈轰动。

1989年，担任延安地区文联（代）主席兼《延安文学》主编。

1993年，当选为陕西省作家协会副主席。

1993年，长篇小说《最后一个匈奴》出版，被誉为中国式的《百年孤独》，陕北高原史诗。

1993年至1995年，挂职黄陵县委副书记，专职创作，其代表作《最后一个匈奴》即为挂职期间所作。

1997年，参与央视十频道开播策划，并与周涛、毕淑敏共同担纲央视纪录片《中国大西北》总撰稿。该片荣获中宣部“五个一工程奖”。

2002年，当选为陕西省文联副主席。

2005年至2007年，挂职西安高新区党工委委员、管委会副主任。长篇小说《大平原》即在此期间酝酿成型。

2013年7月，被聘为西安航空学院文学院首任院长。

2017年9月，被聘为西北大学丝绸之路研究院研究员。

2020年5月，被聘为大秦印社名誉社长。

2020年7月，西安高新区文联成立，当选为第一届主席。

高建群创作年表

《边防线上》（组诗）：发表于《解放军文艺》1976年8月号，责任编辑：李瑛、纪鹏、韩瑞亭、雷抒雁。

《0.01——血液与红泥》（诗歌）：发表于《延河》1979年2月号，责任编辑：汪炎。

《将军山》（诗歌）：发表于《延河》1979年8月号，责任编辑：闻频。

《杜梨花》（短篇小说）：发表于《延河》1980年2月号，责任编辑：杨明春。

《很久以前的一堆篝火》（散文）：发表于《延安日报》1984秋，责任编辑：杨葆铭。

《人生百味》（诗歌）：发表于《星星》诗刊1985年，责任编辑：叶延滨。

《五月的哀歌》（叙事诗）：发表于《叙事诗丛刊》1985年，责任编辑：潘万提。

《现代生活启示录》（系列散文）：发表于《文学家》1985年，责任编辑：陈泽顺。

《新千字散文》（散文集）：1987年，陕西人民教育出版社出版，约稿编辑：陈续万，责任编辑：赵常安。

《遥远的白房子》（中篇小说）：发表于《中国作家》1987年第5期，约稿编辑：朱小羊，责任编辑：陈卡。《中篇小说选刊》《小说选刊》《小说月报》《新华文摘》《解放军文艺》等进行了转载。2013年，台湾风云时代公司出版繁体单行本。2014年，陕西师范大学出版总社出版简体单行本。

《给妈妈》（诗歌）：发表于日本《福井新闻》1988年3月17日，责任编辑：前川幸雄。

《骑驴婆姨赶驴汉》（中篇小说）：发表于《中国作家》1988年第6期，责任编辑：杨志广。

《伊犁马》（中篇小说）：发表于《开拓文学》1989年第3、4期合刊，责任编辑：叶梅珂。2007年，四川文艺出版社出版单行本。

《老兵的母亲》（中篇小说）：发表于《中国作家》1989年第5期，责任编辑：杨志广。

《雕像》（中篇小说）：发表于《中国作家》1991年第4期，责任编辑：杨志广。

《为了第一个猴子开始的事业》（创作谈）：发表于《解放军文艺》1991年第8期，约稿编辑：周政保，责任编辑：丁临一。

《东方金蔷薇》（散文集）：1991年，陕西人民教育出版社出版，责任编辑：田和平。

《陕北论》（散文）：发表于《人民文学》1991年，责任编辑：韩作荣，《散文选刊》转载。

《你们与延安杨家岭同在》（散文）：发表于《人民文学》1992年第6期，约稿编辑：崔道怡。

《史诗与二十世纪》（创作谈）：发表于《文学报》1992年5月，责任编辑：李俊玉。

《达摩克利斯之剑》（短篇小说）：发表于《青年文学》1992年第10期，责任编辑：康洪伟。

《最后一个匈奴》（长篇小说）：1992年，作家出版社出版，责任编辑：朱珩青。

1994年，香港天地图书公司、台湾汉湘文化发展公司分别于香港、台湾出版繁体版。2001年，中国青年出版社出版。2006年，北京十月文艺出版社出版，2016年再版。2012年，长江文艺出版社出版，2014年再版。2012年，台湾风云时代公司再版繁体版。2013年，太白文艺出版社出版。2014年，陕西师范大学出版总社出版《最后一个匈奴》（手稿版）。2014年，陕西人民出版社出版《高建群图画最后一个匈奴》。

《我从白房子走来》（文学自传）：发表于《陕西日报》1993年6月，责任编辑：刘春生。

《出国的诱惑》（中篇小说）：发表于《延安文学》1993年第2期。

《我如何个死法》（散文）：发表于《美文》1993年第7期，责任编辑：刘亚丽。

《一个梦的三种诠释形式》（中篇小说）：发表于《飞天》1993年第5期，约稿编辑：孟丁山，责任编辑：刘岸。

《家族故事》（中篇小说）：发表于《漓江》1993年，约稿编辑：王蓬。

《祭奠美丽瞬间》（散文）：发表于《文友》1993年，责任编辑：王琪玖。

《茶摊》（中篇小说）：发表于《延河》1993年第7期，约稿编辑：陈忠实，责任编辑：张艳茜。

《白房子人物》（系列散文）：发表于《西北军事文学》1994年第2期，约稿编辑：王久辛，责任编辑：张春燕。

《匈奴与匈奴以外》（创作谈）：1994年，陕西人民教育出版社出版，策划编辑：张继华，责任编辑：刘孟泽。

《张家山幽默》（短篇小说系列）：发表于《延河》1994年第4期、第9期，责任编辑：张艳茜。

《陕北剪纸女》（散文）：发表于《美文》1994年第9期，责任编辑：刘亚丽。

《女人是巫》（散文）：发表于《女友》1994年第8期，责任编辑：孙珙。

《大顺店》（中篇小说）：1994年，陕西人民出版社出版。1995年，发表于《小说家》第1期，约稿编辑：闻树国。1995年，改编为同名电影，北京电影制片厂出品。

《六六镇》（长篇小说）：1994年，陕西人民出版社出版。2007年重新修订，易名《最后的民间》由文汇出版社出版。

《丹华的故事》（系列散文）：发表于《深圳风采》1994年第10、11期，约稿编辑：吴重龙。

《马镫革》（中篇小说）：发表于《小说家》1995年第2期，约稿编辑：闻树国。

《女人的要塞》（散文）：发表于《女友》1995年第2期，责任编辑：孙珙。

《古道天机》（长篇小说）：1998年，中国文联出版社出版，责任编辑：叶梅珂。2007年重新修订，易名《最后的远行》由华龄出版社出版。2011年，陕西人民出版社再版。

《愁容骑士》（长篇小说）：1998年，中国文联出版公司出版。2000年，广州出版社再版。2000年，台湾逗点公司出版繁体版。

《我在北方收割思想》（散文集）：2000年，四川文艺出版社出版，责任编辑：林文询。

《穿越绝地——罗布泊腹地神秘探险之旅》（散文集）：2000年，湖南文艺出版社出版，责任编辑：龚湘海。2014年，修订后易名《罗布泊档案：罗布泊腹地探险之旅揭秘》由陕西师范大学出版总社再版。

《白房子》（小说集）：2002年，陕西师范大学出版社出版。

《西地平线》（散文集）：2002年，上海人民出版社出版。

《惊鸿一瞥》（散文集）：2002年，群众出版社出版。

《胡马北风大漠传》（散文集）：2003年，上海东方出版社出版。2008年，在台湾地区发行繁体版。

《刺客行》（小说集）：2004年，太白文艺出版社出版，责任编辑：韩霁虹。

《狼之独步：高建群散文选粹》（散文集）：2008年，东方出版中心出版。

《大平原》（长篇小说）：2009年，北京十月文艺出版社出版。2016年该出版社再版。2012年，台湾风云时代公司出版《大平原》（繁体版）。2014年，陕西师范大学出版总社出版《大平原》（手稿版）。

《统万城》（长篇小说）：2013年，太白文艺出版社出版，责任编辑：韩霁虹，2016年该社再版。2013年，台湾风云时代公司出版《统万城》（繁体版），责任编辑：陈晓琳。2014年，陕西师范大学出版总社出版《统万城》（手稿版）。

《独步天下》（书画集）：2013年，陕西人民出版社出版。

《生我之门》（散文集）：2016年，未来出版社出版。

《我的菩提树》（长篇小说）：2016年，北京十月文艺出版社出版。

《相忘于江湖》（散文集）：2017年，北京时代华文书局出版。

《大刈镰》（长篇小说）：2018年，三秦出版社出版。

《我的黑走马——游牧者简史》（长篇小说）：2019年，陕西师范大学出版总社出版。

《来自东方的船》（散文集）：2020年，陕西旅游出版社出版。

《丝绸之路千问千答》（文化读本）：2021年，西北大学出版社出版。

《最后一个匈奴（30周年纪念版）》：2022年，陕西师范大学出版总社出版。

社会评价

我劝大家注意，高建群是一个很大的谜，一个很大的未知数。

——著名作家　路遥

我一直想找机会请教一下高先生，匈奴这个强悍的骁勇的游牧民族，怎么说消失就从人类历史进程中消失得无影无踪了。

——著名作家　金庸

大家说高建群骄傲、自负、目空天下。我这里想说的是，中国这么大，有这么多人口，如果没有几个像高建群这样自信心极强的作家，那才是不正常的。

——中国社会科学院文学研究所研究员　蔡葵

春秋多佳日，西北有高楼。

——著名作家　张贤亮

高建群是一位从陕北高原向我们走来的略带忧郁色彩的行吟诗人，一位周旋于历史与现实两大空间且从容自如的舞者，一个善于讲庄严“谎话”的人。

——中国作家协会副主席　高洪波

高建群的创作，具有古典精神和史诗风格，是中国文坛罕见的一位具有崇高感和理想主义色彩的写作者。《大平原》把家族史兜个底掉，看后让我很感动，也很心痛，唤起我对故乡、对农村的情感，唤起我强烈的根的意识。我没想到高建群在“潜伏”多年之后突然拿出如此有分量的作品。

——中国作家协会副主席　高洪波

《大平原》有内在的惊心动魄，写家族的尊严、生存的繁衍史，实际上是写我们民族强韧的生命力。这部长篇淋漓尽致地发挥了书写“命运”的优势，不是写一个人的命运，而是写了三代人的命运，厚重感非常强。

——著名评论家　胡平

高建群对《大平原》中的女性人物都满怀敬意和温情。为了家族立足，高安氏骂街骂了半年，成为一道风景。用这种方式起到的威慑作用，来捍卫高家人生存的权利。顾兰子是书中的灵魂式人物，也是这部书苍凉的体现。

——著名评论家　雷达

《大平原》基于高安氏、顾兰子等乡村女人的坚韧形象，这部新“乡土女性小说”中女人比男人强，乡土文明决定了女性在乡土生活里面所具有的支配性。

——著名评论家　孟繁华

《最后一个匈奴》进京的盛况如在目前。27年了，它远远跳过速朽期！27年了，它的风采依旧！27年了，人们——特别是陕西读者没有忘记它，了不起啊！

——著名文艺评论家　阎纲

作为延安的一位文艺战线上的老战士，听到介绍，《最后一个匈奴》这部长篇小说写了大革命时期以来的三代人的命运，直到现在的改革开放时期，这还是过去没有人写过的重要题材，我很高兴！我祝贺这部作品出版，并获得成功！

——原文化部副部长、中国文联党组副书记　陈荒煤

27年前，《最后一个匈奴》在北京引发轰动一时的“陕军东征”，至今在文学界仍是一个历史性的重要话题，一段难忘的记忆。

——《人民文学》杂志原常务副主编　周明

高建群的《遥远的白房子》，给我们许多启示，它也许预兆了小说艺术未来发展的某些趋势——难道，小说艺术在经过了几百年的艰难探索，它又回到讲故事这个始发点上了吗?

——北京师范大学教授、中国当代文学研究会理事　蒋原伦

如果不把《最后一个匈奴》这部中国当代文学的红色经典，变成一部电视剧，那是我们影视人的羞愧。

——央视著名制片人　李功达

《大平原》能拍一部大电影。我把中国的导演，脑子里过了一遍，最合适的这个导演叫吴天明。《大平原》中描写的那些事情，我全经历过。我父亲是解放后第一任三原县委书记，我自小就是在那一片土地上长大的。

——著名导演　吴天明